Diego Zonnesteek & De terugkeer van de Adelaar

Colofon
Diego Zonnesteek & De magische bril
Diego Zonnesteek & De terugkeer van de adelaar
Diego Zonnesteek & De terugkeer van de adelaar werd gedrukt in opdracht van uitgeverij C.V. Diego Zonnesteek te Naarden door drukkerij Wilco te Amersfoort. Uitgeverij C.V. Diego Zonnesteek drukt haar boeken uitsluitend CO_2-neutraal en op papier met het FSC-keurmerk. Zo helpen we de waardevolle oerbossen te behouden.

Je kunt het boek natuurlijk ook digitaal kopen, onder andere via de Apple iBookStore.

Eerste druk 2013

Omslagontwerp: Rob van Kooten / www.robvankooten.nl
Vormgeving: Arco van den Berg / www.tabulanova.nl
Redactie: Dominique Riaskoff / www.concuidado.nl
Uitgeverij Zonnesteek / www.diegozonnesteek.nl

ISBN 9789491475054 / NUR 283

FSC www.fsc.org
MIX
Papier van verantwoorde herkomst
FSC® C004472

www.diegozonnesteek.nl

Diego Zonnesteek & De terugkeer van de Adelaar

Maurits van Huijstee

Voor Vanessa, Benjamin,
Rita María, Joaquin & mezelf

Inhoud

Hoofdstuk 1

De droom van Diego

D*us dit is het Grote Witte Niets.*

Diego Zonnesteek zette zijn blote voeten op het ijs. Ademloos keek hij naar de witte vlakte om hem heen. De ijsmassa strekte zich uit voor zo ver als hij kon zien.

Gek. Ik dacht dat 't Grote Witte Niets bijna weggesmolten was. Raar.

Diego keek naar het water van de Vlut, dat helemaal vanaf de Zuurberg hier naartoe was komen rollen. Voor zijn ogen veranderde het water van de rivier in broos, doorzichtig ijs. Verderop werd het langzaamaan wit, totdat je niet meer kon zien welk ijs van de Vlut kwam en welk ijs er al was geweest.

Ik wil weten hoe het water hier gekomen is.

Diego knoopte zijn pyjamajasje dicht en steeg op. Op zijn gemak vloog hij achter het water van de rivier aan.

Al snel kwam hij aan bij Jobriv. De rivier rolde haar water op kalme wijze door de hoofdstad van Rebequin. Alle daken waren gevuld met Energyvans. De glinsterende wieken voor de ronde ramen draaiden traag in het rond en maakten energie van de wind en de zon. Vanuit de lucht zag de stad er uit als een feestelijke tuin met glimmende ronddraaiende bloemen.

Wat leuk. Dat zal Amita leuk vinden.

Vlak onder hem zag hij een meisje haar huis uit lopen. In haar handen had ze een grote vuilniszak die ze in een apparaat in de tuin leeggooide. Ze liep er omheen, pakte de slang aan de andere kant van het apparaat en stak hem in de auto voor haar deur.

Heee Diego!, riep het meisje. *Alles goed?*

Hoe weet jij mijn naam? riep Diego terug. Maar ze reageerde niet.

Nieuwsgierig zweefde hij verder. Al vrij snel scheerde hij over het Konkameer.

Het meer was bijna zo groot als een zee. *Maar ik vlieg er in een paar seconden overheen,* dacht Diego. *Apart.*

Kinderen speelden aan de oevers. Grijnzend keken ze omhoog en zwaaiden naar Diego.

Diego wilde terugzwaaien. Maar zijn hand stootte ergens tegenaan.

Waar kan ik hier in de lucht nou tegenaan stoten?

Verbaasd keek hij achterom. Het was een kabel. Een dikke stroomkabel.

Aan de kabel zat een vlieger. Om hem heen hingen er nog veel meer. Ze gingen dansend op en neer, als rusteloze reuzenvlinders.

Natuurlijk... Energievliegers. Hierboven waait het veel harder. Da's veel meer energie. Handig.

Het meer kwam samen en ging over in de rivier. Diego vloog verder. De Vlut leek net een lijn te snijden tussen de zee aan de ene kant en het gebergte aan de andere kant.

Uiteindelijk kwam hij bij de splitsing aan.

Linksaf ging het water naar de zee.

Diego keek naar rechts, naar Kragtstad.

De stad leek rustig. De vieze groengele damp van de meug was verdwenen.

Als ik naar huis wil moet ik over Kragtstad heen.

Het gebouw van KK Industries stond in het midden van de stad, als de bewakerstoren van een gevangenis. Een koude rilling liep over zijn rug.

Het was stil. Te stil.

Diego keek nog eens naar de KK-toren. Het leek net alsof het gebouw een beetje trilde.

Misschien kan ik er maar beter omheen gaan.

Maar Diego vloog er regelrecht op af.

Toen hij er boven hing, keek hij naar beneden.

Er was geen dak. Diego zag alleen een donker, gapend gat dat recht naar beneden liep.

Ineens kwam er vanuit het diepst van de toren een gifgroene damp met een denderend lawaai omhoog schieten.

Ik moet dit stoppen. Het moet. Het moet.

Zonder verder na te denken legde Diego zijn hand over het gebouw. Onder zijn handpalm voelde hij de groene damp kietelen. Het maakte een brommend geluid. Brrrrm... Brrrrm...

Wat gek dat mijn hand over dit gebouw past... zo groot en sterk ben ik toch helemaal niet?

Brrrrm... Brrrrm...

Diego opende zijn ogen. Zijn hand lag op de wekker en trilde mee met het alarm. Brrrrm... Brrrrm...

Met een vermoeid gebaar drukte Diego de wekker uit, sloeg de deken open en liep naar het raam. De zon schitterde aan de hemel. Alle daken van Nooitgeweest waren bedekt met een pak maagdelijk witte sneeuw. Heel ander weer dan in mijn droom, dacht Diego. Of was het een nachtmerrie?

Hij keek het dal in. De groengelige damp van Kragtstad kwam langzaam op gang. Hij was een paar dagen lang verdreven door de vallende sneeuw, maar nu zag hij zijn kans weer schoon.

Diego haatte de damp.

Zuchtend liep hij naar beneden, pakte de Cruesli en de melk en mikte het in een kom. Mappy de 16e lag op de ontbijttafel. Mappy was net zo groot als een boek en zo dik als een stevige pannenkoek. Amita de uitvindster had hem aan Diego meegegeven om te testen of ie lekker werkte.

Het apparaat zat onder de vlekken. Diego liep naar de gootsteen, waste de Mappy af met warm water en wreef hem droog. Vervolgens legde hij hem op tafel en begon hem met zijn handen uit te rollen, alsof het deeg voor een pizza was. De Mappy strekte zich beetje bij beetje steeds verder uit. Toen hij bijna de hele tafel bedekte, haalde Diego zijn handen er vanaf.

'In Reb & Roer,' zei Diego.

Zachtjes zoemend kwam de Mappy tot leven. Diego keek naar het scherm dat veranderd was in de *In Reb & Roer*, de nationale nieuwszender van Rebequin.

Meteen viel zijn oog op een videobericht.

Noodweer in Rebequin

helft van de oogst verpest – duizenden mensen dakloos

Diego tipte het met zijn wijsvinger aan. Het eerste wat hij zag was een reclame.

'Dit nieuws wordt u gebracht door KK Industries... uw partner in energie.'

Diego haatte die reclame. Vooral ook omdat hij hem niet weg kon klikken.

Daar kwam het nieuws. Een paar mensen zaten op het dak van een ondergelopen huis en riepen luidkeels om hulp. Op de voorgrond stond een oude tandeloze boer. ‘k ben alles kwijt’ jammerde de man. ‘k heb niks meer!’

Het volgende moment verdween de arme boer uit beeld en kwam een vrouw met vuurrode lippen en oranje haar naar voren. Iedereen in Nooitgeweest wist wie deze excentrieke verschijning was: Lucky Linda, de nieuwslezeres van In Reb & Roer.

Achter Lucky Linda hing een grote groene klok. De grote en de kleine wijzer van de klok hadden allebei de vorm van een letter K. Lucky Linda keek even naar de klok, draaide zich naar de camera en veegde aller-charmantst een haarlok uit haar gezicht.

‘Tja wat zeg je daarvan? In de hele geschiedenis van ons land heeft het nog nooit zo gestormd en geregend. Veel mensen denken dat we in de Gekke Watertijd zijn aanbeland. Een groot gedeelte van het Grote Witte Niets is hierdoor al weggesmolten. Het is de vraag hoe dit verder zal gaan. Dit was Lucky Linda voor In Reb & Roer, vanuit het hart van Rebequin.‘

Geïrriteerd klikte Diego het filmpje weg. ‘Ja ja’ zei hij hardop. ‘De Gekke Watertijd... tuurlijk.’

Terwijl hij zat te mopperen viel zijn oog op iets anders. Het was een foto van Krudon Kragt, in een smetteloos wit pak en met een glas champagne in de hand. Samen met een paar andere mannen en vrouwen stonden ze breeduit lachend op een enorm schip op zee.

Verdiende vakantie voor rijkste man van Rebequin

Krudon Kragt goed voor meer dan 10 miljard Reffies

Diego propte de Mappy in zijn handen op tot een bal en gooide hem met een wilde beweging van de tafel. Langzaam, met een knisperend geluid, strekte het apparaat zich uit totdat het weer zijn normale vorm had.

Het ging slecht met Rebequin. En het lag niet aan de Gekke Watertijd.

Die bestond helemaal niet.

Het was KK Industries.

Het hele land leed onder de gevolgen van Terrafos, de manier waarop het de lucht vervuilde en voor dat gekke weer zorgde.

Diego weigerde het groengelige spul bij zijn werkelijke naam te noemen. Hij had het altijd over *meug*. Iedereen op de Zuurberg wist wat dat betekende: *rotzooi*.

Diego wist donders goed waarom de werkelijke reden van de ellende niet genoemd werd. Sinds kort had *In Reb & Roer* een nieuwe eigenaar... Krudon Kragt, directeur en enige eigenaar van KK Industries.

Het gerucht ging dat Krudon één miljard Reffies had betaald voor de nieuwszender.

Één miljard!

Diego had zelf welgeteld zeven Reffies in zijn spaarpot.

Sinds de overname door KK Industries was *In Reb & Roer* niet meer wat het geweest was. De helft van het nieuws ging tegenwoordig over KK Industries en hun zogenaamd prachtige product, Terrafos.

Iedere dag keken nog altijd miljoenen Rebequiners naar het nieuws met Lucky Linda. Miljoenen mensen die voorgelogen worden, dacht Diego. Zonder dat ze het door hebben.

Even dacht Diego terug aan vorig jaar. Hoe Krudon Kragt bijna hun dorp had weggevaagd, alleen omdat hij de Terrafos aan de andere kant van de Zuurberg wilde hebben. Maar het was hem niet gelukt... dankzij Diego.

Wat was Diego blij geweest. Het monster gestopt! Het einde van de ellende!

Maar het was niets anders dan een grote teleurstelling. Krudon was niet eens naar de gevangenis gegaan. Niemand had hem durven stoppen – zelfs de minister-president in Jobriv niet. En Krudon Kragt was gewoon doorgegaan alsof er niets was gebeurd.

Nu was hij machtiger en rijker dan ooit. En het land stond aan de rand van de afgrond.

Diego twijfelde de laatste tijd steeds vaker of het ooit nog ging veranderen. Het leek allemaal zo hopeloos, dacht hij vaak. Alsof ik een kleuter ben die tegen een reus vecht.

Op straat liepen een paar jongens en meisjes uit het dorp, op weg naar school. Lachend zwaaiden ze hem door het raam toe.

Diego dacht terug aan de tijd dat iedereen hem negeerde en behandelde alsof hij gek was. Tegenwoordig wilde iedereen zijn vriend zijn.

Maar ook dat kon hem niet opvrolijken.

Vandaag was geen mooie dag.

Hoofdstuk 2

Een mooie dag... maar niet voor Diego

Op de Zuurberg was het leven nog mooi. De weides waren bedekt met een dikke laag sneeuw die fonkelde in de zon. Niet van die vieze natte sneeuw, maar heerlijke poedersneeuw die een knerpend geluid maakte als je over straat liep. De lucht op de Zuurberg was zuiver en fris. Meugvrij. Als je inademde voelde je een fijne, prikkelende tinteling in je longen. En als je uitademde kwam er een condenswolkje uit je mond.

De hemel was strakblauw. Zelfs de wind, die op een koude winterdag door je heen kon waaien alsof je niet bestond, hield zich koest.

Op zijn hoofd had Diego een oude leren pilotenpet. De binnenzijde was bedekt met een zachte laag wol. Aan de zijkanten liep de pet door tot over zijn oren. Je kon hem onder je kin dichtknopen, maar Diego liet de oorflappen losjes bungelen. Want zo had zijn vader hem ook altijd gedragen.

Normaalgesproken zou Diego blij zijn om daar te lopen. Per slot van rekening kon hij doen wat alle kinderen die dag het liefste zouden doen.

De Berg op! Snowboarden!

Maar Diego zag er niet bepaald gelukkig uit. Integendeel.

Vandaag was het precies één jaar geleden dat ze afscheid hadden genomen van zijn vader, Zebulah Zacharias Zonnesteek, op *de-begrafenis-die-geen-begrafenis-was*.

Nog altijd was er een vlammetje in Diego dat brandde. Dat hem vertelde dat Zeb nog leefde. Nog steeds veerde zijn hart op bij iedere parapenter die door de lucht zweefde. Maar het was hem nooit.

Alsof dat allemaal nog niet genoeg was, ging uitgerekend zijn moeder vandaag voor drie maanden naar Jobriv. Ze had een baan gevonden bij een bedrijf dat huizen bouwde. In Nooitgeweest en Kragtstad was er weinig werk, en als er al werk was dan betaalde het niet goed genoeg. 'Sorry jongen, maar ik moet het proberen,' had ze gezegd.

En dus logeerde Diego de komende drie maanden bij Amita.

Anna Zonnesteek begreep dat vandaag een pittige dag voor hem was. En dus had ze haar zoon na hun afscheid die ochtend vrij gegeven.

Zo kwam het dat Diego Zonnesteek op die mooie winterochtend met een treurig gezicht de Zuurberg besteeg. Diego was zelfs zo treurig, dat hij de kriebel aan zijn neus niet eens voelde. En kriebel aan zijn neus betekende nog altijd wat het altijd had betekend.

Er ging iets gebeuren.

Iets groots. Iets gruwelijks, misschien. Of misschien wel iets fantastisch.

Iets, in ieder geval.

Als Diego de kriebel aan zijn neus wel had opgemerkt, dan zou hij vast en zeker met een wakkere blik om zich heen gekeken hebben. En dan zou hij heel misschien ook wel door hebben gehad dat er iemand achter hem aan sloop.

Nee, Diego Zonnesteek had werkelijk geen idee wat hem boven het hoofd hing.

Hoofdstuk 3

Een bezoekje aan de Zure Kronkel

Diego slofte verveeld de Zure Kronkel op. De deur stond open. Hij liep naar binnen, tussen de grote bomen door langs de grote trampoline in het midden.

Diego kende niemand die in zijn huis geen muren had. Niemand behalve Amita. Het was gewoon één geweldige ruimte met bomen en boomhutten. ‘Ik kan niet tegen muren’ zei ze altijd. ‘Dan kan ik niet goed denken. Mijn gedachten hebben de ruimte nodig. En bomen, voor frisheid.’

De rails van Cruiser de huistaxi liep als een reusachtige springveer rondom de bomen omhoog. Hij stopte voor iedere boomhut. Eindstation was ’t Nest, het gigantische dakterras bovenop de grootste en dikste boom van de ruimte. En dan vanaf ’t Nest weer terug omlaag.

Beest lag in Cruiser. De grote gele wagon stond op zijn plekje aan het begin van de rails. De hond lag met zijn lichaam dwars over vier zitplaatsen heen. Hij sloeg een paar keer met zijn staart op de rand als welkom voor Diego. Daarna rekte hij zich uit en snurkte weer verder.

Toen hij vlak bij de grote glazen wand was liep Diego bijna tegen Slurfy op. De robot zag eruit als een miereneter, alleen zijn slurf was veel langer. Zijn lichaam was groot en rond als een skippybal. Driftig rolde hij heen en weer voor Diego's voeten, terwijl hij met zijn slurf al het vuilnis van de grond opzoog. Diego herkende de wieltjes van zijn eigen babywagen die zijn moeder aan Amita had gegeven.

De schetsdoos van Kala was kennelijk uit haar boomhut op de grond gevallen, want overal waar Diego keek zag hij potloden, puntenslijpers, stukken houtskool, penselen, een paar gummen, een etui in de vorm van een bom en tot slot heel veel tekeningen.

Kala had een groot talent om de meest gruwelijke dingen op papier tot leven te brengen. Op een tekening liep een klein meisje met een teddybeer in het oog van een orkaan. De orkaan zelf was gevuld met afgrijselijke gezichten. Uit hun woedende ogen droop bloed. Hun tanden waren scherp, als van een roofdier. Met een hongerige blik staarden ze naar het meisje.

Diego rilde. Hij dacht aan Kala, die na het maken van dit soort tekeningen ineens vrolijker was dan ooit. Alsof ze de demonen op papier achter had gelaten.

Slurfy pakte het eerste potlood, betastte het met de dikke lippen van zijn slurf en besloot dat het geen afval was. Met groot enthousiasme zoog hij het potlood op, gevolgd door de rest. Zelfs de grote houten doos ging met een licht schurend geluid door zijn slurf naar binnen. Even liet hij de hele bende rondtollen in zijn binnenste. Vervolgens opende hij de achterkant van zijn lichaam. Langzaam gleed de kleurdoos weer naar buiten, met alle penselen en potloden en gummen weer keurig netjes op hun plek. Het was net alsof hij een grote drol draaide.

'Zo Slurfy,' zei Diego. 'Lekker aan het poepen?'

Slurfy draaide een rondje. Toen hij niemand anders zag in

de ruimte behalve Diego, zei de robot: 'Ik ben Slurfy. Waar ligt poep?'

'Daar,' zei Diego, wijzend naar de robot. 'Daar is poep. Jij bent poep.'

Slurfy begon om zich heen te draaien. Zijn robotoog scande alles wat hij tegen kwam. 'Waar ligt poep?' zei hij wanhopig. 'Ik ben Slurfy. Ik ben geen poep. Waar ligt poep?'

Diego glimlachte. 'De poep is weg. Geen poep.'

Slurfy stopte met draaien en kwam tot rust. Hij rolde voor Diego langs, opende de bovenkant van zijn lichaam en duwde een klein propellertje naar buiten. Het volgende moment vloog hij omhoog tussen de bomen en bracht zichzelf naar de grootste boomhut van allemaal, de slaaphut van Amita.

Diego liep richting de grote glaswand en floot een deuntje. Geruisloos schoof er een deur open.

Diego stapte naar buiten. De deur verdween weer in de glaswand, alsof hij er nooit geweest was.

Langzaam liep hij door de sneeuw richting Amita's werkplaats aan de oever van de Vlut. Halverwege passeerde hij de Dromenbron. Normaalgesproken liep Diego altijd even langs de rand om een blik te werpen in dat verleidelijk warme, azuurblauwe water. Maar vandaag niet.

Het hele dak van Amita's werkplaats zat vol met Energyvans. Amita had er vlak voor de winter nog twee bijgeplaatst. De glinsterende wieken draaiden traag in het rond. Het ronde gebouw leek net van een andere planeet, klaar om op te stijgen en weg te vliegen.

Door het raam van een van de Energyvans keek Diego naar binnen.

Daar stond Amita. Ze staarde hem met die grote ijsblauwe ogen recht in het gezicht aan... maar ze zag hem niet. Zo was

Amita, wist Diego. Soms zo geconcentreerd aan het denken dat ze niets of niemand zag.

Tussen de ronddraaiende wieken door klopte Diego op het raam. Amita schrok op. Toen ze hem herkende, floot ze snel een deuntje waarmee de deuren van haar werkplaats opengingen. Ondertussen gebaarde ze driftig dat hij moest komen.

Een moment later stapte Diego naar binnen. Bijna struikelde hij over de enorme hoeveelheid lege papieren koffiebekertjes op de grond. Het was, zoals altijd, een enorme puinhoop.

De indeling van de werkplaats was grondig veranderd. Langs de binnenwand van de hele koepel liep nu een soort enorme plantenbak. Het deed Diego een beetje denken aan een slotgracht rondom een kasteel. Alleen, deze zat aan de binnenkant. Een soort kleine binnengracht.

In de bak stroomde water, vermengd met allerlei soorten afval. Aan de oppervlakte zag Diego van alles drijven: oude kranten, vieze plastic broodzakjes, een afgedankte babypop zonder armen en benen en een enorme drol.

Op die grote doorlopende bak lag een glasplaat. In de glasplaat zaten allemaal microcams, camera's die eindeloos in konden zoomen om de Kleine Vieze Helmutjes, oftewel de bacteriën, goed in beeld te brengen.

Aan de glasplaat hingen grote ijspegels. Kleine Vieze Helmut had het graag koud, wist Diego. Hij dacht aan de bacteriën, en hoe ze hen vorig jaar nog gered hadden met de Salvadus die ze konden maken. Het legioen van Kleine Vieze Helmutjes maakte tegenwoordig honderden liters van die schone brandstof per dag. Veel, veel meer dan afgelopen zomer. Amita had dat allemaal niet nodig dus gaf ze het grootste gedeelte stiekem weg aan de arme mensen uit het dorp. Die waren er dolblij mee, want nu hoefden ze geen dure meug meer te kopen van KK Industries en konden ze hun Reffies bewaren voor eten en kleding. Het was wel linke soep. Als Krudon Kragt erachter zou komen...

Amita had zich volledig gestort op de geheimen van deze 'kleine wondertjes' zoals ze ze noemde. En als de oude uitvindster zich ergens op stortte, dan moest alles aan de kant.

De videobeelden van de Kleine Vieze Helmutjes werden vertoond op een doorlopend scherm, dat net als de bak de hele koepel rond liep. Overal waar Diego keek zag hij witte kale bacteriën die in een vrolijk tempo door het water zwommen, groeiden, zichzelf in tweeën deelden en weer verder groeiden.

Diego vond het maar niks om de hele tijd naar dat uitvergrootte stelletje kleine viespeuken te kijken. Hij kreeg er de kriebels van. Maar Balthazar en Amita vonden het fantastisch.

'Goedemorgen Amita' zei Diego.

'Schhtttt...' siste Amita, terwijl ze een vinger op haar lippen legde.

Lusteloos slenterde Diego richting de uitvindster. In haar hand had ze een soort toeter, die ze heel voorzichtig met een zuignapje tussen de ijspegels in de bak van Kleine Vieze Helmutjes probeerde te plaatsen. Toen hij vast zat, deed ze de bak weer dicht.

'Mister Fennek de IIIe' fluisterde Amita, vol trots. 'Het is een micro-neet. Hij trekt geluid aan, zoals een magneet ijzer aantrekt. Hij kan net zo goed horen als de Fennek vos. Zelfs beter!'

Diego dacht even aan de kleine vos met zijn enorme oren. Er was geen dier of mens die een Fennek vos kon besluipen. Ze zeiden dat hij iemand op een kilometer afstand kon horen ademen.

'We moeten even stil zijn, want Mister Fennek de IIIe is nogal gevoelig. Maar hij doet het perfect. Hier... luister.'

Amita haalde een bol uit haar zak, die binnen een paar seconden uitstrekte tot een kreukloos scherm. Het was Mappy de 17e, de opvolger van nummer zestien die Diego thuis had liggen. Mappy de 17e was dunner en lichter, waardoor hij zich sneller tot zijn eigenlijke vorm herstelde.

Amita boog zich voorover naar de Mappy. 'Koptelefoon' fluisterde ze.

Soepeltjes begon Mappy zich in tweeën te delen. Het ene gedeelte vervormde zich tot een koptelefoon. Het andere gedeelte veranderde in een soort handcomputertje met een grote volumeknop.

Diego zette de koptelefoon op zijn oren en luisterde. Amita draaide het volume omhoog. Het volgende moment keek ze Diego veelbetekenend aan, terwijl ze een vinger op haar lippen legde.

Eerst hoorde Diego niets. En toen, langzaam maar zeker, kwam er iets door. Gepiep.

Pwuep pep. Pwuep pep.

Soms heel snel achter elkaar en dan weer met een langere pauze er tussen. *Pwuep pep. Pwuep pep.* Het klonk een beetje als een café vol kabouters die elkaar steeds hetzelfde verhaal vertelden. *Pwuep pep. Pwuep pep.*

Vragend keek Diego Amita aan.

'De Kleine Vieze Helmuts,' zei Amita fluisterend. 'Ze praten met elkaar!'

Amita haalde de koptelefoon van zijn hoofd, legde haar handen op Diego's wangen en staarde hem aan. Diego zag de rode ader in het wit van haar rechteroog.

'Als ze met elkaar praten... dan kunnen ze vast ook met ons praten! Zou het niet fantastisch zijn als we echt wisten wat ze denken? Ik weet zeker dat die bacteriën ons heel veel te vertellen hebben. Misschien weten zij wel hoe we het land kunnen redden.’

‘Zouden ze wel met ons willen praten?’ vroeg Diego zich af. ‘Misschien balen ze wel van ons en willen ze geen geheimen delen. Anders hadden ze het misschien allang gedaan.’

Amita staarde even naar buiten. ‘Interessante theorie…’ mompelde ze afwezig.

Diego knikte half.

‘Sorry,’ zei ze. ‘Vandaag is niet de dag om het over mijn ideeën te hebben. Ik weet het.’

Amita pakte een grote zak, gooide alle lege kartonnen bekertjes erin en stapte naar buiten.

‘Kom, we gaan even de plantjes van de Jungle voeden.’

Als Amita het over de Jungle had, dan bedoelde ze de glazen koepel die aan de Zure Kronkel vast zat. Hier experimenteerde ze met nieuwe soorten vruchten. Diego had de afgelopen zomer met volle teugen genoten van de Mappels, de mix van mango’s en appels die je met schil en al kon eten. Maar het beste waren toch de Kokuifjes, de mix van druiven en kokosnoten die in trosjes aan de boom groeiden. Nu was Amita bezig met haar laatste project, de Gwort: een mix van wortel en gember. Volgens Amita kon het de gezondste groente van de toekomst worden. Het water liep Diego nog niet bepaald in de mond.

Binnen in de Jungle was het warm. Voor Diego’s neus hing een sappig bosje Kokuifjes. Maar vandaag had hij even geen zin.

Amita verspreidde de koffiebekertjes tussen de planten en maakte ze nat. Diego keek toe hoe ze uiteenvielen en stukje voor stukje opgezogen werden door de hongerige aarde.

Dit was de gouden regel van Amita: alles wat ze maakte, moest uiteindelijk zo weer terug kunnen in de natuur. Vuilnis is voor domme mensen, zei ze altijd.

‘O ja,’ zei Amita, terwijl ze weer naar buiten liepen. ‘Bijna vergeten. Je ogen. Hier.’

Amita haalde uit haar andere zak een grote, donkere zonnebril.

Dat was waar ook, dacht Diego. Vandaag zou ze zijn ogen voorgoed bevrijden van een bril, dankzij haar nieuwste ooglasertechnieken. Ze had er lang aan gewerkt. Maar nu was het eindelijk klaar.

Diego was de hele week dolblij geweest met het vooruitzicht op een bril-loos leven. Zeker na alle akelige dingen die hij vorig jaar had gezien met de *Bril die Alles Ziet*. Maar zelfs dat kon hem vandaag niet vrolijk maken.

‘Waar is deze bril voor?’ zei Diego, terwijl hij hem opzette. ‘Om mijn ogen te meten of zoiets, voordat we gaan laseren? Ik zie namelijk niets, en-’

Voordat hij uit kon spreken werd hij verblind door een lichtflits. Het volgende moment gleden de tranen over zijn wangen.

‘Zo,’ zei Amita. ‘Klaar.’

Voorzichtig haalde ze de bril van zijn hoofd. Diego keek haar verbaasd aan.

‘Klaar?’

Vol ongeloof staarde Diego door de tranen om zich heen. Ineens kon hij de donkerbruine bobbeltjes op de schil van de Kokuifjes onderscheiden. Het volgende moment werd het mistig, alsof hij in een stoombad zat.

‘Je moet vandaag wel rustig aan doen,’ zei Amita. ‘Het zicht kan het eerste uur nog wat wazig zijn.’

Diego kon niets uitbrengen, en vergat zelfs te bedanken. ‘Eh… ik ga,’ stamelde hij uiteindelijk.

‘Ja. Eh-Diego?’

‘Ja?’

‘Ik wil eigenlijk een keertje met je praten, over...’ Amita krabde wat onhandig op haar hoofd. ‘...nou, over je bijzondere eh- talenten.’

‘O.’

Als Diego ergens niet over wilde praten, dan was het wel over zijn *talenten*. Bovendien had hij al een tijdje geen rare dingen meegemaakt. Zeker niet sinds hij die gekke bril niet meer had.

‘Ja,’ zei Amita. ‘Het zit er dik in dat ze sterker gaan worden. Dat je het Magische Veld steeds meer gaat voelen. En dan is het belangrijk dat je-’

‘ik voel helemaal niets,’ onderbrak Diego haar. ‘Helemaal niets. En ik wil er niet over praten.’

Amita keek hem aan en knikte begrijpend.

‘Goed dan... ik zou je *veel plezier* willen wensen. Maar dat doe ik vandaag dan ook maar even niet.’

De oude vrouw liep naar buiten. Vaag zag hij hoe ze door de sneeuw naar de Dromenbron stapte, haar kleren uitdeed en zich in het dampende water liet zakken waarin Diego ooit geboren was. Waar het allemaal begonnen was, vanwege de paarsblauwige gloed die om zijn babylijfje had gehangen. *Diego Zonnesteek... het kind dat alles hoort en voelt en ziet.*

Ik heb helemaal geen zin om dat kind te zijn, dacht Diego. En wie zegt dat ik dat ben?

Misschien hebben ze het wel verkeerd gezien.

Diego wreef even in zijn ogen. Meteen werd het weer mistig om hem heen. Zwalkend stapte hij de Jungle uit.

Toen hij de grote poort achter zich dicht wilde doen, voelde hij ineens een lichte jeuk aan zijn neus.

Niks aan de hand, probeerde Diego zichzelf te overtuigen.

Ik zie niks en ik hoor niks en ik voel niets. Gewoon een dag op de Zuurberg.

Met een licht gevoel van onrust in zijn buik liep hij verder door de sneeuw, zijn blik strak op de grond gericht. Daardoor zag hij niet dat iemand hem van achter een boom nauwlettend in de gaten hield...

Hoofdstuk 4

De Klif

Diego kwam met zijn snowboard op zijn schouder aansjokken bij de stoeltjeslift. Geitenherder Runne zat zwijgend op de rand van het houten hek met een dampend kopje koffie in de hand. Zijn lange vieze grijze haren hingen futloos naar beneden. Een lok dreef in de koffie, maar Runne leek het niet door te hebben. Of hij vond het niet erg, dat kon ook.

Jaar in jaar uit deed Runne hetzelfde werk. Als er sneeuw op de berg lag en de geiten naar binnen gingen, verruilde hij zijn herdersstok en sandalen voor een winterjas en sneeuwlaarzen en werd hij de vaste bediende van de stoeltjeslift.

Toen Diego Runne zag, moest hij opnieuw aan zijn vader denken. Runne was de laatste die hem op de dag van zijn vermissing gezien had. Maar ze hadden er nooit over gesproken.

Diego vond Runne maar een vreemde man. Hij stonk en was zelden vriendelijk. Als hij te veel warme wijn gedronken had, maakte hij pesterige grapjes die niemand leuk vond behalve hijzelf. Maar het vervelendste vond Diego nog dat Runne hem sinds de vermissing van zijn vader nooit meer recht in de ogen keek. Alsof hij hem uit de weg ging.

Het huisje van Runne lag hoog op de berg en was ieder jaar een van de eerste dingen die bedekt werd door de sneeuw. Als je aan kwam skiën vanuit 't smalle pad had je de keuze:

of het pad volgen, of rechtdoor over het dak van Runne en vervolgens de sprong van je leven maken.

Diego had al vaak dolgelukkig boven de dampende schoorsteen van Runne door de lucht gezweefd. Net zo vaak was hij keihard op de ijzige sneeuw terecht gekomen na een verkeerde sprong.

Runne had wel een vermoeden dat Diego een van de jongens was die zijn dak onveilig maakte. Maar hij had er nooit iets over gezegd.

'Zo,' zei Diego, terwijl hij zijn tranende ogen een beetje probeerde te verhullen. 'Ik ben zeker de eerste vandaag.'

Runne gaf geen antwoord en keek omhoog. 'Kijk uit als je eten uit je rugzak haalt. Voor je het weet pakt hij het uit je handen.'

Runne wees omhoog. In de lucht zweefde een reusachtige adelaar.

Diego kreeg even een raar gevoel in zijn buik toen hij de grote roofvogel zo zag rondcirkelen. Een vaag gevoel van herkenning.

Runne zei niets meer, draaide zich om en startte de lift. Met een luid, zoevend geluid kwamen de stoeltjes op gang. Diego ging klaar staan, liet de onderrand van de stoel in zijn knieholtes schieten en zakte achterover. Vervolgens keek hij voor zich uit naar de machtige Zuurberg.

Eindelijk alleen... dacht Diego.

Tegelijkertijd voelde hij zich eenzamer dan ooit.

Toen Diego boven op de berg stond, klikte hij zijn schoenen vast in zijn board en keek om zich heen.

Zijn ogen traanden nog een beetje. Maar hij zag het toch allemaal wel bijzonder scherp.

Voor de eerste keer die dag realiseerde hij zich dat hij misschien wel nooit meer een bril hoefde te dragen. En met die gedachte was het akelige gevoel even verdwenen.

Langzaam gleed hij een stukje naar beneden en tuurde als een generaal over de witte vlakte die onder hem lag.

Aan zijn linkerkant lag ‘t Zonnepad. Het was een aangename piste: niet te steil, nauwelijks bulten of verrassingen, gewoon heerlijk zwierend naar beneden terwijl je kon genieten van het uitzicht en tussendoor nog even de gespen van je schoenen wat strakker kon doen.

Aan zijn rechterhand lag de Klif.

Diego leunde even naar voren. De Klif was akelig steil en vol met bonkige bulten.

Één foutje, en je kon je been breken.

Het zou verstandig zijn om ’t Zonnepad te nemen. Zeker nu zijn ogen net gelaserd waren.

Tegelijkertijd was er niets wat zo goed hielp om alles te vergeten als een afdaling van de Klif.

Diego keek nog eens naar de fonkelende steile wand.

De verleiding was te groot.

Met een noodgang schoot Diego recht vooruit de helling af en pakte meteen de eerste sprong. Even greep hij in de lucht het board vast, alsof hij een circusartiest was. Net op tijd liet hij los, om vervolgens met een messcherpe bocht de bulten aan te vallen.

Diego was zo druk bezig, dat hij totaal niet door had dat een andere skiër vlak achter hem de Klif opschoot.

Geconcentreerd zwierde Diego tussen de bulten door. De sneeuw was heerlijk vers. Iedere keer als hij draaide hoorde hij een zacht schrapend geluid dat hem vlinders in zijn buik gaf.

Halverwege ging de piste over in een makkelijker stukje. Diego stopte even en keek omhoog. Hij wilde genieten van het uitzicht… de Klif, met maar één sneeuwspoor over de piste. Zijn eigen spoor.

Maar wat hij zag was niet het uitzicht waar hij op had gehoopt.

Een skiër kwam met een razende vaart op hem af. Terwijl hij gecontroleerd over de bulten stuiterde, trok hij uit zijn rugzak een geweer.

Diego had aan één blik voldoende om te zien wie het was.

Rufus Rotteveel.

Hoofdstuk 5

Op de vlucht

Diego wist dat Rufus net zo goed kon afdalen als hijzelf. Bovendien kon hij ook nog eens heel goed mikken. Regelmatig ging Rufus met zijn luchtbuks op pad om nietsvermoedende konijntjes te schieten. Een schot van Rufus was niet dodelijk voor een mens - maar wel bijzonder pijnlijk. Als Rufus hem hier op de Klif zou raken...

Sinds de dood van zijn vader Bunkert, had Diego Rufus nauwelijks nog gezien. Rufus had hun school de Gloeth verlaten en zat nu op de Grinn in Kragtstad. Het enige wat Diego zo nu en dan hoorde was dat hij nog meer dan vroeger bij vechtpartijen betrokken was.

Diego draaide zich om en schoot zo snel als hij kon de piste weer op. De Klif werd hier nog steiler dan het eerste stuk. Diego maakte zo min mogelijk bochten, waardoor hij steeds harder ging.

Tak!

Diego schreeuwde het uit. Rufus had hem op zijn linkerkuit geraakt. Een felle steek schoot door zijn been omhoog.

Hijgend keek hij om zich heen. De afdaling was nog lang niet ten einde.

Aan de rechterkant van de Klif liep een steile sneeuwwand omhoog. Aan de linkerkant zat een gapend gat. Koortsachtig groef Diego zijn geheugen af.

Stonden daar beneden niet een paar dennenbomen?

Misschien zijn die bomen wel vrij zacht vanwege de sneeuw.

Tak! Geraakt op zijn rechterkuit. Diego kon nauwelijks blijven staan. Tranen schoten in zijn ogen. Meteen werd de hele piste wazig.

Ik moet iets doen. Nu.

Ineens maakte Diego een scherpe bocht naar links, schoot zo snel als hij kon op de hoogste bult af die hij in de gauwigheid kon zien, zette stevig af op de top en vloog door de lucht, in de richting van het gapende gat.

Angstig speurde hij de grond af, op zoek naar dennenbomen vol met zachte sneeuw.

Maar er was geen dennenboom te bekennen. Het enige wat hij zag waren afgezaagde, puntige stammen.

HOOFDSTUK 6

De adelaar

Diego viel, steeds sneller, steeds dieper. De grond kwam razendsnel dichterbij. De punten van de stammen zagen er angstaanjagend scherp en hard uit.

Ik ga dood, dacht Diego. Kan niet missen.

Ineens voelde hij iets in zijn rug. Net alsof hij naar beneden geduwd werd. Maar in plaats daarvan viel hij steeds langzamer... en langzamer... totdat hij wist dat hij niet meer viel.

Integendeel.

Diego zweefde. Als een vogel gleed hij over de witte piste.

Met alle kracht die hij in zich had draaide hij zijn hoofd en keek omhoog. Het enige wat hij zag waren witte veren en machtige vleugels, die met een zoevend geluid op en neer bewogen.

Ongelooflijk... dacht Diego. Die adelaar heeft mij gered!

Of... brengt hij me naar zijn kinderen en word ik daar opgepeuzeld?

Diego had geen tijd om daar over na te denken. Recht voor hem doemde een van de grote ijzeren palen van de stoeltjeslift op. Vlak voordat ze te pletter zouden vliegen, schoot de adelaar de lucht in. Diego's broek gleed zo dicht over de kabel van de paal heen dat het een suizend geluid maakte.

Runne zat op het hek en had niets door. Diego wilde schreeuwen, maar zijn adem werd afgesneden.

De adelaar ging in duikvlucht naar beneden. Diego's wangen trilden vanwege de snelheid. Hij keek recht vooruit. Ze vlogen richting de Zure Kronkel.

De adelaar vloog over het dak en minderde ineens snelheid. Zachtjes zakte hij boven de denkheuvel naar beneden. Toen liet de adelaar los.

Diego wankelde even en keek stomverbaasd op naar zijn redder. De adelaar bleef zweven in de lucht, met zijn snavel op nog geen meter afstand van Diego's gezicht.

'Kaaek! Kaaek kaaek! Kaek kek kaek!'

Net toen Diego dacht dat hij aan zou vallen, vloog hij weg.

Met open mond keek hij de vogel na.

'Is alles goed?'

Het was de stem van Amita. Diego draaide zich om.

'Zag je dat?'

Amita knikte. 'Zeer vreemd... '

Hijgend liep Diego de denkheuvel af. 'Hij heeft me gered' zei hij. 'Ik was bijna dood!'

Hortend en stotend vertelde hij het verhaal. Amita luisterde, zonder hem te onderbreken.

'Kom, we gaan naar binnen,' zei Amita nadenkend. 'Tijd voor iets lekkers en warms. Dat heb je wel verdiend, of niet?'

Hoofdstuk 7

Uitvinders

Diego zat bij te komen met een warm kopje Picao. Amita had naast de Gwort nog een nieuwe mix in haar jungletuin gemaakt, van een cacaoboom en een pittige, maar tegelijkertijd lekker zoete rode pepersoort. Amita noemde het Picao. Na het plukken gingen de roodbruine bonen in de buik van Art de 48e, de Art-cycle machine. Art de 48e was de opvolger van Art de 47e. Hij was gemaakt van doorzichtig materiaal waardoor je precies kon zien hoe alles werkte. Vooral Balthazar vond het fascinerend en kon met gemak een paar uur voor de machine doorbrengen. Daarnaast was nummer 48 veel stiller dan nummer 47. Hij zoemde een beetje, dat was alles. Diego noemde hem Art de Stille.

De kookkunsten van Art waren – net als die van zijn voorganger – voortreffelijk. Diego was tegenwoordig vooral dol op de zoete, pittige cacaodrank. Op sommige koude dagen dronk hij tien kopjes of meer. Toch kwam dat bij lange na niet in de buurt van het record van Balthazar van eenendertig kopjes Picao op één dag, zonder overgeven.

Balthazar en Kala waren na school naar de Zure kronkel gekomen en luisterden ademloos naar het verhaal van Diego en de adelaar.

‘Het is dat Amita het gezien heeft...’ riep Kala luid. ‘Anders zou ik je nooit geloven!’

Kala sprak nog steeds even hard. Diego wist dat hij er nooit aan zou wennen. Ze was, zoals altijd, in het zwart gekleed. Sinds kort experimenteerde ze ook met zwarte eyeliner rond haar ogen. Ze zeurde vaak over een piercing in haar tong – een zwarte parel – maar Amita vond haar te jong en liet het niet toe. Diego wist nu al dat ze het stiekem toch zou doen. Want zo was Kala: als ze iets in haar hoofd had, dan was er geen houden meer aan.

Kala was meer en meer een meisje geworden. Ze bewoog zich sierlijker, meer elegant. Haar donkere ogen en haar, de lichtbruine huid en de sierlijke, soepele manier van bewegen gaven haar dat geheimzinnige, dat mysterieuze dat zo kenmerkend was voor de Leosi. Als je haar nooit had horen schreeuwen dan zou je zomaar kunnen denken dat Kala een prinsesje was, dacht Diego. Een prinsesje in 't zwart. Maar schijn bedriegt.

Balthazar was een paar kilootjes aangekomen sinds de zomer. Diego vroeg zich af hoeveel hij zou wegen over tien jaar als hij in dit tempo bleef aankomen, en schrok van zijn eigen berekening.

Diego, Kala en Balthazar kregen nog steeds les op de Gloeth. Maar er waren een aantal zaken voorgoed veranderd.

Het aller-leukste was dat Rufus verdwenen was. Dit had vooral een positief effect op Balthazar, die nu weer naar hartenlust 's ochtends vroeg als eerste in de zandbak zat om zijn bouwwerken te fabriceren. Hij hoefde niet meer bang te zijn dat Rufus alles kapot zou maken. Balthazar was steeds beter geworden: hij was nu bezig om heel Nooitgeweest na te bouwen, inclusief de naambordjes van de straten.

Daarnaast waren ze sinds hun redding van Nooitgeweest ineens populair geworden op school. Inmiddels hadden alle leerlingen wel door dat Kala en Balthazar net zo vreemd waren als daarvoor en waren gestopt om te proberen vrienden met ze te worden. Maar nog altijd werden ze met respect behandeld en, nog belangrijker, met rust gelaten.

Diego werd nog wel uitgenodigd voor allerlei feestjes en partijtjes. Maar het liefste ging hij naar de Zure Kronkel, met Balthazar en Kala.

Balthazar keek Diego met zijn trouwe hondenogen aan terwijl Diego in geuren en kleuren vertelde over Rufus, de sprong in het gapende gat en de redding.

'Die-jongen-heeft-een-aantal-steekjes-los-in-zijn-hoofd, zoals-jullie-dat-wel-eens-noemen,' zei Balthazar, met zijn aparte manier van spreken. 'Hoeveel-steekjes-precies, daar-zullen-we-vrees-ik-nooit-achterkomen.'

Diego knikte. Rufus was veel gevaarlijker dan hij ooit had durven denken. Het was een wonder dat Diego nog leefde.

Terwijl Diego nog een slokje Picao nam, werd zijn blik getrokken naar een flikkerend licht. Geschrokken keek hij door de glaswand naar buiten. Door de lucht kwam een grote glinsterende vogel aanvliegen.

Was het de adelaar weer?

Nee... deze vogel was nog veel groter.

Bovendien was het geen vogel.

Het was een vliegtuig.

Het toestel vloog langzaam in de richting van de Zure Kronkel en begon aan de landing. Hortend en stotend stuiterde de machine over de sneeuw, miste de dromenbron op een haar na en kwam slippend tot stilstand.

Het vliegtuig was klein en slank. Het zat vol met glinsterend materiaal. Diego herkende het spul van de Energyvans van Amita. Zonnecellen.

Nieuwsgierig drukte Diego zijn gezicht tegen het glas.

Een man stapte uit. Hij had pikzwart haar met een grijze baard en fonkelende zwarte ogen. Zijn wenkbrauwen waren borstelig, en staken aan het einde een beetje omhoog. Het leken net kleine duvelhoorntjes, dacht Diego.

Amita floot een deuntje en de deur in de glaswand gleed open. Zo snel als ze kon liep ze naar buiten.

'Hakim! Je bent keurig op tijd.'

Diego, Balthazar en Kala liepen haar verbaasd achterna.

Hakim grijnsde. Hij had een mond vol grote hagelwitte tanden. Alleen de middelste boventand ontbrak.

'Amita!' riep hij enthousiast uit, en omhelsde haar.

'Ben ik de eerste?' vroeg hij nieuwsgierig.

Amita knikte. Hakim begon te stralen. 'Och wat zal Jozias balen!' riep hij uit. 'Sonne-energie verslaat windenergie.'

De missende voortand deed hem een beetje slissen. Diego vond het wel grappig.

'Er stond bijna geen wind,' sprak ineens een hoge mannenstem. 'Dat kun je geen wedstrijd meer noemen.'

Iedereen draaide zich om. Bij de glazen koepel stond een oudere, kleine man. Hij had lange, lichtblonde haren die wild om zijn hoofd heen wapperden. Hij was mager, maar had een klein, rond buikje. Zijn wangen waren ingevallen. Zijn haakneus stak brutaal naar voren. Zijn huid was bleek, bijna wit. Hij had grote blauwe ogen waarmee hij als een verschrikt hert om zich heen keek.

Naast de man stond een klein slank wagentje, in de vorm van een enorme kogel. Aan weerskanten van het wagentje staken een paar smalle vleugels uit. In het midden zat een gat voor de bestuurder. Vlak achter het gat stak een lange dunne mast omhoog die een groot zeil in bedwang hield.

‘Zie daar het nadeel van wind, Jozias,’ zei Hakim glimlachend. ‘De son is er altijd, zelfs als de wolken ervoor hangen. De wind niet.’

‘Is de zon er ook in de nacht?’ vroeg Jozias op scherpe toon. ‘Zoals de wind?’

Hakim begon te lachen. ‘Scherp en chagrijnig als altijd. Krijg ik nog een hand van je? Ik heb wel gewonnen. In acht uur en zevenenvijftig minuten van Jobriv naar hier, zonder stoppen… één minuut sneller dan jij. En met de accu nog altijd half vol.’

Jozias gaf geen antwoord en klikte op een knop. Het volgende moment rolde het zeil van zijn wagen zichzelf in de mast. Daarna zakte de mast in een razend tempo weg in de boot. Tegelijkertijd verdwenen de vleugels in de zijkant van de kleine wagen. Het leek net een goocheltruc.

Jozias begroette Amita en feliciteerde Hakim met een zuur lachje. Daarna maakten ze kennis met Diego, Balthazar en Kala.

‘Wie bent u?’ vroeg Diego nieuwsgierig aan Hakim. ‘En wat doet u?’

Hakim glimlachte zijn witte tanden bloot. ‘Twee vragen tegelijk… Ik begin bij de eerste. Ik ben Hakim. Ik ben een uitvinder, net als Amita. Ik hou me bezig met de vraag: hoe haal ik zoveel mogelijk energie uit de son? Wist je dat de son in één uur genoeg kracht geeft om ons land een heel jaar van energie te voorzien?’

‘Dat-is…’ zei Balthazar, terwijl hij opgewonden naar de hemel tuurde, ‘…meer-dan-139-miljard-kilowattuur!’

‘Precies,’ zei Hakim, vol bewondering voor Balthazars rekenkunsten.

Balthazar greep vermoeid naar zijn hoofd. ‘Ik-moet-even-gaan-zitten, voordat-deze-informatie-mij-van-mijn-spreekwoordelijke-stokje-laat-gaan.’

Hakim knikte begrijpend. ‘Het lastige is alleen: hoe haal je die energie eruit? Hoe zorgen we ervoor dat die sonnestralen overgaan in elektriciteit die uit het stopcontact komt? Hoe kun je een vliegtuig ook echt op sonne-energie laten vliegen? Dat soort dingen, daar ben ik de hele dag mee bezig.’

‘Ik doe een beetje hetzelfde,’ bromde Jozias kortaf, ‘maar dan voor wind.’ Daarna staarde hij weer met die grote verschikte ogen in het niets voor zich uit.

Diego knikte. Jozias was niet bepaald het spraakzame type, en gezellig al helemaal niet.

Die Hakim, daar kon je wel mee lachen.

De vraag die nog het meeste op Diego’s lippen brandde, durfde hij aan beide niet te stellen.

Wat kwamen ze hier eigenlijk doen?

Wat was er zo belangrijk dat ze er een reis van bijna negen uur vanuit Jobriv voor hadden ondernomen?

Diego had een donkerbruin vermoeden dat ze niet voor de gezelligheid kwamen. Maar hij zei niets.

Hoofdstuk 8

Zon en wind

Toen Diego de volgende ochtend wakker werd, was Hakim al op. IJverig schepte hij koffiebonen in Art de 48e. Een vroege vogel, dacht Diego. Net als ik.

Diego keek nog eens naar Hakim. De borstelige wenkbrauwen met de gekke omhoogstekende puntjes deden hem, nu hij ze een dag had kunnen bestuderen, eigenlijk meer denken aan een clown dan aan de duivel. Diego mocht hem wel.

Samen ontbeten ze op 't Nest. De rest sliep nog. Het was prachtig om van grote hoogte door de grote glazen glaswand naar buiten te kijken en de zon op te zien komen. Het zou weer een mooie dag worden.

Diego had Art de 48e hete pittige Picao, een glas Mappelsap, een paar warme croissants en lekkere Kokuifjesjam laten maken. Hakim had alleen een grote pot met koffie bij zich. Hij dronk het zoals Balthazar Picao dronk: zonder stoppen. Kokend heet liet hij het in zijn keel glijden, waarna hij iedere keer een tevreden 'ah lekker seg' liet horen.

'Mooi vliegtuig heb jij,' zei Diego, om een gesprek te beginnen. 'Knap gemaakt.'

Hakim knikte, terwijl hij zijn laatste restje koffie naar binnen gooide. 'Toch zijn wij mensen maar een stelletje amateurs vergeleken bij de rest van de natuur,' bromde hij.

'Neem bijvoorbeeld de bladeren van een plant. Zonder enige hulp van wie dan ook zetten ze sonlicht om in energie. Het is net alsof ze het opzuigen, en hop!' Hakim knipte met zijn vingers, 'het volgende moment is het energie geworden waardoor de plant kan groeien en overleven. Om dat te doen heb ik allerlei dure materialen, een laboratorium, en veel tijd en Reffies nodig. En dan nog komen mijn pogingen niet eens in de buurt van de natuur.'

'De natuur is zo dom nog niet...' zei Diego peinzend.

'De natuur is briljant!' riep Hakim uit.

Diego dacht na. 'Maar wij zijn toch ook de natuur?'

Hakim glimlachte. 'Dat klopt. We zijn het alleen een beetje vergeten.'

Samen staarden ze naar de oranje zon, en hoe die langzaam geel begon te worden.

Weet je wat pas echt briljant is?' onderbrak Hakim de stilte. 'Kleine Vieze Helmut.'

Diego schrok zich rot. Hoe wist Hakim van het bestaan van Kleine Vieze Helmut? Diego had er nooit met een woord over gesproken, en hij wist zeker dat Balthazar en Kala dat ook niet hadden gedaan.

'Niemand anders weet er over,' fluisterde de uitvinder, alsof hij de gedachten van Diego kon raden.

'En Jozias?'

Hakim knikte. 'Behalve Jozias. Die weet het ook.'

Diego keek vertwijfeld om zich heen. Dat Hakim het wist dat was tot daar aan toe, maar Jozias?

Hakim vertelde verder over Kleine Vieze Helmut, alsof het een genie was. 'Weet je hoeveel pogingen er zijn geweest om een vervanger van Terrafos te maken? Duizenden! In het geheim natuurlijk, want ze zijn allemaal bang dat Krudon Kragt er achter komt. Maar niemand is ooit op het idee gekomen dat bacteriën dit allemaal veel beter kunnen dan wij, mensen. Kleine Vieze Helmut is een absoluut wonder!'

Hakim staarde in de verte met een geestdriftige blik. Hij zette de lege koffiebeker nog een keer aan zijn lippen, maar hij leek het niet eens door te hebben.

'Wat als Kleine Vieze Helmut nog veel meer kan dan Salvadus maken?'

'Hij kan in ieder geval praten,' zei Diego achteloos, terwijl hij nog een beetje Kokuifjesjam op zijn croissant schepte. 'Ze kletsen heel wat af met elkaar.'

Hakim keek hem aan alsof hij water zag branden.

'Ze praten met elkaar? Vertel me alles wat je weet!'

Aarzelend vertelde Diego over Mister Fennek de IIIe en wat hij met behulp van de geluidsmagneet had gehoord.

Toen hij klaar was, stond Hakim op. Opgewonden begon hij heen en weer te lopen, met zijn handen op zijn hoofd. Die wandelt nog een keer zo het terras af, dacht Diego. Snel kwam hij overeind en ging bij Hakim staan, klaar om hem terug te trekken als hij te dicht bij de rand kwam.

'Dit is de meest opwindende informatie die ik in tijden heb gekregen! Wat zouden ze tegen elkaar zeggen? Waar zouden die kleine genieën het over hebben?'

Diego dacht aan het gebabbel dat hij met behulp van Mister Fennek de IIIe had gehoord. Volgens mij hadden ze het gewoon over het weer, dacht Diego. Het klonk in ieder geval niet al te briljant. Maar hij zei niks.

'Ik ben razend nieuwsgierig!' riep Hakim uit, terwijl hij zijn gezicht in zijn handen begroef en doorbeende.

'Ik merk het,' antwoordde Diego, terwijl hij een ongeruste blik over de rand wierp. 'Zullen we beneden verder kletsen?'

Cruiser bracht Diego en Hakim terug naar de grond. Tijdens de rit stopten ze voor de hut van Jozias. Diego keek door de deuropening en zag hoe de Winduitvinder op zijn rug in zijn bed lag, met de handen op zijn borst gevouwen en zijn ogen gesloten. Een norse kronkel liep over zijn voorhoofd.

'Kom uit je bed, Jozias!' riep Hakim. 'Ik heb belangrijk nieuws voor je!'

Jozias kreunde, terwijl hij één hand optilde en een geïrriteerd gebaar maakte.

'Dan niet mijn vriend! Maar bedenk wel: kennis is macht! Als je zo in je bed blijft liggen word je niets wijzer. Misschien blijf je dan altijd van me verliezen.'

'Laat me met rust,' bromde Jozias.

'Ik kan niets beloven!' brulde Hakim lachend.

Zodra ze de grond bereikt hadden, sprong Hakim uit Cruiser en ging Amita wekken. Opgewonden vroeg hij of het allemaal waar was wat Diego had gezegd over de Kleine Vieze Helmutjes en Mister Fennek de IIe.

'Ik had het jullie eigenlijk zelf willen vertellen,' zei Amita slaperig, met een ietwat strenge blik naar Diego. 'Kom. We gaan kijken.'

Jozias was toch ook maar uit zijn bed gekomen. Zonder te ontbijten liep hij met hen mee naar de werkplaats. Zijn gezicht stond strak gespannen. Hij kijkt een beetje boos, dacht Diego. Maar Diego had geen idee op wie of waarom.

In de werkplaats luisterde Hakim een uur lang naar het geklets van de bacteriën. Met tranen in zijn ogen liep hij heen en weer. 'Het mooiste geluid dat ik ooit heb gehoord!' riep hij uit. 'Ik ben zo verschrikkelijk nieuwsgierig naar wat ze zeggen. Ik hou het niet meer! '

Jozias zag er eerder geconcentreerd uit dan opgewonden.

De diepe frons op zijn voorhoofd werd in het midden naar beneden getrokken, als een pijl. Maar hij zei niets.

Amita deed Mister Fennek uit. Eindelijk was het stil.

‘Dus daarom zijn jullie natuurlijk hier!’ verbrak Diego de stilte. ‘Vanwege Kleine Vieze Helmut!’

Amita, Hakim en Jozias keken naar Diego, en toen naar elkaar. Maar net iets te lang.

‘Dat zou je kunnen zeggen’ antwoordde Amita, een beetje gespannen.

‘Precies,’ zei Hakim, ‘dat zou je kunnen zeggen.’

Jozias zei niets. Ineens stapte hij naar buiten. ‘Ik ga even mijn accu opladen,’ bromde hij.

‘Ik ga ook weer eens wat doen,’ vulde Amita haastig aan. Samen met Hakim liep ze weer richting de Zure Kronkel.

Diego keek naar de drie uitvinders, die allemaal van hem weg liepen.

Kleine Vieze Helmut was duidelijk niet de enige reden van hun komst. Zelfs niet de belangrijkste reden.

HOOFDSTUK 9

Geheimen

Amita en Hakim liepen druk kletsend vanaf haar werkplaats naar de Zure Kronkel. Net toen Diego ze wilde volgen, zag hij Jozias. Hij zat met gesloten ogen in zijn kogelvormige wagentje aan de rand van de Vlut.

Ineens had Diego een onbedaarlijke lust om de winduitvinder te besluipen. Om hem te volgen. Om alles van hem te weten te komen. Er is iets met jou, bedacht Diego. Jij verbergt iets.

Stap voor stap kwam Diego dichterbij. De sneeuw knerpte onder zijn sneeuwlaarzen. Jozias leek niks door te hebben. Hij zat nog altijd in dezelfde houding, onbewogen.

Kennelijk heb jij niet zulke goede oren, dacht Diego. Of je wilt me niet horen.

'Ik wil graag met rust gelaten worden, Diego,' zei Jozias ineens. Hij bewoog zich niet en hield zijn ogen dicht.

'Ik eh... kwam alleen even kijken hoe jij je accu op ging laden,' antwoordde Diego een beetje nerveus. 'Want ik zie hier helemaal geen stopcontact, en-'

Met een wrevelig gebaar drukte Jozias op een knop. Hetzelfde moment schoot vanuit het ronde gat in het midden van de wagen een pijl omhoog, met een indrukwekkende vaart. De pijl trok een kabel met zich mee. Na een paar seconden drukte Jozias nog een keer. Met een schokje kwam de pijl tot stilstand en klapte zich uit, tot een enorme witte vlieger in de vorm van een vlinder. Hoog in de lucht bleef hij hangen.

'De vlieger wordt omhoog getrokken door de wind,' zei Jozias nors. 'Dat levert energie op. Die stuurt ie via de kabel naar mijn accu. Tevreden?'

Diego was stomverbaasd. De vlieger zag er precies zo uit als in zijn droom, toen hij in zijn pyjama over het hele land was gevlogen.

'Eh ja hoor,' stamelde hij ten slotte. 'Heel tevreden. Veel dank.'

Zonder iets te zeggen draaide hij zich om en liep terug naar de Zure Kronkel.

Die middag zaten Hakim en Jozias samen in de hut van Hakim op gedempte toon te praten. Diego had besloten om zijn armspieren te trainen, door zo ver als mogelijk omhoog te klimmen in een van de lianen. Halverwege haakte hij zijn voeten in de liaan en nam een pauze... schuin onder de hut van Hakim.

Diego spitste zijn oren. Waren ze nou ruzie aan het maken?

Hakim was boos. Diego hoorde hem op een toon praten die hij nog niet eerder van hem had gehoord. En hij was boos op Jozias.

'Je moet ... stoppen!' siste Hakim. 'Je bederft alles! Simon ... belangrijk.'

Diego kon maar de helft verstaan. Misschien moet ik nog iets dichterbij komen, dacht hij, nog iets verder en-

'Wat doe jij daar?'

Verschrikt keek Diego op, recht in het gezicht van een boze Jozias.

'Eh niks bijzonders. Even mijn accu opladen,' antwoordde Diego stuntelig.

Jozias gaf geen antwoord. Met een wantrouwige blik bleef hij Diego aankijken.

'Nou ik ga maar weer eens,' mompelde Diego, terwijl hij zich langzaam liet zakken.

HOOFDSTUK 10

Simon

Diego had zijn intrek genomen in de Loungehut. De boomhut lag vol spierwitte kussens in alle soorten en maten. Achterin lag een enorm exemplaar in de vorm van een krokodil. Het was langer dan Diego zelf, dus Diego had hem gebombardeerd tot zijn bed.

De wanden van de Loungehut waren gemaakt van glas met daartussen water, waarin lichtgevende inktvissen en kwallen zwommen. Het gaf wel een lekker relaxed gevoel overdag, dus Diego had gedacht dat het de ideale slaaphut was. 's Nachts was het echter precies andersom. Iedere keer als Diego bijna in slaap viel schrok hij op omdat hij dacht dat een inktvis hem ging grijpen. Ten slotte trok hij een kussen over zijn hoofd en viel in een rusteloze slaap.

Die nacht droomde Diego over lichtgevende adelaars met tentakels en een café vol met babbelende Kleine Vieze Helmutjes.

Ineens werd hij met een schok wakker. Iets had hem gewekt.

Hij keek om zich heen. Het was nog altijd nacht.

Diego luisterde naar het warme stromende water dat via de badhut naar de glaswand liep.

Nee, dat was het niet. Het was een zwaarder geluid.

Daar was het weer. Het leek wel de brul van een groot roofdier. ROARR... ROARRR... en het kwam steeds dichterbij.

Toen was het stil. Diego spitste zijn oren. Hij hoorde iets – voetstappen.

Ineens werd er ruw gebonkt op de grote houten poort aan de voorkant van De Zure Kronkel.

'Open maken!' schreeuwde een stem. 'In naam der wet!'

'Hakim! Jozias! Verstop je!' hoorde Diego Amita roepen. 'En verroer je niet!'

Kennelijk hebben ze wat te verbergen, dacht Diego. Wat is hier allemaal aan de hand?

Diego sprong van zijn bed en liep naar de voorkant van de Loungehut.

De persoon bleef maar roepen en bonken. Amita liep langzaam naar de poort.

'Wie is daar?'

'Politie Kragtstad, mevrouw! U houdt zich bezig met verboden praktijken!'

Amita was even stil voordat ze antwoord gaf. 'Verboden praktijken? Zoals wat dan?'

'Zoals het niet open doen voor iemand van de politie, mevrouw!' riep de persoon, gniffelend.

'En sinds wanneer is dat verboden?' antwoordde Amita boos, maar ook een beetje verward.

'Sinds ik ontzettende zin heb in een paar lekkere Mappels en Kokuifjes!' riep de persoon nu schaterlachend uit.

Opgelucht deed Amita de deur open. 'Simon! Wanneer hou je nou eens op met die flauwe grapjes!'

In de deuropening stond een man met een brede glimlach en hagelwitte tanden. Zijn grote blauwe ogen twinkelden als die van een ondeugend kind. Zijn haren had hij strak achterover gekamd. Hij had een glimmend, donkergrijs pak aan, met een hagelwit overhemd en een dieprode das. Hij zag er perfect uit.

Als een filmheld op de première van zijn eigen film.

Dus dit was Simon, dacht Diego. De Simon waar Jozias en Hakim ruzie over aan het maken waren. Hij keek nog eens goed. De man kwam hem vaag bekend voor.

Nieuwsgierig greep Diego een liaan en liet zich langzaam naar de grond zakken. Kala en Balthazar waren ook wakker geworden en keken slaperig vanuit hun hut naar beneden.

Simon zette één knie op de grond en kuste de hand van Amita.

‘Mevrouw de grote uitvindster,’ zei hij lachend, ‘wat ziet u er weer oogverblindend uit.’

‘Simon, hou op!’ zei Amita met een glimlach. ‘Je mag niet liegen, en zeker niet waar kinderen bij zijn.’

Met een gespeeld verbaasde blik keek Simon naar Diego en gaf hem een vette knipoog. ‘Ik lieg niet. Ik lieg nooit. Tenminste – bijna nooit.’

‘Je bent toch niet met dat meugslurpende monster gekomen?’ riep Jozias ineens, chagrijnig en nors.

Simon keek op. ‘Jozias, wanneer leer je nou eens manieren? Eerst zeg je elkaar vriendelijk gedag, daarna mag je weer jezelf zijn.’

‘Is dat een antwoord op mijn vraag?’ riep Jozias terug.

‘Nee mijn beste Jozias. Het antwoord op jouw vraag is: ja, ik ben met mijn oogverblindende, meugslurpende monster gekomen. Maar vergeet niet dat ik een spion ben. Niemand mag weten dat ik aan de goede kant sta. En zeker Krudon Kragt niet. Tevreden?’

‘Half,’ antwoordde Jozias.

Ineens realiseerde Diego zich waar hij hem eerder had gezien.

De foto in *In Reb & Roer*.

Krudon Kragt op zijn schip, tijdens zijn ‘welverdiende’ vakantie.

Simon had naast hem gestaan.

Amita had hem ooit verteld dat er in Kragtstad iemand was die KK Industries in de gaten hield. Iemand die met gevaar voor eigen leven al jaren een dubbelleven leidde. Diego was altijd bloednieuwsgierig wie dat was. Maar Amita had hem nooit een naam gegeven.

Dit was hem dus. Simon de spion.

'Welkom Simon!' riep Hakim. 'Let maar niet op Jozias. Hij heeft onze wedstrijd verloren. Dan is ie altijd minstens een dag niet te genieten, dat weet je toch?'

Simon grijnsde. 'Dat verklaart een heleboel. Leuk om je te zien Hakim! En ook leuk om jou te zien Jozias! Je weet dat ik het meen, want ik lieg nooit. Tenminste – bijna nooit.'

Hakim grinnikte even, tot onvrede van Jozias.

'Ik moet even mijn monster wegzetten' zei Simon, en liep met een ondeugende blik naar buiten.

Diego liep nieuwsgierig achter hem aan.

Toen hij de auto zag, stokte zijn adem voor een moment. Diego's hart begon onder zijn ribben te roffelen als een trappelend paard. Hij had nog nooit zoiets moois gezien.

Er was geen hoek te vinden op de hele auto. Alles was rond of glooiend, gemaakt om de wind van zich af te laten glijden. Het lijkt wel een supersonische vis, dacht Diego. Of een roofvogel in duikvlucht.

De wagen had chromen velgen, met in het midden een grote diamanten 'S' – de S van Simon. De stoelen waren van witleer. De felrode buitenkant schitterde in het maanlicht. Simon startte de motor. Met een diepe brul kwam de wagen tot leven.

'Mama mia...' murmelde Diego.

Met een dikke grijns op zijn gezicht reed Simon de hoek om, parkeerde de auto en wandelde weer terug.

‘Zo is het leven jongen,’ zei hij, terwijl hij Diego met die ondeugende blik aankeek. ‘Mensen houden van mooie dingen – ook als ze niet goed voor je zijn.’

Diego luisterde naar de woorden van Simon terwijl hij hem bestudeerde. Zijn ogen stonden vrij dicht bij elkaar. Het gaf hem iets dierlijks, als een jonge hond.

Nog meer nog dan zijn ogen, werd Diego gegrepen door zijn stem. Een warme, dikke klank. Niet laag en niet hoog. Een stem die alle kanten op kon.

Het deed Diego denken aan een stem die hij heel lang niet gehoord had.

Hoofdstuk 11

Kriebel

Diego deed niets anders dan snowboarden en op de Zure Kronkel rondhangen. Nu het vakantie was waren er veel meer mensen op de pistes, dus durfde Rufus niets te ondernemen. Toch duurde het nog wel een paar dagen voordat Diego de Klif weer pakte.

Het weer was goed. Verrassend goed zelfs. Het was koud zoals het koud moest zijn, met goede droge sneeuw.

'Vergis je niet,' zei Amita de hele tijd. 'Het weer is een vals dier. Soms lijkt alles weer normaal. Maar schijn bedriegt.'

Diego was allang blij dat hij lekker kon snowboarden en besteedde zo min mogelijk aandacht aan de woorden van Amita.

Soms lukte het om Balthazar mee de helling op te krijgen. Balthazar skiede niet graag. Hij kon het wel, maar dat kwam alleen omdat ieder kind op de Zuurberg dat van jongs af aan geleerd had. Het zag er altijd een beetje vreemd uit als hij de berg af ging. Als een bange oude man draaide hij zijn bochtjes, zijn benen wijd, zijn skistokken krampachtig onder zijn armen geklemd en zijn mond wijd open, zonder een geluid te maken. 'Als-dit-is-wat-men-ontspanning-noemt, dan-ben-ik-benieuwd-wat-men-dan-inspanning-noemt,' zei hij dan.

Voor Balthazar was de dromenbron de ideale plek om tot rust te komen. Hij ging er zelfs in als het sneeuwde. Met uitgestrekte armen en benen dobberde hij dan in het water terwijl de vlokken zijn dikke buik wit maakten. Van een afstandje leek hij dan net een ijsberg.

Het allerliefste zat Balthazar met de uitvinders in de werkplaats. Balthazar was de ideale leerling. Hij was razend slim en bovendien enorm leergierig. Hakim, Jozias en Amita waren dol op hem. Ze hoefden alles maar één keer uit te leggen, en hij begreep het meteen.

Diego wist dat hij niet zo slim was als Balthazar. En bovendien had hij het geduld er niet voor om iedere dag urenlang bezig te zijn met het wel en wee van Kleine Vieze Helmut. Toch was hij een beetje jaloers op Balthazar.

Kala was niet opgegroeid op de berg en had haar hele leven nog nooit op een snowboard gestaan. Maar dat weerhield haar er niet van om als een komeet de berg af te sjezen. Vaak ging ze keihard onderuit en liep ze weer een bloedneus op. Dan stond ze lachend op, propte vrolijk een groot stuk wc-papier in haar beide neusgaten en ging weer verder. 'Het is bijna hetzelfde a's surfa' op de golva'!' brulde ze dan met een verstopte neus. 'Je val' allee' wat harda'!'

Vanaf de piste konden ze via een bospaadje zo de tuin van de Zure Kronkel in glijden. Iedere middag hadden ze lunch met Picao. Art de 48e kon ook van graan en zoete aardappels pasta maken. Balthazar gooide er vaak lapjes vlees bij van de vleesgevende planten plus allerlei kruiden en olie en kaas, waar Art de 48e dan weer heerlijke ravioli van brouwde.

's Avonds, onder het licht van de vuurvliegjes in de grote glaswand, speelden ze spelletjes met de Breinhelm. Amita had een kleinere versie gemaakt van C.R. Brain, de breinkijker waar ze het jaar daarvoor de Spoed-Duik mee hadden gedaan om Krudon Kragt te kunnen ontmaskeren. De Breinhelm was een soort motorhelm met op de voorkant een grote lens. Als je de helm opdeed en voor een muur of een wit doek ging staan, projecteerde de lens je eigen gedachten als een film voor je neus. De Breinhelm had niet zoveel kracht als zijn grote broer C.R. Brain, maar genoeg om je eigen gedachten goed te kunnen zien. Amita had hem gemaakt om af en toe tijdens het werk even rustig van een afstandje naar haar eigen gedachtespinsels te kunnen loeren.

Balthazar was dol op de Breinhelm. Zijn favoriete spelletje was *Ik denk ik denk wat jij niet weet.* Opgewonden als een kleuter liet hij Kala en Diego dan raden, voordat hij zijn hand voor de projector weghaalde en liet zien waar hij aan dacht. Diego wist dat het negen van de tien keer te maken had met snoep, maar hij speelde altijd aardig mee en noemde eerst allerlei andere dingen.

Eigenlijk was het de perfecte vakantie ... ware het niet dat Diego gek werd van nieuwsgierigheid.

Iedere dag zaten Hakim, Jozias en Simon met Amita te smoezen boven in 't Nest. Daar mocht niemand bijkomen. En bijna iedere avond trokken Hakim en Jozias zich terug in de hut van Hakim. Ze waren iets aan het maken, wist Diego. Iets wat zij niet mochten zien. De ramen waren bedekt om pottenkijkers buiten te houden.

Diego kon het niet meer aan. Wat deden ze daar allemaal? En waar hadden ze het toch over?

'Wat leuk dat Simon, Hakim en Jozias hier zijn' zei hij op een dag tegen Amita, en liet daarna een veelbetekenende stilte vallen.

'Zeker' zei Amita, zonder hem aan te kijken.

'Op zich best bijzonder, dat ze negen uur willen reizen om hier te komen,' vervolgde Diego ongeduldig.

‘Acht uur en zevenenvijftig minuten,’ corrigeerde Amita hem.

‘Jullie zullen wel heel veel interessante dingen te bespreken hebben daar in ’t Nest,’ ging Diego verder, terwijl hij Amita’s ogen zocht.

‘Och - je moest eens weten,’ antwoordde Amita, en liep weg zonder hem aan te kijken.

Terwijl Diego haar nakeek, voelde hij hem opkomen.

De onstuitbare.

De meedogenloze.

De ik-moet-dit-weten-ook-al-wordt-het-mijn-dood kriebel.

Langzaam maar zeker begon hij te broeden op een plannetje.

Hoofdstuk 12

De schat van Krudon

In de haven van Kragtstad was het die avond akelig rustig. Het was ook geen weer om te varen. De heldere hemel was vertrokken en had plaats gemaakt voor donkere wolken. Het was koud, het waaide hard en het sneeuwde. Zelfs de vrachtboten, die normaal gesproken iedere dag kwamen laden en lossen, voeren niet uit. Niemand waagde zich op de kade of de pier.

Geen pottenkijkers, dacht Krudon Kragt.

Perfect.

Haastig stapte hij aan boord van zijn duikboot en sloot het luik.

Aan boord waren al drie mensen. Moxxo, zijn bodyguard en tevens stuurman van de boot, en twee geleerden van KK Industries.

De ene geleerde was klein en dik en was een specialist in het vinden van Terrafos onder de grond.

De ander was lang en dun en kaal en wist alles van de gevaren van het boren naar Terrafos, en wat je moest doen om het boren veilig te laten verlopen.

Krudon noemde ze De Dikke en de Dunne.

De Dunne was zenuwachtig. Heel zenuwachtig. Krudon zag het meteen. Maar hij was te opgewonden om er aandacht aan te besteden. Bovendien waren heel veel mensen zenuwachtig in zijn buurt. Zeker als Moxxo er ook bij was. En terecht, dacht Krudon.

Als een dolfijn schoot de duikboot door de golven naar beneden, voorbij de woelige golfslag, naar de rustige diepte van de zee.

Even dacht Krudon aan Diego Zonnesteek. Want Diego Zonnesteek was de reden dat Krudon Kragt nu op weg was naar de bodem van de zee.

Krudon Kragt dacht nog vaak aan de dag dat Diego zijn plannen gedwarsboomd had. Aan de andere kant van de Zuurberg zat een enorme hoeveelheid Terrafos in de grond, klaar voor het grijpen. Bijna was het gelukt om Nooitgeweest te vernietigen, zodat hij pijpleidingen kon bouwen om de Terrafos naar de Grote Centrale in Kragtstad te pompen. Bijna was het gelukt. Totdat Diego Zonnesteek hem had ontmaskerd.

Krudon Kragt haatte Diego Zonnesteek... en tegelijkertijd was hij nieuwsgierig.

Hoe kon het dat die jongen hem door had, terwijl hij de rest van het dorp moeiteloos voor de gek had weten te houden?

Wat voor geweldige krachten had Diego Zonnesteek, die Krudon niet had?

Krudon had een gerucht opgevangen. Dat Diego Zonnesteek contact had met het Magische Veld.

Meteen had hij zijn medewerkers opdracht gegeven om alles te vinden wat er te vinden was over dat zogenaamde Magische Veld. Maar tot zijn grote woede had niemand iets gevonden.

'Dat is onmogelijk!' had Krudon geschreeuwd. 'Dat Magische Veld geeft heel veel macht. Het kan niet dat niemand daar iets van weet!'

Maar het bleef een mysterie voor Krudon. En hoe mysterieuzer het was, hoe meer hij het wilde weten.

Krudon wist dat hij alle wetten gebroken had die er maar

waren in zijn jacht naar Terrafos. Maar uiteraard, uiteraard was hij niet de gevangenis in gegaan. Het idee alleen al. De koning van Kragtstad in de cel!

Er was niemand die dat durfde. Zelfs de minister-president in Jobriv niet. Krudon was veel te machtig. Het hele land was afhankelijk van zijn Terrafos. Alle auto's, vliegtuigen en schepen, alle machines in de fabrieken, alle elektriciteit die uit het stopcontact kwam... het was alleen mogelijk dankzij de Terrafos vanuit De Centrale van KK Industries.

Bovendien betaalde Krudon grote bedragen aan ministers uit de regering die hem stiekem hielpen. In ruil daarvoor lieten ze hem ongestraft zijn gang gaan.

Toch had de minister-president in Jobriv het gewaagd om met lastige vragen te komen. Voorzichtig had hij gevraagd of Krudon Kragt niet een beetje te ver was gegaan.

Als reactie had Krudon de dag daarop meteen de prijzen van Terrafos verdubbeld. En dat was heel erg wreed. De mensen moesten nu ineens hun allerlaatste geld gaan uitgeven aan dat groengelige, slijmerige spul. Ze hadden geen keuze. Zonder Terrafos konden ze niks: niet werken, geen eten maken, nergens naar toe rijden. Het had het land aan de rand van de afgrond gebracht.

Na een paar dagen had Krudon de prijs weer verlaagd.

De minister-president was woedend geweest. Ziedend. Maar hij had niets gedaan. Hij had de boodschap begrepen: Krudon Kragt was machtig. Te machtig.

Toch was Krudon voorzichtig. Hij durfde niet meer die Zuurberg op om de Terrafos te gaan halen. Niet na alles wat hij gedaan had. De dorpelingen zouden hem wel eens flink te grazen kunnen nemen. En misschien zou de minister-president dan ook wel boos worden en zijn leger eropaf sturen.

Nee, dat was geen goed idee. Tenminste… nu nog niet.

Krudon was enorm geïrriteerd dat iemand zijn plannen zo had kunnen dwarsbomen. Een kind nota bene!

Maar dat was nog niet het ergste. Er was iets anders wat hem bloednerveus maakte. En het gaf hem kramp, vanaf zijn tenen tot aan zijn kruin.

Er werd gefluisterd dat ze op de Zure Kronkel iets aan het maken waren. Iets wat alles kon wat Terrafos kon – maar dan zonder de luchtvervuiling.

Ook al was het maar een gerucht, het was voldoende geweest om alle alarmbellen in zijn hersenpan te doen rinkelen.

Wat als Diego Zonnesteek en die uitvindster met een vervanger van Terrafos zouden komen, die niet slecht voor het land zou zijn, en ook nog eens goedkoper dan Terrafos?

Eigenlijk was er maar één ding dat hem tegenwoordig vrolijk maakte. En dat had alles te maken met deze reis naar de bodem van de zee.

De boot minderde vaart. Krudon ging op het puntje van zijn stoel zitten.

Moxxo tuurde geconcentreerd door het glas.

'We zijn er, meester Krudon.'

Voor hen, op de bodem van de zee, stond een zwarte koepel. Hij was zo groot als een huis. Moxxo drukte op een knop. Uit de zijkant van de duikboot kwam een grote slang geschoven. De slang zoog zichzelf vast op de ingang. Het volgende moment schoof het luik van de koepel open.

'Het is veilig, meester.'

Licht opgewonden klauterde Krudon zo goed en kwaad als het ging door de slang heen en liet zichzelf in de koepel zakken. Meteen zonk hij tot zijn enkels in de modder. Maar dat kon hem niet schelen. Met grote stappen liep hij naar het midden van de ruimte. Daar stond een apparaat dat Krudon maar al te goed kende. De mooiste uitvinding in de geschiedenis van dit land. Uitgevonden door KK Industries.

Met een opgewonden blik bekeek hij de Terrafosdriller, oftewel de T-Driller, van dichtbij.

‘Bent u klaar voor een demonstratie, meester?’

Krudon keek op. Moxxo en de Dikke en de Dunne stonden om hem heen.

Moxxo toonde geen emotie, zoals gewoonlijk. Met een rustig gebaar gleed hij met duim en wijsvinger over zijn snor, die bizarre halve maan die hij zo akelig netjes bijhield.

Krudon had vele mensen gezien met een snor zoals Moxxo. Het gaf hun gezicht een wat wrede uitdrukking. Alsof ze heel gemeen waren. Het verschil tussen hen en Moxxo was dat die andere mensen niet echt gemeen waren. Die deden alsof, wist Krudon. Moxxo niet.

De Dikke keek met een angstige blik omhoog naar het dak van de koepel, bang als hij was dat het dak zou bezwijken onder de enorme watermassa.

De Dunne was nog banger dan de Dikke. Zijn ogen stonden wijd open. Hij had zijn lippen muurvast op elkaar geklemd en was de hele tijd aan het slikken.

Maar in tegenstelling tot de Dikke, keek de Dunne niet naar het dak.

Hij keek naar de bodem.

Het irriteerde Krudon. Dit moest een groots moment zijn. Geen tijd voor bangeriken.

‘Begin maar heren!’ riep Krudon. ‘Laat maar eens zien.’

Aarzelend stapte de dikke naar voren en drukte op een knop. De Terrafosdriller begon te draaien. Het geluid van de dril zorgde voor een echo in de koepel. De Dunne begon nog meer te slikken dan hij al deed. Met grote moeite haalde hij zijn lippen van elkaar af en schraapte zijn keel om te zeggen wat gezegd moest worden.

Maar hij kreeg de kans niet.

Vanuit het niets schoot er een straal Terrafos omhoog. Een dikke vette straal, die met kracht tegen het dak van de koepel aan knalde.

Krudon kon zijn ogen niet geloven.

Het was gelukt!

Hij had een nieuwe bron van Terrafos ontdekt!

Als de voorspellingen klopten, dan zou deze bron hem nog minstens tien jaar aan de macht houden. En misschien wel twintig.

Krudon wist dat het verboden was om te boren in de zee. Ten strengste verboden. Volgens vele wetenschappers was er een groot risico op zeebevingen. En ook al was er in geen vijftig jaar iets geweest wat ook maar leek op een zeebeving: wie het aandurfde om op de bodem van de zee te boren ging zonder pardon levenslang de gevangenis in.

Maar Krudon was niet bang voor de regering in Jobriv. Zeker niet met deze nieuwe bron van Terrafos. Want Terrafos betekende macht. Heel veel macht. En geld genoeg, om nog wat ministers om te kopen.

Als een losgeslagen kleuter danste Krudon in 't rond. Hij hield zijn handen in de lucht om het kleverige groengelige spul op te vangen, alsof het snoepgoed was.

Hij was zo druk bezig dat hij niet zag dat er vanuit het boorgat een scheurtje naar buiten kwam.

'D-dat is gevaarlijk.'

Verbaasd en geïrriteerd keek Krudon op. De Dunne had gesproken.

‘O ja? Wat gebeurt daar dan mee?’

Angstig keek de Dunne om zich heen terwijl hij zich afvroeg hoe hij dit ging zeggen.

‘Het z-z-zou een zeebeving k-k-kunnen veroorzaken.’

‘Zou kunnen...’ onderbrak Krudon hem ijskoud. ‘Betekent dat dat je het niet zeker weet?’

De Dunne begon te trillen op zijn benen. ‘B-behoorlijk zeker.’

‘Maar niet helemaal zeker?’

De Dunne schudde zijn hoofd.

Krudon stapte naar voren, greep de Dunne bij zijn jas en bracht zijn gezicht vlakbij het gezicht van de geleerde.

‘De volgende keer dat je iets zegt, zorg dan dat je het zeker weet. Want anders weet ik zeker dat ik je hier in deze koepel achterlaat. Begrepen?’

De Dunne knikte angstig zijn hoofd op en neer.

‘Goed zo. Moxxo! We gaan. Ik heb genoeg gezien.’

Hoofdstuk 13

Verstoppertje

Die volgende ochtend, op de Zure Kronkel, was Diego nog vroeger dan normaal opgestaan. Amita had zichzelf net opgeknapt in de Badhut. Toen ze naar buiten kwam, stond Diego ineens voor haar neus.

'Ik wil Cruiser graag een beetje opleuken,' zei Diego.

'Opleuken? Wat bedoel je?'

'Gewoon, opleuken. Die bankjes zijn hard en kaal. Dat is toch niet comfortabel?'

Amita dacht even na. 'Ga je niet liever buiten snowboarden?'

Diego schudde zijn hoofd. 'Ik heb zin om iets te maken.'

Amita keek hem onderzoekend aan.

'Goed dan,' zei ze uiteindelijk. 'Wie ben ik om een creatieve geest tegen te houden.'

Diezelfde ochtend kwam Diego aanzetten met een paar hele grote kussens van een bank die de burgemeester van Nooitgeweest weg had gegooid.

'Zijn-die-kussens-niet-wat-groot-voor-Cruiser?' zei Balthazar.

Maar Diego gaf geen antwoord.

Zelden was het weer zo goed geweest om te snowboarden als de twee dagen die volgden. 's Nachts sneeuwde het dikke droge vlokken. Overdag was het bijna windstil en scheen er een stralend zonnetje. Maar Diego had er geen oog voor. Van vroeg tot laat was hij bezig met de huistaxi van de Zure Kronkel.

Toen hij klaar was, leek Cruiser meer op een opgeblazen pad dan de wagon die hij ooit was.

‘Ga maar zitten,’ zei Diego tegen een verbaasde Amita. Aarzelend plofte ze neer in de kussens.

‘Lekker zacht…’ mompelde ze. ‘En bovendien heel aardig van je. Want je zit zelf bijna nooit in de Cruiser. De laatste tijd gebruiken wij hem vooral.’

‘Ik wilde graag iets terugdoen voor deze heerlijke vakantie,’ antwoordde Diego, met het gezicht van een engeltje.

‘Het zal wel,’ bromde Amita.

Die avond, toen niemand keek, liep Diego op zijn tenen naar Cruiser. Hij stapte aan boord, tilde de kussens op en stapte in de schuilplaats die hij de afgelopen dagen met zorg had ontworpen.

‘Dag-Diego. Ben-jij-soms-van-plan-om-in-je-eentje-verstoppertje-te-spelen?’

Diego schrok op. Balthazar stond naast Cruiser en keek hem onderzoekend aan. Diego legde zijn vinger op zijn lippen, ten teken dat Balthazar stil moest zijn.

‘Volgens-mij-wil-je-dat-ik-niets-meer-zeg,’ zei Balthazar vragend. ‘Maar-de-reden-daarvan-is-mij-volstrekt-onduidelijk.’

‘Scchhttt…’ zei Diego boos en zachtjes tegelijk.

‘Mag-ik-mee?’ vroeg Balthazar.

Diego zuchtte. ‘Als je stil bent.’

Balthazar draaide met een denkbeeldig sleuteltje zijn mond

op slot en stak het denkbeeldige sleuteltje vervolgens met een grote grijns in zijn zak. Voorzichtig stapte hij met zijn grote lichaam in de schuilplaats naast Diego.

'Zijn jullie lekker aan het knuffelen? Hebben jullie verkering?'

Kala stond in Cruiser en keek op hen neer. Voor de tweede keer legde Diego zijn vinger veelbetekenend op zijn lippen.

'Ik zeg niets - als ik mee mag. Ga eens aan de kant.'

Kala stapte in de schuilplaats. Diego sloot de boel zo snel mogelijk weer af.

'En nu?' riep Kala in het donker.

'Afwachten,' siste Diego. 'En stil zijn, weet je nog?'

Het wachten leek wel een eeuwigheid te duren. Balthazars kuit zat inmiddels in zijn gezicht en Kala's elleboog prikte in zijn zij. Bovendien kreeg Diego kramp in zijn nek.

Misschien gaan ze vanavond wel niet, dacht Diego. Misschien kunnen we beter weer uitstappen.

Ineens hoorde hij stemmen, gevolgd door voetstappen.

'De tijd dringt,' hoorde hij Jozias op norse toon zeggen. 'En we zijn het nog steeds niet eens.'

'Dat hoort er bij, Jozias. Het is niet zomaar iets,' zei Hakim.

'Precies. Één misstap kan ons het leven kosten' vulde Simon aan.

'Jozias heeft gelijk,' zei Amita. 'We moeten beslissingen nemen.'

Met een ratelend geluid kwam Cruiser in beweging. Diego's hart bonkte in zijn keel.

HOOFDSTUK 14

Het grote plan

Langzaam rolde Cruiser omhoog, in de richting van 't Nest.

'We gaan veel minder snel dan normaal,' mopperde Amita. 'Dat is gek... die kussens kunnen nooit zo zwaar zijn. Ik moet hem weer eens nakijken.'

'Ik vind het niet erg,' antwoordde Hakim. 'Die kussens zitten heerlijk. Wat attent van Diego! De jeugd van tegenwoordig is zo slecht nog niet.'

Diego voelde een knoop in zijn maag. Maar we kunnen niet meer terug, dacht hij bij zichzelf. En bovendien wil ik dit niet missen.

Met een schokje kwam Cruiser tot stilstand. Amita, Hakim, Jozias en Simon stapten op de houten vloer van 't Nest. De voetstappen bewogen weg van de huistaxi. Heel voorzichtig tilde Diego een kussen op en gluurde naar buiten.

Amita haalde Mappy de 17e uit haar zak en legde hem in het midden van de tafel. Daarna rolde ze met haar hand een paar keer over het scherm, totdat Mappy net zo groot als de tafel was.

'De-kaart-van-Rebequin-drie-dee,' sprak ze luid en duidelijk.

Langzaam kwam er een licht omhoog. Een blauwgroenig licht, dat zich als een wolk verspreidde over de grote glazen tafel. Beetje bij beetje nam het licht vormen aan, totdat de tafel veranderd was in een overzicht van Rebequin… maar dan drie dimensionaal. De Zuurberg torende hoog boven het landschap uit en reikte tot aan de grijze baard van Hakim. Diego zag zelfs het water van de Vlut vanaf de bron op de berg door het land naar beneden stromen.

‘Een hologram…’ fluisterde Kala zachtjes. ‘Cool.’

Balthazar zei niks. Hij kon geen woord uitbrengen. In opperste concentratie staarde hij naar het schouwspel voor zijn neus, alsof hij uit probeerde te vissen hoe ze zoiets hadden kunnen maken.

Amita stak haar handen in de bron van licht en bewoog haar vingers in de richting van Kragtstad. Toen ze De KK-toren raakte, trok ze haar handen uit elkaar alsof ze een accordeon bespeelde. Hetzelfde moment werd het hoofdkantoor van Krudon Kragt uitvergroot totdat het bijna de hele tafel vulde. Diego dacht aan zijn droom, aan hoe hij zijn hand op het dak van de toren had gelegd. Maar mijn hand past er nu al niet overheen, dacht Diego. En dit is nog maar de KK toren in het klein.

‘We hebben één kans,’ zei Hakim, terwijl hij zijn borstelige wenkbrauwen nog iets verder optrok. ‘Helaas is er geen andere manier dan inbreken. Als het mislukt, zijn we de klos.’

‘Je bedoelt “dan ben jij de klos”,’ zei Jozias corrigerend. ‘Simon hoeft alleen maar te kletsen met zijn goede vriend Krudon Kragt, dat is alles.’

‘Hij is niet mijn vriend,’ zei Simon geïrriteerd.

‘Stop! Genoeg!’

Amita was opgestaan. Ze keek met grote ogen streng om zich heen.

‘We hebben elkaar hard nodig. En we hebben weinig tijd. Dus laat elkaar met rust.’

Simon en Jozias staarden elkaar even aan en gaven een kort knikje, om Amita en Hakim de indruk te geven dat ze de strijdbijl begraven hadden. Maar Diego kon vanaf de Cruiser zien dat het tegendeel waar was.

‘Goed,’ zei Amita, een beetje korzelig. ‘Het plan.’

Langzaam begon ze te vertellen. Ze sprak behoedzaam en geconcentreerd, met een zachte, krakende stem. Diego kon alles woordelijk verstaan. En met ieder woord dat over haar lippen kwam ging zijn hart sneller kloppen.

‘Zoals we weten, is de KK toren de best bewaakte plek in het land,’ zei Amita. ‘Er hangen overal sensoren. Ze reageren op beweging en op geluid.’

Amita liet haar hand langs de KK toren glijden, en spreidde haar vingers uit elkaar.

‘Toon-sensoren,’ sprak ze duidelijk.

Eén voor één lichtte de camera’s aan de buitenkant van de toren op. Het waren er veel. Heel veel.

‘De sensoren reageren snel... maar niet razendsnel. Als je zonder geluid voorbij schiet met honderd kilometer per uur, ben je veilig.’

‘Hakim, de levende kanonskogel,’ zei Hakim peinzend, met een glazige blik. Zijn kaken stonden strak gespannen. Zijn gulle lach was ver te zoeken.

Amita knikte. Ze stak haar handen in de hologram en bewoog in de richting van de straten rondom de KK toren. Met haar vingers vergrootte ze een klein blokje uit. Het was een kanon. Een kanon met een enorme dikke loop.

‘We hebben precies drie minuten voor de lancering, voordat de bewaker zijn ronde maakt. Het klaarmaken van het kanon nam vandaag twee minuten en dertig seconden in beslag. Kan dat nog sneller? Jozias? Hakim?’

‘Dan hebben we meer Supergum nodig,’ antwoordde Hakim.

Amita schudde spijtig haar hoofd. ‘Helaas. Meer heb ik niet. Nieuwe Supergum maken kost een week.’

Beide uitvinders knikten begrijpend hun hoofd.

‘Goed. Twee minuten en dertig seconden dus. Het is niet anders. Jozias bedient, en Hakim vliegt.’

Dus dat is wat ze aan het maken waren, dacht Diego. Een kanon. Even dacht hij terug aan de glijbaan die ze de vorige zomer van Supergum hadden gemaakt. Balthazar had hem eerst in het klein gekleid. Met een druk op het knopje onderop blies het zichzelf op. Het was jammer dat het zulk duur spul was.

Amita plaatste haar rechterhand in het virtuele kanon en knipte in haar vingers. Het volgende moment schoot een mannetje vanuit de loop door de lucht. Met een sierlijke boog landde hij op het dak van de KK-toren. Het mannetje maakte een koprol en stond op. Met z’n allen keken ze toe hoe virtuele Hakim een luik opende en zichzelf erin liet zakken.

‘Hakim kruipt via de grote buizen van de airconditioning richting de werkkamer van Krudon Kragt,’ vervolgde Amita, terwijl het mannetje in de hologram via de smalle gangetjes naar een bepaalde plek tijgerde. ‘Daar wacht hij. Om tien uur ’s avonds heeft Simon een afspraak met Krudon Kragt. Tijdens dat gesprek gaat Simon ervoor zorgen dat Krudon vertelt over zijn pogingen om Terrafos uit de bodem van de zee te halen.’

Simon knikte. ‘Dat zal redelijk eenvoudig zijn. Krudon voelt zich oppermachtig. Hij denkt dat niemand hem iets kan maken. Bovendien is hij erg trots op zijn project.’

‘Zijn levensgevaarlijke, verboden project,’ vulde Hakim aan.

‘Precies,’ zei Amita. ‘Hakim neemt het gesprek op met de Lenscam. Denk er aan: vijf keer achter elkaar knipperen en hij begint met opnemen. Weer vijf keer knipperen en hij gaat uit.’

‘Dat ding jeukt nog wel een beetje in mijn oog,’ klaagde Hakim.

‘Daarna ga je naar de rand van het gebouw,’ vervolgde Amita, ‘en laat je jezelf met het vuilnis meeglijden tot in de containers onderaan de toren.’

Amita knipte opnieuw met haar vingers. Virtuele Hakim klom op ellebogen en knieën naar de rand, zette zichzelf op een soort glijbaan en gleed tussen allemaal vuilniszakken met een noodvaart meer dan honderd verdiepingen naar beneden, waar hij met een zachte plof landde in een vuilniscontainer.

‘Beter dan de kermis,’ zei Hakim met een verwrongen lachje.

‘Je wacht tot de container naar de vuilnisbelt wordt gebracht,’ vervolgde Amita onverstoorbaar, ‘en dan kom je naar buiten. Daar wachten wij je op. Jouw opnamen van het gesprek tussen Simon en Krudon nemen we mee naar de minister-president, met de rest van ons plan.’

‘Ons grote plan...’ mompelde Jozias met zijn hoge stem. ‘Laten we hopen dat het werkt.’

‘Als de minister-president weet dat Krudon Kragt naar Terrafos in de zee boort terwijl dat ten strengste verboden is, dan moet hij wel in actie komen,’ zei Amita geestdriftig. ‘Het is ook het bewijs dat de Terrafos in zijn Kragtveld op aan het raken is. En aangezien het hele land energie nodig heeft, is er maar één oplossing: schone energie. Daar gaan wij bij helpen.’

‘En wat als hij niets doet?’ vroeg Hakim. ‘Wat als hij gewoon doet alsof er geen probleem is? Het zou niet de eerste keer zijn.’

‘Heb jij een beter plan?’ antwoordde Amita.

Het bleef even stil. Iedereen dacht na over haar woorden.

‘Dit is het beste wat we kunnen doen. Ik zie geen andere manier.‘

‘Niets is zeker, zoveel is zeker!’ riep Hakim. ‘Wie niet waagt wie niet wint.’ Voor de eerste keer die avond grijnsde hij zijn missende voortand bloot. Maar het zag er allesbehalve ontspannen uit.

Jozias keek hem aan en knikte langzaam. ‘Je hebt gelijk. We gaan er voor. Dat de wind van voorspoed ons moge zegenen.’

‘Dat is nou net het probleem,’ zei Simon ineens op ijzige toon. ‘De wind. Als hij goed staat, landt Hakim keurig op het dak. Maar als hij niet goed staat…’

Simon plaatste zijn rechterhand met een sierlijk gebaar in het kanon en knipte in zijn vingers. Het mannetje vloog opnieuw door de lucht. Met zijn linkerhand maakte hij tegelijkertijd een waaiende beweging. In plaats van dat virtuele Hakim op het dak landde, werd hij tegen gehouden door de windvlaag die Simon binnen de hologram had gecreëerd. Met een doffe klap bonsde hij tegen de glimmende spiegelglazen van de KK toren aan en viel vervolgens honderd verdiepingen naar beneden, op de grond.

Met een harde blik in zijn ogen keek Simon de tafel rond. Hakim was nog bleker geworden dan hij al was. Zijn zwarte ogen schoten onzeker heen en weer.

‘Waarom gaat Jozias niet vliegen?’ zei Simon koel. ‘Jozias is zo licht als een veertje. Dan weten we zeker dat het goed gaat. Zelfs als het heel hard waait.’

Het werd ijzig stil aan de tafel. Jozias keek Simon aan met die grote verschrikte ogen. Hij was bang, zag Diego. Boos en bang. Met een getergde, maar ook onzekere blik keek hij om zich heen.

‘Ik-ik-ik, ik kan het niet,’ zei hij uiteindelijk.

‘O,’ zei Simon koeltjes. ‘Waarom niet?’

Jozias staarde naar de grond, met hangende schouders. Zijn ingevallen wangen waren nog meer naar binnen getrokken dan normaal, waardoor hij er met zijn grote uitpuilende ogen uitzag als een bange vis.

‘D-d-dat zeg ik niet.’

Hakim plukte peinzend aan zijn grijze baard. Amita wreef haar handpalmen langzaam over haar gezicht heen en weer.

Simon keek hen beurtelings aan, wachtend tot iemand zou reageren op zijn woorden.

‘We zijn allemaal bang hoor!’ foeterde Simon. ‘Dat hoort er nou eenmaal bij. Ik accepteer dit niet en-’

‘Ik doe het,’ onderbrak Amita hem ineens.

Vragend keek de rest op.

‘Ik ben lichter dan Hakim, en zelfs lichter dan Jozias. Ik doe het.’

Jozias keek naar haar. In zijn blik lag zowel dankbaarheid als schuld. Het verwarde Diego.

Hakim schraapte zijn keel. ‘Sorry Amita, maar... ben je niet te oud? Ik bedoel, kun je dat nog? Wat als je iets breekt?’

‘Dit is gevaarlijk Amita,’ vulde Simon aan. ‘Levensgevaarlijk. Wat als jou iets overkomt? Jij hebt Kala om voor te zorgen.’

‘Iemand moet het doen,’ zei Amita. ‘Het is zoals het is.’

Hakim en Simon drongen nog aan. Maar Amita was onvermurwbaar. Koeltjes besprak ze met de rest de laatste details. Vervolgens stapten ze weer in de Cruiser voor de terugreis.

Toen Diego zeker wist dat de uitvinders en Simon zich teruggetrokken hadden in hun hutten, opende hij de schuilplaats. Met z’n drieën stapten ze uit.

‘Eigenlijk-had-ik-deze-informatie-liever-niet-gekregen,’ zei Balthazar. ‘Mijn-hoofd-slaat-enigszins-op-hol.’

Kala knikte. ‘Heftig’ mompelde ze.

Diego kon geen woord uitbrengen. Hij had het gevoel dat hij van binnen geprikt werd door duizend spelden.

Hoofdstuk 15

Verwarring

Diego kon nauwelijks slapen. Er was een beeld, een akelig beeld dat zich in zijn dromen steeds weer opdrong... een lachende Krudon Kragt in een wit pak met champagne in zijn hand bij het graf van Amita.

De volgende dag werd getekend door spanning. Diego deed wat hij alle dagen had gedaan; hij luisterde gewillig naar alle lessen van Hakim en Jozias over zon- en windenergie, hij bracht kopjes warme Picao naar Balthazar, hij ging zelfs nog even snowboarden en maakte zowaar nog een sprong over het dak van Runne, waarbij hij voor een moment alles vergat wat hem bezig hield.

Maar het grootste gedeelte van de dag maakte hij zich zorgen. Grote zorgen.

Diego wist dat zijn gedachten hem voor de gek konden houden. Dat er wel hele gekke dingen moesten gebeuren voordat Krudon Kragt in een wit pak met champagne in zijn hand bij het graf van Amita zou staan.

En toch...

Er klopte iets niet. Diego's gevoel had bepaalde signalen opgepikt. Twijfel. Jaloezie. Haat. Angst. Wantrouwen. En Diego kon niet goed zeggen welk gevoel bij wie hoorde. Het was een levende puzzel, waarvan de stukjes constant van vorm leken te veranderen en nooit echt in elkaar pasten.

Waarom ging Jozias niet in dat kanon?

Waarom was Hakim die middag boos geworden op Jozias?

Ze hadden het over Simon gehad, herinnerde Diego zich.

En Amita... was Amita bang?

Een cocktail van gevoelens hing in de lucht, als een donkere wolk die ieder moment open kon barsten. En hoe meer Diego het niet wilde voelen, des te meer voelde hij het.

Die middag ging Diego in zijn eentje naar buiten.

Het was koud. De hemel was bedekt met een grauw wolkenbed. Bovendien was het vermoeiend om door de hoge sneeuw te bewegen. Maar de inspanning hielp Diego om zijn hoofd te zuiveren. En dat was wel wat waard.

Diego ging verder en verder zonder dat hij ergens naar toe wilde. Hij liep langs de Vlut de berg op en kreeg rillingen bij de aanblik van het ijskoude water.

Op een gegeven moment passeerde hij de eerste bomen van het reuzenwoud. Diego was verrast dat hij al zo ver was gekomen.

Het was merkwaardig stil in het woud. De reusachtige stammen waren kaal en donker. In de sneeuw was geen leven te bekennen. Er was zelfs geen spoor van een hert of een eekhoorn, of een wild zwijn.

Plots zag hij de hut van Zwam.

Bijna niemand wist waar de hut van Zwam was. Met het blote oog was hij nauwelijks te zien. Hij lag als een cirkel om de voet van de grootste boom van het woud. Zwam had hem zo gebouwd dat het net leek alsof hij bij de boom hoorde. Amita had Diego verteld dat de wortels van de boom dwars door Zwams hut heen liepen.

Diego bedacht zich dat hij de behaarde rijmende bomenman

al een hele tijd niet op de Zure Kronkel had gezien. Kennelijk kwam hij minder vaak langs in de winter. Of wellicht was er een andere reden.

Diego had geen zin om aan te kloppen. Want ondanks dat Diego met Zwam al heel wat had meegemaakt, ondanks dat Zwam ooit zijn leven had gered, ondanks dat Zwam eigenlijk uitsluitend goede dingen deed en nooit kwaad in de zin had, ondanks dat alles voelde Diego zich nog steeds niet volledig op zijn gemak bij hem.

Misschien wel omdat ik van mijn vader nooit in de buurt mocht komen, dacht Diego.

Hij wist dat het alles te maken had gehad met Diego's geboorte, dat Zwam en Amita daar wel bij waren geweest en dat Zeb Zonnesteek, de rechtmatige vader van Diego, van een afstandje toe had moeten kijken.

Zijn vader, die er niet meer was.

Of toch wel? Leefde hij nog ergens?

Dat kan niet. Anders was hij allang teruggekeerd. Stop met dromen.

Voorzichtig stapte Diego verder, bang om op een dode tak te gaan staan waardoor Zwam naar buiten zou komen en hem zou betrappen. Dieper en dieper ging hij het reuzenwoud in, zonder een ander doel dan gewoon in beweging te blijven.

Het werd al laat. En het was nog een lange weg terug. Zijn benen werden zwaar van het lopen door de hoge sneeuw. Bovendien wist niemand waar Diego was. Eigenlijk best een beetje link, bedacht hij zich. Als ik nu in een gat val zal niemand me ooit vinden.

Toch liep hij door, zonder precies te weten waarom.

Totdat hij ineens voor de Slingerboom stond.

Het touw met de autoband hing nog steeds aan de

uitstekende tak boven de rivier. Met een glimlach dacht Diego terug aan de warme zomers en hoe Zeb hem het water in had geslingerd.

Ineens wist Diego wat hij die middag had gezocht.

Iemand om mee te praten.

Iemand om alles aan te vertellen, zonder dat hij onderbroken zou worden.

Iemand die hem advies kon geven.

Iemand zoals zijn vader.

Meewarig keek hij op naar de dikke tak waar hij samen met Zeb zo vaak op had gezeten, genietend van lekkere verse broodjes met geitenkaas van Olle Moker, kletsend over van alles en niets.

En daar zat de adelaar.

Diego herkende hem meteen. De haren op zijn kop waren helwit, bijna zilverachtig. Zijn snavel was opvallend geel, met een kromming aan het einde die bijna een lus maakte.

De vogel schrok niet. Hij bleef roerloos zitten, met zijn blik naar beneden gericht.

'Mama mia...' fluisterde Diego, terwijl hij naar de machtige vogel staarde.

Plotseling vouwde de adelaar zijn vleugels uit. Voor Diego 't wist vloog hij naar beneden en begon wild te klapwieken met zijn vleugels.

'Kaek kaak! Kaek kaak!'

Diego schrok. Snel stapte hij achteruit, in de hoop dat de adelaar op zou houden.

Maar de roofvogel kwam steeds dichter naar hem toe.

'Kaek kaak! Kaek kaak!'

Diego werd bang. In een flits draaide hij zich om en begon te rennen, zo hard als hij kon.

Maar de adelaar liet hem niet met rust. Hij bleef hem achtervolgen, terwijl hij continu harde schelle geluiden uitstootte.

Diego rende voor zijn leven. Keer op keer ging hij onderuit in de sneeuw, stond op en rende verder. Al snel was hij uitgeput. De ijskoude lucht martelde zijn longen. Het leek wel alsof er geen einde aan kwam. En iedere keer als hij even achterom keek, zag hij de adelaar dichterbij komen.

Ineens stond hij aan de rand van het woud. In de verte kon hij de contouren van de Zure Kronkel ontwaren.

De lucht was donkergrijs geworden, zag Diego ineens. Van over de bergkam kwamen pikzwarte wolken aandrijven. Het begon hard te sneeuwen.

Een sneeuwstorm op komst.

Hijgend keek Diego voor de zoveelste keer achterom.

De adelaar was verdwenen.

Een gure wind stak op. De sneeuw werd zo hevig dat het haast een ondoordringbaar gordijn leek.

Diego stapte zo snel als hij kon door naar de Zure Kronkel.

Hoofdstuk 16

Gworttaart

Diego vertelde niemand over zijn tweede ontmoeting met de adelaar. Hij schaamde zich dat hij zo dom was geweest om met een sneeuwstorm op komst te gaan wandelen naar het Reuzenwoud. Bovendien was hij bang dat niemand hem zou geloven. Dus hield hij het voor zichzelf.

Op de Zure Kronkel waren Jozias, Amita en Hakim druk bezig met de laatste voorbereidingen. Angstvallig hielden ze hun vorderingen geheim voor de kinderen. Maar Diego wist toch al waar ze mee bezig waren en liet ze met rust.

Amita was sinds de bijeenkomst in 't Nest niet meer in de Dromenbron gegaan. Terwijl ze normaalgesproken iedere dag een bad nam. Een zeer slecht teken, vond Diego.

Vaak staarde ze door de glaswand naar de KK Toren in de stad, bijtend op haar onderlip. Als Diego naar haar keek had ze het niet eens door. Jij twijfelt en je bent bang, zei Diego in zichzelf, in een poging om de puzzel van gevoelens die in de lucht hing op te lossen.

Simon had dingen te doen en was vertrokken. Niemand wist waar hij was. Amita maakte zich daar niet druk over. Zo zijn spionnen, had ze gezegd. Ze komen en gaan.

'Ik-vind-het-akelig-spannend-allemaal,' zei Balthazar tegen Diego en Kala, toen ze met z'n drieën in de loungehut lagen. Balthazar had zijn gezicht tegen het glas aan gedrukt, in een poging om contact te maken met de rondzwemmende inktvissen en kwallen. De afgelopen dagen had hij zo iedere dag wel een paar uur achter elkaar gestaan, terwijl hij aan de lopende band repen chocola naar binnen werkte. Zo ging Balthazar om met spanning, wist Diego.

Zelfs Kala sprak zachter dan normaal. Ze was stil voor haar doen en bracht veel tijd door in haar hut, sombere tekeningen makend van doodshoofden of oefenend met haar vlindermes. Nu lag ze op een van de witte kussens, met haar handen er omheen geklemd als een aapje dat aan de borst van zijn moeder hangt. Diego dacht aan wat Kala ooit had verteld over haar ouders, dat ze in de eeuwige wateren voeren op zoek naar de vis van geluk, en dat ze daar vissensoep van zouden maken voor alle mensen en dat iedereen dan weer gelukkig zou worden. En ook al wist Diego dat het niets anders was dan een droom van Kala, hij hoopte vurig dat ze ooit een kopje van die soep zou mogen drinken.

Als het fout ging met Amita, had Kala geen huis meer. Maar Kala was niet het type om bij de pakken neer te zitten. Kala was een overlever.

Een zacht kuchje deed hen opschrikken. Amita stond in de deuropening.

‘Waarom schrikken jullie zo?’ zei ze. ‘Ik ben het maar.’

‘Eh niks,’ mompelde Diego.

‘Is de vakantie een beetje leuk?’ vroeg Amita.

Alle drie knikten ze bevestigend, ongeduldig wachtend totdat Amita de werkelijke reden van haar bezoek zou vertellen.

Amita schraapte haar keel. ‘Ik moet morgen weg,’ zei ze. ‘Op reis.’

‘Waarheen?’ vroeg Diego, alhoewel ze dat alle drie allang wisten.

Amita rechtte haar rug en keek hen aan. Haar ijsblauwe ogen leken ineens heel broos.

'Ik wil er niets over zeggen.'

Balthazar, Diego en Kala keken haar aan. Toen Amita niets meer zei, staarden ze alle drie ongemakkelijk naar de grond. Een pijnlijke stilte viel over de hut. Balthazar liep naar de zijkant en begon met zijn voorhoofd zachtjes tegen de glaswand te bonken.

'Wanneer ben je terug?' vroeg Kala ineens, met een snik in haar stem die Diego nog nooit van haar had gehoord.

'Dat weet ik niet,' antwoordde Amita, een beetje haperend. 'Maar ik denk over twee dagen.'

Diego knikte. De boodschap was duidelijk.

Amita keek de hut nog eens rond, zei tot ziens en ging weer naar buiten.

Toen ze weg was, zocht Diego de ogen van Kala.

Diego voelde een steek in zijn hart. Meteen keek hij een andere kant op. Als Kala ergens een hekel aan had, dan was het wel medelijden.

De volgende dag werd Diego als eerste wakker. Hij had dezelfde droom gehad, alleen nu scherper. De champagne in het glas van Krudon Kragt had levendig gebubbeld. Het graf van Amita was overwoekerd en de letters op de grafsteen waren vaag en weggesleten.

Balthazar en Kala waren die nacht bij hem in de Loungehut gebleven. Kala lag nog steeds met haar armen en benen om het kussen geklemd. Balthazar was in slaap gevallen met zijn gezicht tegen de glaswand. Een van de inktvissen dreef aan de andere kant ter hoogte van zijn wang en bewoog zijn tentakels over het glas, waardoor het net leek alsof hij Balthazar streelde.

Door het glas, achter de inktvis, ving Diego een glimp van de Jungle op. Hij zag Amita naar binnen gaan. Misschien was ze wel bezig met haar nieuwe kindje de Gwort, dacht Diego. Hij dacht nog eens aan de mix van wortel en gember en beeldde zich in hoe dat zou smaken. Een rilling liep over zijn rug.

Ineens kreeg Diego een warm gevoel bij zijn borst. Het gevoel gleed omhoog, naar zijn hoofd. En het volgende moment had hij een idee.

Het was een gevaarlijk idee. En ook niet helemaal een eerlijk idee.

Maar wel een goed idee.

Zo snel als hij kon kleedde hij zich aan en ging naar beneden.

De hele ochtend had Diego zich teruggetrokken in zijn huis aan de Stuyfsteeg. Zijn moeder was nog altijd in Jobriv, dus Diego had het rijk alleen. Precies wat hij nodig had.

Via een oud kookboek had hij het recept gevonden voor een overheerlijke sappige worteltaart.

Diego had echter twee wijzigingen in het recept aangebracht.

Ten eerste had hij de wortel vervangen door een paar exemplaren van de Gwort, die hij die ochtend uit de jungletuin had gehaald.

Ten tweede had hij het hele potje slaappillen van zijn moeder tot poeder gestampt en door het bakmeel geroerd.

Toen hij klaar was pakte hij een groot stuk taart in alsof het een cadeautje was, deed het voorzichtig in zijn rugzak en keerde weer terug naar de Zure Kronkel.

Amita stond, zoals zo vaak die laatste dagen, met een gespannen blik door de glaswand te staren. Ze had hem niet gezien of gehoord. Diego stapte naar haar toe en tikte haar op de schouder.

'Alsjeblieft!' zei hij, terwijl hij het stuk taart met een vork op een bordje aanbood. 'Gworttaart. Voor de trotse uitvindster!'

Amita keek hem verward aan.

'Gwort-taart?' zei ze, een beetje haperend. 'Heb jij Gworttaart gebakken? Voor mij?'

Misschien was het de spanning van de laatste dagen, of misschien was Amita gewoon ontroerd. Maar voor de eerste keer in zijn leven zag Diego haar in snikken uitbarsten.

'Wat ben je toch aardig voor me Diego,' zei ze door haar tranen heen. 'Gworttaart... ik vind het zo vreselijk lief van je.'

Onder goedkeurend gemompel at Amita het stuk op, tot aan de laatste kruimel. Diego keek toe met een bevroren lachje op zijn lippen. Ik ben slecht, dacht hij bij zichzelf. Ik ben een heel slecht mens. Maar het is voor een goed doel. Ooit zul je me dankbaar zijn – hopelijk.

In de uren die volgden hield Diego Amita als een waakhond in de gaten. Geconcentreerd keek hij toe hoe haar bewegingen langzamer en slordiger werden... totdat ze een beker koffie pardoes uit haar handen liet vallen.

'I- ik ga even een tukje doen,' zei ze tegen de rest. Zonder een antwoord af te wachten strompelde ze naar haar hut. Hakim en Jozias keken haar bezorgd na.

'Ik help haar wel even,' zei Diego snel, en haastte zich achter haar aan.

Amita viel op haar bed. Met een arm probeerde ze haar deken over zich heen te trekken, maar ze had er de kracht niet voor. Diego deed het voor haar. Toen hij haar bovenlichaam wilde toedekken, voelde hij ineens een stevige grip om zijn arm.

'Wat... zat er... in die... taart,' rochelde Amita. Ze probeerde hem aan te kijken, maar haar ogen draaide alle kanten op.

Diego voelde zijn buik ineenkrimpen. 'Eh... niks bijzonders,' zei hij. 'Behalve Gwort natuurlijk. En eieren. En meel. En boter en suiker. En-'

De grip om zijn arm was weg. Amita had losgelaten. Haar ogen waren gesloten. Haar borst ging langzaam op en neer.

'Wat is er aan de hand?'

Diego keek achterom. Hakim stond in de deuropening.

'Amita voelt zich heel slecht,' zei Diego. 'Ze slaapt.'

Bezorgd kwam Hakim dichterbij. 'Dat kan niet,' zei hij. 'We hebben haar nodig.'

'Ze zei nog iets heel raars,' ging Diego verder, terwijl zijn hart overschakelde naar de hoogste versnelling. 'Ze zei: "zeg tegen Hakim dat jij mijn plaats in moet nemen – niet Jozias. Jij bent licht genoeg. Zeg tegen Hakim dat hij jou moet vertrouwen."'

Hoofdstuk 17

Leugens

Diego zat beneden voor de grote glaswand en keek naar de lichtjes van Kragtstad. Het was al bijna donker. Naast hem zat Balthazar met een grote mok dampende Picao. Kala hing schuin boven hen in de lucht in een liaan, terwijl ze speelde met haar vlindermes.

Achter hen, in de hut van Hakim, waren Jozias en Hakim ruzie aan het maken... over Diego. Meerdere malen hadden ze Amita geprobeerd wakker te krijgen, maar zonder resultaat. De pillen hadden hun werk gedaan.

'Ik vind het wel raar dat Amita zoiets aan jou heeft gevraagd,' zei Kala, terwijl ze hem strak aan keek. 'Dat is niets voor haar.'

Diego knikte half, terwijl hij haar blik ontweek.

Balthazar zei de hele tijd niets. Zijn gezicht stond wat gespannen. Hij leek zich een beetje afgesloten te hebben van de buitenwereld. In een constant ritme nipte hij aan zijn mok en staarde, evenals Diego, door het raam.

Achter hen klonk gestommel. Diego keek op. Hakim stond achter hem. De uitvinder zakte door zijn knieën, zuchtte diep, kneep zijn ogen samen en staarde Diego indringend aan.

'Weet je zeker dat Amita dat allemaal gezegd heeft, Diego?' zei Hakim zachtjes. 'Dat ik jou moet vertrouwen en zo?'

Als volwassen mensen zachtjes gaan praten en je bij je naam gaan noemen is het menens, wist Diego.

In de halve seconde die hij had om te reageren dacht hij razendsnel na.

Als ik de waarheid spreek, gaat niemand dat kanon in. Jozias doet het niet, want die durft toch niet. En dan gaat Amita misschien een volgende keer wel. Misschien overleeft ze dat dan niet. Bovendien komt er dan voorlopig geen bewijsmateriaal tegen Krudon Kragt.

Als ik blijf liegen, komt er misschien wel bewijsmateriaal tegen Krudon Kragt. En dan blijft Amita leven. En heeft Kala nog steeds een huis.

Maar dan ben ik dus wel aan het liegen. Alweer.

Diego hoopte dat er iets in hem zou zijn dat hem kon helpen, een helder teken van zijn hart dat als een ster aan de hemel alle twijfel weg zou nemen. Maar er kwam niets.

Diego stond op, keek Hakim in zijn koolzwarte ogen en loog dat het gedrukt stond.

Hoofdstuk 18

Op weg naar Kragtstad

Een half uur later zat Diego in de kabelbaan met Hakim en Jozias. Het lanceerkanon dat ze met Supergum hadden geprogrammeerd, zat als een klein onschuldig blokje in de tas van Hakim.

Hakim vertelde Diego tot in detail wat de bedoeling was... precies hetzelfde verhaal zoals Diego had gehoord en gezien toen hij ze die andere dag met Kala en Balthazar had afgeluisterd.

'Je gaat dus honderd meter door de lucht vliegen Diego,' zei Hakim met een bijzonder serieuze blik. 'Kan je dat aan?'

En Diego had overtuigend geknikt.

Jozias was nors zoals altijd. Hij had zijn schouders hoog opgetrokken en rolde met zijn oogballen achterdochtig heen en weer, zonder zijn hoofd te bewegen.

Diego wist niet wat hij met Jozias aan moest. Of hij hem wel kon vertrouwen, zoals hij Hakim vertrouwde. Zijn gevoel gaf hem geen duidelijkheid.

Nog meer chaos in mijn hoofd.

Boven alles was Diego opgewonden. En dat was niet alleen omdat hij straks als een levende kanonskogel door de lucht zou schieten.

Het was de eerste keer in zijn leven dat Diego naar Kragtstad ging.

Bijna iedereen op de Zuurberg had ooit wel eens een bezoek aan de stad gebracht. Was het niet uit nieuwsgierigheid, dan was het wel omdat ze iets moesten kopen of regelen wat ze niet in Nooitgeweest konden doen. Maar Diego niet.

Kragtstad maakte hem bang. Diego wist nooit precies waar hij dan bang voor was. Maar de angst was er nou eenmaal en had hem verlamd, iedere keer als hij nieuwsgierig rond de kabelbaan had gedrenteld. Ooit was hij tot halverwege 't Paadje gegaan, het voetpad dat langs Ronnie's Drietand dwars door het Schimmenbos naar beneden leidde. Toen was hij teruggekeerd.

Ondanks dat Diego nieuwsgierig was naar alles dat er op deze aarde bloeide en groeide, was hij dus nooit naar Kragtstad geweest.

Nu was er geen ontkomen meer aan. En nu hij zo in de cabine zat, leek de angst ineens verdwenen.

Raar, dacht Diego.

Door het raam keek hij naar de honderden lichtjes in de vallei. Uiteraard wist Diego wel het een en ander over Kragtstad, zoals elke bewoner van de Zuurberg dat wist.

Kragtstad was een grote stad. Het was veel groter als Nooitgeweest. Terwijl Nooitgeweest veel en veel ouder was. Eigenlijk was Kragtstad heel jong.

Over het ontstaan liepen de verhalen uiteen. In Kragtstad zeiden ze dat Kreolf Kragt, na een barre lange tocht vanuit Jobriv, in de vallei zijn kampement had opgeslagen en vervolgens de stad steen voor steen had opgebouwd. Maar Diego wist van Amita dat Kreolf Kragt in werkelijkheid verbannen was. Kreolf Kragt was ooit, lang geleden, van plan geweest om met zijn clan de macht te grijpen in Jobriv. De regering was er achter gekomen en had het leger opdracht gegeven om Kreolf en zijn clan zo ver mogelijk te verwijderen van de hoofdstad.

Het begin was voor Kreolf Kragt heel zwaar geweest. Door gebrek aan voedsel, de barre omstandigheden en ziektes had Kreolf zijn vrouw en zes van zijn zeven kinderen verloren. De zevende was Krudon.

Kreolf zwoer wraak voor het verlies en de ellende die hem was aangedaan. Om niet weg te zinken in verdriet, had Kreolf zich op zijn werk gestort. En dat was goud zoeken. Dagenlang zat hij van vroeg tot laat in de bedding van de rivier met zijn zeefje te speuren naar klompjes glinsterend materiaal, in de hoop ooit rijk te worden. Maar het was amper genoeg om hem en Krudon in leven te houden.

Op een dag had hij zo genoeg van zijn leven en alle ellende die hem was overkomen, dat er iets in hem knapte. Als een wildeman was hij in de grond gaan hakken met zijn pikhouweel. En toen spoot er uit een van de gaten ineens een klein groengelig straaltje.

Terrafos.

Kreolf wist wat het was. En hij wist dat het hem machtig kon maken. Heel erg machtig. En als hij macht had, kon hij wraak nemen.

Zo begon KK Industries.

In de jaren die volgden werd Kreolf Kragt de machtigste man van de streek, en misschien wel van het land. Iedereen wilde zijn Terrafos hebben. En Kreolf Kragt leverde.

Na twintig jaar had Kreolf Kragt een enorme stad opgebouwd rondom de Kragtvelden, waar alle Terrafos naar boven werd gepompt. Kreolf Kragt was schathemeltjerijk geworden. Hij kon doen en laten wat hij wilde. En een van zijn favoriete spelletjes was Jobriv pesten. Eerst liet hij de prijs van Terrafos gedurende de zomer en de herfst zakken, zodat de mensen veel gingen gebruiken. En dan, als de winter kwam, als het koud werd en iedereen de energie van de Terrafos heel hard nodig had, liet hij de prijzen onverbiddelijk stijgen. Soms leverde hij zelfs een paar dagen niet, totdat de minister-president hem smeekte om over zijn hart te strijken. En dan was Kreolf weer even aardig.

Zo ging het, jaar in jaar uit. Kreolf kreeg zijn wraak. Het maakte hem rustiger.

Totdat de gevolgen van Terrafos duidelijk werden. De dikke groengelige damp, de hoestende mensen, en bovenal het veranderende weer en de overstromingen... steeds meer mensen gaven stiekem de Terrafos de schuld, en vroegen zich af of het allemaal wel zo goed was voor Rebequin.

De geruchten hadden het vuur in het hart van Kreolf Kragt weer doen oplaaien. Mensen die het waagde om slecht over zijn Terrafos te spreken werden meedogenloos te grazen genomen. Kreolf begon een ware klopjacht op alles en iedereen die hem dwars zat. Het waren de donkerste jaren die Kragtstad ooit gekend had.

Maar plotseling, van de een op de andere dag, was er iets veranderd in Kreolf's wraakzuchtige hart. Een tijd lang ging het gerucht dat hij spijt had. Dat hij wilde stoppen met Terrafos. Sommigen beweerden zelfs dat hij plannen had gemaakt om zijn hele bedrijf en al zijn Reffies te schenken aan de regering in Jobriv.

Totdat hij ineens verdronk in het water van de Vlut... na een wandeling met zijn zoon Krudon Kragt.

Diego herinnerde het zich nog als de dag van gisteren. Hoe hij met Zeb in de Slingerboom had gezeten. De steek in zijn hart, en het verdriet dat volgde.

Diego wist zeker dat Kreolf niet zomaar in het water van de Vlut was gevallen.

Sinds Krudon de macht over had genomen, was er heel wat veranderd in Kragtstad.

Vooral de *Werkers* waren de klos geworden. De Werkers waren de arbeiders van KK Industries die voor weinig geld op het Kragtveld of in De Centrale werkten. Deze mensen kwamen vaak van arme dorpen in het land, waar geen werk en eten meer was door de overstromingen, de heftige regens en stormen en de droogtes. De Werkers hadden sinds Krudon aan de macht was gekomen geen vakantie en geen weekend meer. Ze werkten zeven dagen in de week. Sommige Werkers woonden in Nooitgeweest. Bunkert Rotteveel, de vader van Rufus die uit de helikopter van KK Industries was geduwd, was ooit ook een Werker geweest.

Onder de Werkers bevonden zich vooral Leosi zoals de ouders van Kala, die omgekomen waren bij de ontploffing in De Centrale.

Om de Werkers goed onder controle te houden, had Krudon zijn veiligheidsdienst verder uitgebreid. Krudon noemde ze *Reparateurs*. 'Zaken die niet goed lopen moeten gerepareerd worden' zei Krudon Kragt altijd. Dus als iets niet liep zoals Krudon Kragt dat wilde, kwam er een Reparateur.

In werkelijkheid had het werk van de Reparateurs niets te maken met *repareren*.

De wildste verhalen gingen de ronde. Reparateurs zouden mensen slaan, bedreigen, ontvoeren en mishandelen, en in sommige gevallen zelfs mensen laten verdwijnen. Net zolang totdat alles weer liep zoals Krudon Kragt dat graag wilde.

De Reparateurs waren onzichtbaar. Niemand wist precies wie het waren. Maar ze hadden veel macht.

De politie in Kragtstad deed nooit iets. Volgens de geruchten waren ze doodsbang voor de Reparateurs. Anderen zeiden dat de Politie in Kragtstad geld kreeg van KK Industries om de andere kant op te kijken. En misschien was het wel beide.

‘De smog,’ zei Jozias kort. ‘We zijn er bijna.’

De beide uitvinders zetten het witte kapje over hun mond en neus. Snel volgde Diego hun voorbeeld. Ondertussen keek hij gefascineerd naar de wolkjes. Het werden er steeds meer. Zo nu en dan kwam het zicht vrij en zag Diego de duizenden neonlichten van de stad, In alle kleuren van de regenboog.

Met een logge, doffe klap kwam de cabine tot stilstand. De deur schoof open. Een gure wind werkte zich vliegensvlug naar binnen. Diego dacht aan het hologram, hoe Simon met zijn hand een windvlaag had veroorzaakt die het kleine virtuele mannetje tegen de toren deed smakken en hem vervolgens honderd verdiepingen naar beneden liet storten. Misschien is het wel andersom, dacht Diego. Dat ik te licht ben en dat de wind de andere kant op waait, zodat ik er overheen schiet.

In de verte stak de KK-toren als een glimmende diamant boven de groengelige wolken uit. Diego keek naar het dak waar hij op zou moeten landen. Een rilling liep over zijn rug.

‘Hebben jullie nog met Simon gesproken?’ vroeg Diego ineens. ‘Ik bedoel, weet Simon dat ik kom in plaats van Amita?’

Hakim en Jozias reageerden alsof ze door een wesp gestoken waren. Allebei pakten ze Diego stevig bij een arm.

‘Geen namen noemen,’ siste Jozias zachtjes. ‘In Kragtstad hebben de muren oren.’

Diego knikte bevestigend terwijl hij Jozias aankeek. De uitvinder had zijn hand als een handboei om zijn pols geklemd. Indringend, bijna boos, staarde hij Diego in de ogen.

‘Simon weet niets,’ verklaarde Hakim. ‘Ieder contact wordt

onmiddellijk ontdekt. Levensgevaarlijk.'

Voor een moment draaide Diego zich om en keek naar de cabine, die zich weer in de richting van Nooitgeweest begaf... daar waar zijn huisje was, met zijn eigen lekkere warme bedje.

Waar ben ik aan begonnen.

Samen met Hakim en Jozias verdween Diego in de straten van de stad.

HOOFDSTUK 19

Jozias de kat

Kragtstad was vies. De geelgroene smog hing als een laag mist om hen heen. Het was lawaaiig. Zo onopvallend als mogelijk passeerden ze een enorme hal vol met schreeuwende mensen en flikkerende lichten. De snoeiharde, schelle muziek dreunde naar buiten en deed Diego's borst trillen. Diego keek naar de flikkerende rode letters boven de ingang.

DE ZWARTE WERELD

Bij de ingang stonden een aantal jongens. Ze hadden hun ogen wijd open gesperd en keken rusteloos en boos om zich heen, als wolven op zoek naar een prooi. Snel wendde Diego zijn blik af en stapte verder.

De sneeuw was papperig en bruin, met hier en daar een vies groengelig stukje. Diego's schoenen werden nat en maakten zijn voeten koud.

De mensen op straat keken elkaar niet aan. In plaats daarvan leken ze ergens in de verte in 't niets te staren, of ze waren aan het kuchen in hun hand. Als ze Diego per ongeluk aankeken, dan was het met een blik van wantrouwen of haat.

Gezellig hier, dacht Diego.

Ineens kwamen ze uit op een plein. Een heel groot plein.

Aan de kop stond een enorm podium. Diego herkende het van de TV-toespraken van Krudon Kragt.

In het midden van het plein stond een standbeeld, zo groot als een huis. Het was Kreolf Kragt, stichter van Kragtstad en KK Industries en de vader van Krudon. In zijn handen had Kreolf Kragt een boormachine. Een gouden boormachine. De T-Driller. Op het apparaat waren de letters KK met groene diamanten ingegraveerd. Precies zoals de kleur van Terrafos.

'Dat die dingen niet gestolen worden...' mompelde Diego. Nieuwsgierig liep hij dichterbij.

'Niet doen!' siste Hakim. Maar het was al te laat.

Met een knal schoot een hekwerk vanuit de grond omhoog. Diego schrok zich rot. Hij wierp zich achteruit. Een van de punten boorde zich door de wol van zijn handschoen en trok hem van zijn hand af, zo mee de lucht in.

ATTENTIE! U BENT TE DICHTBIJ! NEEM AFSTAND! NEEM AFSTAND!

De stem kwam van alle kanten. Diego wist niet waar hij moest kijken. Her en der gingen lichten aan.

'Ik zei toch: dicht bij ons blijven,' snauwde Jozias, terwijl hij de handschoen van de punt wipte. 'Snel weg hier!'

Diego liep haastig mee. De groengelige damp begon zijn longen en ogen te prikkelen. Diego kuchte even en wreef in zijn ogen. En ik ben nog maar net binnen gekomen, dacht Diego. Stel je voor dat je hier woont.

Vanuit het plein kwamen ze in een gedeelte met hoge flatgebouwen. Aan de gevels hingen enorme schermen. Aan de lopende band lieten ze reclame zien. Diego zag een filmpje van een jongen die eenzaam in een hoekje van een schoolplein zat. Een pestkop schopte zijn lunchbox uit zijn handen. De andere kinderen lachten. De arme jongen moest bijna huilen, totdat hij zich iets leek te herinneren. Uit zijn zak toverde hij een zak K-Kandy… het bekende snoepmerk van KK Industries.

De arme jongen opende de zak, pakte er een gifgroene bal uit en stak hem in zijn mond.

Ineens werd het muisstil op het schoolplein. Alle pestkoppen kwamen met grote, hebberige ogen naar hem toe. De arme jongen keek verbaasd op. Met een grote grijns trakteerde hij vervolgens alle kinderen die een paar seconden geleden nog zo gemeen tegen hem hadden gedaan. Iedereen begon te juichen.

'K-Kandy - voor echte vrienden!' stond er aan het einde in grote letters.

'Doorlopen,' siste Jozias tegen Diego, die met open mond naar het scherm stond te staren. 'Geen tijd te verliezen.'

Langzaam werd het stiller om hen heen. Ze kwamen uit op een straat, zo breed als een voetbalveld. Iets verderop stroomde de Vlut, die haar water naar de zee voerde.

De toren van KK Industries kwam dichterbij. Voor het gebouw schoten stralen groengelig spul de lucht in, helverlicht door lichtbundels die de nacht in schoten. Krudon Kragts eigen Terrafosfontein.

Met een knoop in zijn maag keek Diego van de fontein naar het dak van de KK-toren, dat ineens heel, heel erg ver leek.

Wat doe ik hier. Ik ben een domme, domme leugenaar.

Ineens passeerden ze een bord:

KK ZONE
VERBODEN TOEGANG VAN 8 UUR 'S AVONDS TOT 8 UUR 'S OCHTENDS
BETREDEN OP EIGEN RISICO

Achter het woord 'risico' stond een tekeningetje van een bloeddorstig blaffende hond.

‘Gewoon rustig doorlopen...’ mompelde Hakim, met een hogere stem dan normaal. Hij pakte Diego wat steviger beet en keek zenuwachtig om zich heen. Diego voelde hoe zijn handpalm vochtig werd.

Plotseling kwam een bewaker met een grote hond een straatje uit lopen.

Hakim en Jozias grepen Diego bij een arm en schoten achter een muurtje.

De bewaker sloeg af naar rechts, weg van Diego, Hakim en Jozias. Opgelucht haalde Diego adem.

Ineens begon de hond te snuffelen. Het snuffelen ging al snel over in dreigend geblaf. Diego keek om de hoek. In het straatlicht kon hij de tanden van de hond zien flikkeren.

‘Zoek, Beul! Zoek!’ riep de bewaker opgewonden, terwijl hij zich door de hond mee liet trekken. In een hoog tempo kwamen ze hun kant op.

‘Kggg.... kggg...-’

Verbaasd keek Diego opzij. Jozias had zijn lippen opgetrokken. Hij maakte een hoogst onvriendelijk geluid dat het midden hield tussen blazen en sissen.

‘Kggg... kggghh...-’

Die man gaat ons verraden! dacht Diego. Ik wist wel dat hij niet te vertrouwen was!

Jozias begon steeds luider te blazen en te sissen, totdat het een dierlijk geschreeuw was geworden.

‘KGGGGGGGGGGHHH... KKGGGGGGGGGGHHH!!!’

Het speeksel liep uit zijn mondhoeken. Zijn ogen waren fijngeknepen tot streepjes.

Diego wist niet wat enger was: de hond of Jozias. Zijn hart bonkte in zijn keel.

‘I-ik denk dat het een kat is, Beul!’ riep de bewaker ineens, een beetje benauwd. 'Een grote kat, zo te horen. We gaan verder!'

De man trok de tegenstribbelende Beul weer terug, de andere kant op. Maar de hond wilde niet wijken. Wild rukte hij aan zijn ketting. De bewaker gaf het dier een geniepige schop en trok hem mee.

Diego keek met een ongelovige blik naar Jozias. 'Niet gek!' zei hij glimlachend.

Stiekem hoopte hij dat de uitvinder terug zou glimlachen. Maar Jozias lachte niet terug, niet eens met zijn ogen. 'We gaan verder,' zei hij in plaats daarvan, en stapte weg van achter het muurtje.

Zo snel als in stilte mogelijk was snelden Diego en Hakim achter Jozias aan, door allerlei straten en stegen, constant rondglurend of er nog meer bewakers waren.

Plotseling sloeg Jozias een nauw straatje in. Halverwege het straatje, bij een diepe, smalle parkeerplaats, hield hij halt.

'Hier is het,' fluisterde Jozias.

Hakim liep naar de uiterste punt van de parkeerplaats en keek omhoog, naar de glimmende toren.

'Het kan net.'

Voorzichtig pakte hij het blokje Supergum uit zijn tas, legde het zorgvuldig in de juiste richting en drukte op het uitstekende knopje.

Met het zacht fluitende geluid blies het blok zichzelf op. Steeds verder, steeds groter... het veranderde van een blokje tot een ballon naar een kogelvormig iets... het werd gladder en ronder... een grote ronde pijp stak ineens de lucht in... totdat er ineens een enorm, glanzend, zwart kanon voor hen stond.

Diego stapte naar voren om het beter te zien. Meteen voelde hij een vinnige grip om zijn arm.

'Wachten,' zei Jozias. 'Het moet uitharden.'

Met een geïrriteerd gebaar trok Diego zich los. 'Jij kunt ook niks aardig vragen, hè?' mopperde Diego.

'We hebben geen tijd om aardig te doen,' antwoordde Jozias, zonder hem aan te kijken. 'En bovendien moet je stil zijn.' De uitvinder stapte naar voren, tikte voorzichtig met zijn nagel op de loop en luisterde naar het geluid. Vervolgens draaide Jozias zijn hoofd naar Diego, keek hem met een koele blik aan en knikte.

Een windvlaag schoot door de steeg heen. De bladeren op de grond dwarrelden als een zwerm kolibries de lucht in.

'Die wind is wel onvoorspelbaar zeg!' mompelde Hakim.

Diego's maag kromp ineen.

Hoofdstuk 20

Diego de levende kanonskogel

Als een opgerold balletje zat Diego in de loop van het kanon. De Lenscam prikte in zijn rechteroog. Diego had gewild dat hij hem niet nu al in hoefde te doen. Maar Hakim en Jozias wilden niet het risico nemen dat hij hem zou verliezen. Straks was er geen tijd meer. Bovendien was het niet eenvoudig om de Lenscam in te doen. Uitdoen was een stuk gemakkelijker. In zijn broekzak zat het kleine bakje met vloeistof waar hij de Lenscam na afloop in moest bewaren. Diego hoopte dat hij hem goed dicht had gedraaid.

Met een half linkeroog kon Diego zien hoe Hakim zwetend de loop millimeter voor millimeter in de juiste richting schoof. 'Dit moet goed zijn,' fluisterde hij uiteindelijk.

Als het goed is waarom zit je dan zo weifelend aan je baard te plukken, vroeg Diego zich af. Maar hij zei niks.

Hakim zakte op zijn knieën en stak zijn hoofd voor de loop. 'Luister goed, Diego. Het is heel belangrijk dat je stil bent in de lucht. Begrijp je? De sensors pikken alles op. En dan is het alsnog voor niets geweest.'

Diego wilde bevestigend knikken maar stootte zijn neus tegen de binnenkant van de loop.

'Goed. Zodra je op het dak bent, kruip je via de airconditioning naar binnen. De rest weet je.'

'Ja ja,' fluisterde Diego, maar zijn stem sloeg over. Hij dacht aan de training die hij die middag nog had gehad met het hologram: eerst luik open, laten zakken, naar rechts, tweede links, dan het paneel optillen, even filmen, doortijgeren naar de vuilniskoker, naar beneden glijden, wachten tot de wagen naar de vuilnisbelt was gereden, uitstappen en terug naar de Zure Kronkel...

Appeltje eitje.

'Ik wou dat ik in jouw plaats kon gaan kerel,' zei Hakim, met een brok in zijn keel. Diego kon hem met één oog aankijken en zag dat hij het meende. De uitvinder gaf Diego een kus op zijn hoofd en drukte op een knop. Diego voelde hoe de spanning in het kanon zich begon op te bouwen.

'Tien... negen...' telde Jozias, 'Acht...'

Wat heb jij toch een irritante stem, dacht Diego. Zo'n hoog en snerpend geluid. Nooit eens vriendelijk. Altijd nors. *Ik mag jou niet.*

'Vijf... vier... drie...'

Waarom ga jij niet in mijn plaats? dacht Diego ineens. *Wat is dit eigenlijk voor een onzin? Je laat een kind jouw vuile klusjes opknappen. Stop!* wilde Diego schreeuwen. *Stop!*

Maar er kwam geen geluid uit zijn keel. Het enige wat hij wist was dat hij ineens door de lucht schoot, harder dan hij ooit op zijn snowboard was gegaan, met een enorm kietelend gevoel in zijn buik en zijn armen wild om zich heen zwaaiend, op zoek naar balans. De wind suisde om zijn oren. Diego dook door een smogwolk heen, hoger en hoger, steeds dichterbij de KK toren.

Keurig netjes vloog hij over de rand, terwijl hij tegelijkertijd hoogte verloor. Het volgende moment kon hij één schoen op het dak zetten. Meteen dook hij ineen, maakte drie koprollen en stond op.

Zenuwachtig lachend keek hij om zich heen. Er was niets of niemand te bekennen.

Deel I van het plan was gelukt.

Diego klopte het stof van zijn kleren, liep naar de plek waar het luik van de airconditioning was, opende het en liet zich naar beneden zakken.

En dat is deel II.

Geruisloos begon hij te tijgeren in de richting van de grote werkkamer van Krudon Kragt.

Hoofdstuk 21

In de toren

Diego lag gestrekt in de ijzeren buis, bij te komen van zijn tocht, boven de werkkamer van de meest gevreesde man van heel Rebequin.

Door de buis werd warme lucht geblazen. Tien minuten geleden had Diego nog kunnen genieten van die warmte. Maar nu irriteerde het.

Onder hem, in de grote werkkamer van Krudon Kragt, klonk gestommel.

Diego keek op zijn horloge. Drie minuten voor tien.

Tijd voor actie.

Diego knipperde vijf keer achter elkaar met zijn rechteroog. Het enige dat hij merkte was een haast onhoorbaar klikje, ten teken dat het opnemen was begonnen. Millimeter voor millimeter tilde Diego een paneel op en keek naar beneden. Een bediende was bezig met het plaatsen van een kan en kopjes en koekjes op een grote houten tafel. Haar schoenen zonken weg in een gifgroen tapijt met felle, gele stippen. Het deed pijn aan Diego's ogen.

Aan de kant van het raam zag hij een groot bureau staan. Diego kon een glimp opvangen van een verlichte straal Terrafos die voor het raam voorbij spoot.

Het gerucht ging dat de Terrafosfontein iets te maken had met de ontploffing in De Centrale van een tijd geleden... de ontploffing waarbij de ouders van Kala en vele andere Leosi om waren gekomen. Diego had horen zeggen dat het de schuld van Krudon Kragt was, en niet – zoals in *In Reb & Roer* had gestaan – een fout van de Werkers.

Voorzichtig tilde Diego het paneel iets verder op om een glimp op te vangen van de deur… waar Krudon Kragt ineens door naar binnen kwam.

Diego schrok zich rot. Bijna liet hij het paneel vallen.

Fluitend liep Krudon naar de grote tafel, schonk zichzelf een glas whisky met ijs in en liep door naar het raam.

Krudon Kragt was slank. Hij was tenger gebouwd, met lange slanke handen die hij op elegante wijze om zich heen liet zwaaien. Niet bepaald het lichaam van een gevaarlijke vechtmachine. Maar het was de manier waarop hij bewoog, alsof hij de enige persoon in het universum was, de arrogante manier waarop hij zijn hoofd naar achteren hield en die blik in zijn ogen, opgewonden als een kind en tegelijkertijd meedogenloos als een wolf, die de rillingen over Diego's rug deden lopen.

'Meneer Kragt… uw bezoek is gearriveerd,' sprak een stem door een intercom.

'Stuur hem naar binnen,' commandeerde Krudon.

Een minuut later stapte Simon door de deuropening. Hij zag er wederom smetteloos uit, in een lichtblauw pak met passende schoenen, zijn haren strak naar achteren gekamd en een grijns van oor tot oor.

'Simon!' riep Krudon. 'Grote vriend! Kom in mijn armen.'

De twee omhelsden elkaar. Vervolgens kletsten ze tien minuten over snelle auto's, mooie boten, het weer, vakantie en de juiste stof om een goed pak te maken. Krudon Kragt nam een stukje van Simons jasje tussen wijsvinger en duim en luisterde gefascineerd naar Simons verhaal over de beste, fijnste zijde die er maar in heel Rebequin te vinden was.

'We gaan even zitten, beste Simon,' zei Krudon op een gegeven moment. 'Want ik heb je niet hierheen laten komen om over pakken te kletsen – alhoewel ik het liefste de hele dag door over mooie pakken klets!'

Krudon grijnsde om zijn eigen opmerking. Simon grijnsde mee, om daarna precies op het juiste moment een serieus gezicht te trekken.

Wat ben jij goed, dacht Diego bewonderend. Een echte spion.

'Ik zit met een probleem Simon,' zei Krudon, luid en duidelijk. 'Een groot probleem.'

Simon knikte.

'Het Kragtveld raakt op. Er zit niet genoeg Terrafos meer in. Ik moet een andere bron vinden.'

Even zweeg Krudon, met een sombere blik in zijn ogen. Zijn kaken zwollen op omdat hij ze met kracht op elkaar drukte.

'Gelukkig heb ik die bron gevonden. Hij zit alleen op een beetje een lastige plek… op de bodem van de zee.'

'Dat is niet handig.'

'Zeker niet handig. En bovendien is het verboden om daar te boren. Het mag niet van de minister-president.'

'Iets zegt mij dat jij je niet tegen laat houden door die lafaard in Jobriv.'

Krudon glimlachte. 'Dat klopt, beste Simon. Dat klopt als een bus. Ik ben allang begonnen natuurlijk! Het is alleen een beetje lastig als mensen er achter komen voordat ik de Terrafos naar boven kan halen. Dat zou de boel behoorlijk kunnen vertragen. En als de boel te veel vertraagt, dan zou het wel eens niet kunnen lukken. En als het mislukt, dan…'

Krudon ademde even zwaar, terwijl hij naar het tapijt staarde. Vervolgens richtte hij zich met een ijskoude blik op.

'Dat moeten we niet hebben.'

Simon knikte. 'Je wilt het geheim houden.'

'Precies. En daar heb ik jou bij nodig.'

Simon keek Krudon aan, met een twinkeling in zijn ogen.

'Ik denk dat ik wel iets voor je kan betekenen,' sprak hij langzaam.

Krudons mondhoeken krulden één voor één op. Toen begon hij te gniffelen. Daarna barstte hij uit in een luid bulderend gelach.

'Ik denk dat ik wel iets voor je kan betekenen, zegt ie...' herhaalde Krudon hikkend. 'Dat weet ik wel zeker dat jij dat kan! Als jij het niet kan, wie dan wel?'

Uitgebreid bulderde Simon mee. Toen ze uitgelachen waren bespraken ze nog wat koetjes en kalfjes. Vervolgens ging Simon weg. Krudon ging weer achter zijn bureau zitten en staarde naar de Terrafosfontein voor zijn raam.

Diego knipperde vijf keer met zijn oog. Met hetzelfde zachte klikje ging de Lenscam weer uit. Voorzichtig haalde hij hem uit zijn oog, deed hem in het bakje en liet het paneel zakken.

Deel III volbracht.

Hoofdstuk 22

Het Magische Veld

Na een paar minuten had Diego de vuilniskoker bereikt. Even keek hij naar beneden, in het donkere gat. Het zag er uit als een doodgewone glijbaan. Maar dan een hele lange.

Eigenlijk loopt dit gesmeerd, vertelde Diego zichzelf. Niemand heeft me gezien, de film met bewijsmateriaal gaat naar de minister-president, Krudon Kragt gaat naar de gevangenis en Amita gaat mij vergeven – hopelijk.

Diego schrok op uit zijn fantasie. Een wilde kriebel trok over zijn neusvleugel.

Geïrriteerd krabde hij aan zijn neus en zette zijn rechterbeen in het gat. Behoedzaam tilde hij zijn linkerbeen op. Maar voordat hij zijn linkerhiel neer kon zetten, trok er een akelige rilling over zijn rug. Een rilling die bijna pijn deed.

Alsjeblieft, dacht Diego bij zichzelf. Geen gekke dingen nu. Geen rare voorgevoelens. Ik ben gewoon bang, en dat is hartstikke normaal. Daar gaat ie... één, twee...

Een felle pijnscheut schoot ineens door zijn borst heen. Zijn handen begonnen te bibberen.

'Laat me met rust!' siste Diego, alhoewel hij geen idee had tegen wie hij het had. 'Laat me dit afmaken!'

Met alle kracht die Diego in zich had zette hij af om te gaan glijden. Voorzichtig maakte hij de eerste meters. Even leek de kriebel verdwenen. Zo moet het, dacht Diego tevreden. Ik ben sterker dan een paar rillingen. Ik ben de baas. Baas over mijn eigen lichaam.

Harder, steeds harder gleed hij naar beneden. Voor hij het wist had hij vlinders in zijn buik. Diego stond zichzelf toe om een beetje te genieten. De vlinders leken wel omhoog te vliegen in zijn lichaam, zo naar zijn hoofd – waar ze ineens ontploften tot bijzonder akelige gedachten.

Diego zag Kragtstad voor zich, bedekt met water. Bruingelig, vies water. In het water dreven lichamen, mens en dier door elkaar heen. Op het spaarzame land liepen rijen van mensen, kilometers lang, met kapjes voor hun gezicht, hoestend, met lijkbleke kindertjes op hun armen die ze amper konden dragen. De wind gierde rond en bracht mensen aan het wankelen.

Langs de rijen mensen stonden bewakers met geweren in hun handen. Ze schreeuwden tegen de mensen.

De beelden waren helder. Glashelder.

Terwijl Diego deze beelden in zijn hoofd kreeg, begonnen zijn benen rare bewegingen te maken. Eén voor een zetten zijn voeten zich af tegen de zijwand van de koker, razendsnel achter elkaar, waardoor Diego begon af te remmen. Met alle kracht die zijn lichaam in zich had begonnen zijn handen zich tegen de zijkant van de koker te drukken. Zijn handpalmen leken haast in brand te vliegen. Zijn spieren voelden aan alsof ze ieder moment konden knappen. Maar zijn lichaam ging door en door en door... totdat hij stil hing in de koker.

Hijgend keek Diego naar beneden en naar boven. Hij was uitgeput.

Langzaam en voorzichtig, zonder te weten waarom, begon hij aan de weg omhoog.

Hoofdstuk 23

De lift

Eindelijk kwam Diego aan bij het punt waar hij daarvoor naar beneden was gegleden. Het leek een eeuwigheid geleden. Zijn lichaam deed overal pijn. Het zweet stroomde van zijn voorhoofd. Zijn keel was kurkdroog.

Met moeite tijgerde hij over de werkkamer van Krudon Kragt heen, volgde de route die hij eerder die avond had afgelegd, opende het luik en wurmde zich naar boven, naar het dak van de KK toren.

Wat ben ik aan het doen, dacht Diego. Waarom ben ik niet gewoon naar beneden gegleden. Nu zit ik hier klem. Ik kan geen kant op. Straks word ik gepakt, ontdekken ze de Lenscam en breng ik iedereen in gevaar.

Volgens mij was ik gewoon bang, ratelde Diego in gedachten verder. Ik moet terug. Ik moet dit karwei goed afmaken. Angst is een slechte raadgever.

Diego draaide zich om in de richting van waar hij zonet vandaan kwam, vastbesloten om weer terug te gaan.

Op het luik zat de adelaar.

De roofvogel volgde hem met zijn felle ogen terwijl hij zijn kop met snelle schokjes heen en weer bewoog.

Diego's hart sloeg over. 'Wie ben jij?' riep hij uit. '*Wat* ben jij? Wat doe jij hier?'

De vogel reageerde niet. Voorzichtig stapte Diego naar voren.

‘Laat me met rust! Ga weg!’

Maar de adelaar verroerde geen poot.

Koortsachtig tuurde Diego over het dak, op zoek naar een manier om weg te komen.

Ineens hoorde hij een geluid. Een zoemend geluid. En stemmen. Boze mannenstemmen. Ze kwamen steeds dichterbij. Diego kon een paar woorden herkennen.

‘... op ... dak ... Snel!’

Diego’s ogen werden groot. De angst sloeg hem om het hart.

‘Ga nou alsjeblieft weg,’ jammerde Diego tegen de adelaar. ‘Je begrijpt het niet. Ik moet weg! Ze komen me halen! Weet je wat ze met me gaan doen als ze me pakken? Nou?’

Langzaam kwam de adelaar van het luik af.

‘Dank je wel...’ zei Diego verrast. ‘Dank je wel. Nog iets meer aan de kant, en-’

Maar de adelaar ging niet aan de kant. In plaats daarvan kwam hij op Diego af, klappend met zijn vleugels.

‘Kaek-kaak! Kaek- kaak!’

‘N-nee niet doen,’ smeekte Diego. ‘Niet doen.’

De adelaar schoot dreigend naar voren, met zijn klauwen vooruit gestoken.

Diego deinsde een paar meter terug. Het gezoem kwam steeds dichterbij. De stemmen waren luider.

Achter hem, waar het gezoem vandaan kwam, zag hij nu ook licht. Een groenig licht, dat uit een gat in het midden van het dak kwam. Een rond gat dat hij nog niet eerder had gezien.

‘Kaek-kaak! Kaek- kaak!’

De adelaar sprong op en gaf hem met zijn klauwen een harde duw tegen zijn borst. Een felle pijnscheut schoot door zijn lichaam heen. Diego greep naar zijn bloedende borst, verloor zijn balans en viel achterover.

Moxxo, de bodyguard van Krudon Kragt, sprong met zijn geweer in de aanslag uit de liftkoker. Zijn ogen moesten een kort moment wennen aan de overgang naar de duisternis. Achter hem volgden twee andere Reparateurs.

Wat was dat?

Aan de rand van het dak zag hij iets bewegen. In een rechte lijn rende Moxxo er naar toe terwijl hij de veiligheidspin van zijn geweer losmaakte. Door zijn vizier scande hij de omgeving af.

Het was niks. Een roofvogel die door de lucht zweefde. Maar geen mens.

Nauwkeurig speurde hij de rest van het dak af.

Er was niemand.

Vreemd.

Moxxo streelde peinzend over zijn sikkelvormige snor, gebaarde de overige twee dat ze weer terug gingen en stapte in de lift.

Met een zoemend geluid zonk de lift weg in het dak, terug de KK toren in.

Hoofdstuk 24

Ontsnapt

Diego werd wakker door het geluid van ruziënde kinderen. En geen van die stemmen was van Balthazar of Kala.

Wat vreemd. Wie zijn dat?

Met een schok zag hij de beelden voor zich van de adelaar op het dak. Voorzichtig deed hij een oog open en richtte zich op.

Ai. Dat deed pijn. Een felle scheut schoot vanaf zijn hoofd door zijn lichaam. Diego betastte voorzichtig zijn schedel. Hij had een stevige hoofdwond.

Diego legde zijn kin op zijn borst en keek naar zichzelf. Over zijn borstkas liep een fikse snee.

Waar ben ik eigenlijk?

Hij lag op een dak. Een rond dak. En de stemmen kwamen van onder hem.

Voorzichtig loerde hij over de rand.

Voor hem lag een grote ruimte met een marmeren vloer. Aan het einde van de ruimte zat een enorme glazen poort.

Buiten, achter de poort, zag Diego een fontein die dikke stralen Terrafos omhoog spoot.

Ik lig op de lift. De lift van de KK toren. En ik ben niet gepakt.

Ineens schoof de liftdeur open. Tientallen schoolkinderen

renden al ruziënd naar buiten en begaven zich richting de uitgang. ‘Kinderen van klas 1a, hier blijven! Dit schoolreisje is nog niet voorbij!’ riep een leraar wanhopig, terwijl hij ze probeerde bij te houden.

Diego zette zijn capuchon op, wachtte tot het laatste kind de lift uit stapte, liet zich zakken en liep met een bonkend hart mee de KK toren uit.

Hoofdstuk 25

De ogen van Amita

Diego keek vanaf de bomen naar de Zure Kronkel.

De terugtocht was vlekkeloos verlopen. Niemand in Kragtstad had hem zelfs aangesproken. Diego was in de cabine van de kabelbaan gestapt, aangekomen en in alle rust door Nooitgeweest heengelopen. Nu stond hij daar al een half uur te wachten, totdat hij genoeg moed zou hebben om zich te vertonen.

Diego had honger en dorst. Hij was moe. En bovendien was het ijskoud.

Maar hij durfde niet. Hij dacht aan de ogen van Amita.

Zou ze boos zijn?

Ja dat wist hij wel zeker. Ze zou ongetwijfeld heel erg boos zijn.

Maar daar zat hij niet zo mee.

Diego was bang om de teleurstelling in haar ogen te zien - en de pijn die daarbij hoorde.

Er was iets gebroken tussen hen, zo voelde hij. Iets wat moeilijk te lijmen was.

Tegelijkertijd dacht hij aan de reactie van Hakim en Jozias. Want ook tegen hen had hij gelogen.

Diego had een knoop in zijn maag. Een dikke, harde, grote knoop. Zonder het te weten had hij vanwege de zenuwen de wond op zijn hoofd weer open gekrabd.

Maar ik deed het voor het goede doel, zei Diego tegen zichzelf. Amita had het nooit overleefd. En nu hebben we het bewijs. Dat moet ze toch in een goede stemming brengen, probeerde Diego zichzelf te overtuigen. 'Ze mogen best een beetje dankbaar zijn,' mompelde hij tot slot. 'En Jozias helemaal.'

Want was het niet door de angst van Jozias dat dit allemaal was gebeurd? Dat Diego had moeten liegen om Amita te beschermen?

Als Jozias in dat kanon was geklommen, was dit niet gebeurd.

Zo was het. En niet anders.

Diego zuchtte.

'Ik heb wel een beetje medelijden verdiend,' fluisterde hij in het niets.

Hij legde zijn wijsvinger op de opengekrabde wond op zijn hoofd, smeerde het bloed vervolgens op zijn gezicht en stapte nerveus naar voren.

Hakim was de eerste die hem zag. Opgewonden rende hij naar buiten.

'Diego! Je gezicht! Wat zie je er uit! Waar was je? Je zat niet in de vuilniscontainer. Ben je zwaar gewond? Wat is er gebeurd?'

'Een lang verhaal,' antwoordde Diego rillend, terwijl hij achter Hakim keek of hij Amita ergens kon zien.

'Kom binnen!' riep Hakim. 'Ik zet Art aan het werk voor je! Ik ben zo blij om je te zien man! Ik was doodongerust!'

Na Hakim kwamen Kala en Balthazar naar buiten rennen. Met een grote glimlach van opluchting vloog Kala hem om de hals. Vervolgens tilde ze hem op en schudde hem heen en weer, als een teddybeer die ze van liefde fijn wilde knijpen. Diego was verrast en liet het gelaten toe.

'Ik-zou-hetzelfde-willen-doen,' zei Balthazar, 'maar-ik-ben-niet-zeker-van-de-omvang-van-mijn-kracht, of-ik-jou-dan-pijn-doe-en-of-jij-het-wel-leuk-vindt.'

'Dan doe ik het wel bij jou,' antwoordde hij, en gaf Balthazar een dikke knuffel.

Toen hij binnen kwam, zag hij Jozias. De uitvinder kwam naar hem toe en schudde hem met een bescheiden glimlach de hand.

'Je hebt het gered... gefeliciteerd.'

Dit begint allemaal goed, dacht Diego. Dit begint heel erg goed.

'Heb je de film?' vroeg Hakim opgewonden.

Diego knikte bevestigend. Voorzichtig overhandigde hij het bakje met de Lenscam aan Hakim.

'Dit is sooo spannend!' riep Hakim uitgelaten, weer slissend als vanouds. 'Kom, we gaan kijken!'

Hakim rende naar de lenscamspeler toe en legde de Lenscam in het speciaal daarvoor bestemde bakje.

'Waar is Amita?' durfde Diego eindelijk te vragen.

'Die slaapt nog steeds,' antwoordde Hakim. 'Maar verder gaat het goed met haar.'

Diego voelde de knoop in zijn buik aanspannen.

Een paar minuten later was de grote glaswand veranderd in een wit filmscherm. Met z'n allen keken ze naar de film die Diego had gemaakt. Het geluid was perfect. Het beeld haarscherp. En het bewijsmateriaal overduidelijk aanwezig.

'Eindelijk,' zei Hakim. 'Weet je hoe lang we hier op hebben moeten wachten? Je hebt het geflikt, Diego! Vertel ons het hele verhaal!'

En Diego vertelde, in geuren en kleuren. Het vliegen door de lucht, het klimmen door het luik, het filmen en hoe goed Simon zijn rol had gespeeld.

Toen hij aankwam bij het moment dat hij de adelaar op het luik had zien zitten, aarzelde Diego. Niet alleen omdat hij bang was dat ze hem niet zouden geloven.

Als die adelaar me niet in dat gat had geduwd dan had ik hier nu niet gezeten, wist Diego. Als ik dat vertel, dan weten ze dat ik eigenlijk geluk heb gehad. En dat ik zo dom was om weer terug naar dat dak te klimmen – tegen de orders in.

Eerlijk duurt het langst Diego, zag hij zijn vader weer tegen hem zeggen toen Diego had gelogen over zijn schoolrapport. Maar Diego luisterde niet.

'... Nou en ik kon dus niet door die vuilniskoker naar beneden want die was dicht. Toen moest ik dus terug naar het dak en toen kwamen die mannen omhoog met die lift en toen was er nog maar één plek waar ik me kon verstoppen...'

Diego nam even een slokje van zijn Picao, terwijl de rest ademloos aan zijn lippen hing.

'...boven op de lift.'

Balthazar schudde vol ongeloof zijn hoofd. 'Dit-is-wat-je-in-het-woordenboek-vindt-onder-het-woordje-*lef*.'

'Lef? Dit is briljant! Koelbloedig! Fantastisch! Diego, je bent een held!' riep Hakim uit.

Glunderend keek Diego rond. Balthazar en Hakim keken hem vol bewondering aan. Zelfs Jozias lachte een beetje.

Kala niet. Met haar donkere ogen wierp ze hem een felle, ongelovige blik toe.

Diego voelde een lichte steek in zijn buik.

Nadat Diego zijn verhaal had afgemaakt keken ze nog een keer naar de film. Hakim spoelde hem keer op keer terug naar het punt waar Simon en Krudon aan tafel gingen zitten.

'Wat is dit?'

Geschrokken keek Diego op.

Amita stond achter hen.

'Wat is dit?' herhaalde Amita boos.

'De film die Diego heeft gemaakt!' riep Hakim uit. 'Ben je niet blij? We hebben bewijsmateriaal en-'

'De film die Diego heeft gemaakt?' herhaalde Amita langzaam. 'En wie heeft het in zijn stomme hoofd gehaald om Diego dat te laten doen?'

Hakim was met stomheid geslagen. 'Eh – jij toch? Tenminste, dat zei Diego en-'

Alle ogen richtten zich op Diego.

'Wat heb je gezegd, Diego?' zei Amita zachtjes.

Diego keek op.

Daar was ie. De blik van Amita die hij zo had gevreesd.

Diego wilde het liefste onder de grond kruipen.

Ik ben slecht.

Diep in zijn hart wist hij dat hij grote fouten had gemaakt. Hele grote fouten. En het was allemaal maar net goed afgelopen.

Diego wist dondersgoed wat hij nu moest doen. Excuses aanbieden. Spijt tonen. En vervolgens afwachten of hij zich ooit nog op de Zure Kronkel mocht vertonen.

Maar hij kreeg het niet over zijn lippen.

'Jij had het nooit gered!' riep hij in plaats daarvan. 'Je bent te oud voor dat soort dingen! En Jozias durfde niet en Hakim was te zwaar. Wat nou als jij was doodgegaan? Of als ze je hadden gepakt? Dan was er nooit enig bewijs gekomen. En dan had Kala niemand meer om voor haar te zorgen. Ik moest iets doen!'

Diego keek Amita aan. In haar ogen zag hij de teleurstelling plaats maken voor ongeloof en woede.

'Jij hebt het recht niet om dat soort beslissingen in je eentje te nemen, Diego!' siste Amita. 'En al helemaal niet om mij te bedriegen en te verdoven met een list. Hoe durf je zo'n toon aan te slaan! Schaam je!'

Er viel een ijskoude stilte.

Diego wist dat Amita gelijk had.

Er was nog maar één mogelijkheid om zijn hart te zuiveren. En die was nu.

Diego deed zijn uiterste best om de woorden te vinden. Maar het lukte niet.

'Hij heeft wel het bewijsmateriaal geregeld,' zei ineens een bekende stem.

Iedereen keek achterom. Simon stond naast Art de 48e. Zijn pak van de vorige avond had hij ingeruild voor hagelwitte sneakers, een spijkerbroek en een glimmend leren jack.

'Hij heeft gelogen en bedrogen Simon!' riep Amita verontwaardigd uit. 'Dat kun je niet goedpraten!'

Simon maakte een sussend gebaar. 'Je hebt gelijk, dat is zo. Maar hij deed wat hij dacht dat goed was. En bovendien... hij is nog een kind! Hebben we niet allemaal de domste dingen gedaan op die leeftijd?'

'Dit is niet dom,' zei Amita. 'Dit is bedrog. Heel iets anders.'

Jozias knikte instemmend. De eerdere glimlach naar Diego was nu ver te zoeken. Met een koele blik keek hij naar hem, als een vader die naar een ongehoorzame dreumes kijkt.

Het irriteerde Diego mateloos.

'Dat is zo, dat is zo,' vervolgde Simon. 'Diego heeft gelogen en bedrogen. Maar de vraag is: waarom heeft Diego dit allemaal gedaan? Waarom heeft hij zijn leven gewaagd?’

Simon liet zijn blik rond glijden, totdat hij Diego recht in de ogen keek.

Het bleef even stil.

‘Dit leek me het beste,’ antwoordde Diego zachtjes. ‘Het was misschien niet zo slim maar ik wist niets beters.’

‘Denk je dat je het ooit nog een keer zult doen, Diego?’ vervolgde Simon.

Diego schudde heftig zijn hoofd heen en weer.

‘In dat geval stel ik voor dat we jou vergeven…’ zei Simon met een hupje in zijn stem, ‘en dat we feest gaan vieren, omdat we eindelijk bewijsmateriaal hebben tegen dat monster!’

Met een vette grijns en een tinteling in zijn ogen keek hij iedereen aan. Hakim ontdooide als eerste. Balthazar was allang blij dat er weer wat gelachen werd. Jozias knikte minzaam.

‘Goed dan… ik laat het er bij zitten,’ zei Amita, terwijl ze Diego aankeek. ‘Voor deze ene keer.’

Maar Diego wist dat er nog steeds iets was gebroken.

HOOFDSTUK 26

Vertrek

De volgende dagen was het heerlijk weer. Diego ging iedere dag uitgebreid snowboarden en maakte de wildste sprongen. Simon, die verbazingwekkend goed kon skiën, ging steeds met hem mee. Samen vlogen ze over het dak van Runne als twee op hol geslagen idioten, of maakten ze paden door de diepsneeuw die nog nooit iemand had gemaakt. Diego had de tijd van zijn leven.

'Vergeef jezelf Diego,' zei Simon op een mooie zonnige ochtend tegen hem, toen ze weer eens tot boven hun knieën bedekt waren door een fonkelend sneeuwtapijt. 'We maken allemaal fouten, iedere dag weer. Je bent heel dapper geweest en je hebt het geflikt. Daar gaat het om. Ik ben trots op je!'

Het was heel, heel lang geleden dat iemand zoiets tegen Diego had gezegd. Diego kreeg een brok in zijn keel. Maar hij wilde het niet laten blijken.

'Weet je hoe trots ik op je ben, Diego?' vervolgde Simon.

Diego schudde zijn hoofd.

'Zo trots dat ik je dit geef.'

Simon legde iets in de hand van Diego.

Het was een zilveren amulet met een gouden rand er omheen. In het amulet was een afbeelding van een berg, een boom en een rivier gegraveerd. Daaromheen stonden vier woorden.

Het wapen van Rebequin.

'Ik heb hem ooit gekregen van de regering,' zei Simon. 'Als onderscheiding voor getoonde moed.'

'Simon... dit kan ik niet aannemen,' stamelde Diego, ook al wilde hij niets liever dan hem om zijn nek hangen.

'Je verdient het jongen. Bovendien kan ik hem toch nooit dragen, anders heeft Krudon Kragt me door!'

Diego wist niet wat hij moest zeggen. Simon grijnsde zijn tanden bloot en sloeg hem op zijn schouder. 'Bewaak hem met je leven! Je mag hem nooit af doen. Beloof je dat?'

Diego kon alleen nog maar knikken.

'Heel goed.'

Met een brede glimlach sprong Simon van een rots vijf meter omlaag. Vol bewondering keek Diego toe hoe hij ontspannen zigzaggend verder afdaalde. En terwijl hij toekeek met de ketting in zijn hand, wist hij aan wie die stem hem zo deed denken.

De stem van zijn vader.

Op de Zure Kronkel waren Jozias, Amita en Hakim druk bezig met de voorbereidingen. Hakim had alles op alles gezet voor een ontmoeting met de minister-president. 'Het is een zaak van leven of dood,' had hij tegen zijn secretaresse gezegd. 'Deze ontmoeting zou wel eens de toekomst van het hele land op zijn kop kunnen zetten.' Toch moest hij nog dertien keer bellen voordat de secretaresse overstag was gegaan. De afspraak stond. Maximaal twee personen, had de secretaresse gezegd.

Simon ging niet. Hij kon zijn dekmantel als spion niet opgeven. Amita ging evenmin. Ze had besloten om bij de kinderen blijven.

Dus gingen Hakim en Jozias samen.

Ergens, diep binnenin Diego's wezen, rinkelde een belletje. Een belletje dat er overduidelijk was maar dat Diego niet wilde horen, zoals de schoolbel.

Diego kon niet goed zeggen of het kwam door de opwinding of de zorgen. Waarschijnlijk wil ik zo graag dat het goed gaat dat ik om alles bezorgd ben, zo overtuigde hij zichzelf. Bovendien durfde hij niets meer te zeggen. Diego was bang dat Amita het niet op prijs zou stellen.

Het plan was simpel. Eerst zouden Jozias en Hakim de film aan de minister-president laten zien. Vervolgens zouden ze het laatste rapport over de vreselijke gevolgen van Terrafos nog eens in snelvaart doornemen. Tot slot zouden ze hun plan voor de toekomst presenteren, met behulp van Mappy de 17e en het hologram van heel Rebequin. Vooral dat laatste gedeelte werd tot in den treuren geoefend. Diego en Balthazar keken mee hoe Hakim met een vingerknip in de hologram van het land Energyvans, Energievliegers en kleine pompen met Salvadus liet verrijzen. 'Iedereen heeft straks zijn eigen energie,' besloot Hakim. 'En dat is een goede zaak. Die grote centrale is nergens voor nodig. Baas over eigen energie. Dat is de toekomst!'

De dag van vertrek brak aan. Voor de laatste keer ontbeten ze met z'n allen op 't Nest. Alleen Simon was weer op pad. Niemand wist waar hij was.

Balthazar had een stapeltje Makoku flensjes voor zich die hij uitgebreid besmeerde met gwortstroop. Jozias nam alleen een kop kruidenthee waar hij met een zuinig mondje kleine slokjes van nam. Hakim had zoals altijd een volle pot koffie voor zijn neus. Alleen het 'ah lekker seg' liet hij deze ochtend achterwege. Amita at niks, evenmin als Diego en Kala.

Diego was stil. In zichzelf hoorde hij het belletje. Een akelig gevoel kroop door zijn lichaam heen.

‘Wat nou als jullie het niet redden?’ vroeg hij ineens.

Jozias zetje zijn kopje neer en keek hem indringend aan. ‘Wat bedoel je precies, Diego?’

Diego haalde diep adem. ‘Wat als jullie gepakt worden door Krudon Kragt?’

‘Dan zou Krudon Kragt eerst moeten weten wat wij van plan zijn.’

Diego knikte. ‘Precies… stel nou dat ie het weet?’

Jozias zette zijn kop met thee langzaam op de tafel. ‘Waarom zou Krudon Kragt dat weten?’ vroeg hij met een scherpe, achterdochtige stem. ‘Weet jij iets wat wij niet weten?’

‘Ach Jozias hou nou eens op!’ riep Hakim uit. ‘Doe niet zo achterdochtig. Die jongen is gewoon ongerust. Jij ziet overal vijanden!’

‘Ik vind het gewoon een vreemde vraag,’ zei Jozias. ‘Als hij iets weet, dan is nu het moment om dat te zeggen.’

Diego keek geërgerd naar Jozias. Tegelijkertijd voelde hij zich onzeker.

‘Ik weet niets,’ antwoordde hij zachtjes. ‘Ik had even een slecht gevoel, dat is alles.’

Een akelige stilte volgde. Iedereen staarde in gedachten voor zich uit.

Vanuit de tuin keken ze toe hoe de twee uitvinders in hun voertuigen stapten en in de richting van Jobriv vertrokken.

‘Heb vertrouwen Diego,’ zei Amita ineens. ‘Soms is dat het enige wat je hebt.’

Het was de eerste keer dat Amita weer tegen hem sprak. Diego keek op, hopend dat hij in haar ogen kon zien dat ze hem had vergeven.

Maar Amita was alweer naar binnen gelopen.

HOOFDSTUK 27

Zwarte zondag

De laatste dagen van de vakantie sloeg het weer om. De lucht was grijs, de wind waaide en de sneeuw werd nat en papperig. Diego, Kala en Balthazar vermaakten zich binnen op de Zure Kronkel. Art de 48e kon tegenwoordig ook kleding maken, dus Kala, Diego en Balthazar hadden een paar zaken schapenwol, een zeil dat niemand gebruikte, wat plastic bakken uit de slagerij en een afgedankte ijzeren fluitketel in de machine gegooid. Het resultaat was een paar berewarme sneeuwschoenen met plastic zolen en ijzeren noppen voor Diego, en Balthazar had eindelijk een jas gekregen die hem goed paste.

Alleen Kala was nog niet te spreken over de ontwerpkunsten van Art. Om de machine te inspireren, had ze de laatste modebladen uit Jobriv aan de kleren toegevoegd. Maar Art maakte er alleen maar kartonnen bekertjes van.

Op andere dagen slingerden ze aan de lianen, gingen ze paardje rijden op Beest of speelden ze met de Breinhelm. Soms, als ze echt niks konden verzinnen, gingen ze Slurfy pesten. En als ze alleen maar wilden chillen pakten ze een ritje met Cruiser naar 't Nest en keken een van de films van Amita.

Toch verveelde Diego zich regelmatig. Stiekem hoopte hij dat Simon langs zou komen om de boel een beetje op stelten te zetten. Maar de spion had zich al een tijdje niet meer laten zien.

Amita was druk bezig met het ontrafelen van de geluiden

van de Kleine Vieze Helmuts. Balthazar zat geduldig naast haar en maakte notities, terwijl hij naar de videobeelden van Kleine Vieze Helmut keek en luisterde. Als hij terugkwam was hij zo diep in gedachten verzonken dat hij niet aanspreekbaar was, alsof hij achter een klompje goud in zijn hersens aanrende dat hij maar niet te pakken kreeg.

Uiteindelijk werd het zondag. De dag van de ontmoeting tussen Hakim en Jozias en de minister-president. Voor Diego, Kala en Balthazar was het ook nog eens de laatste dag van de vakantie.

Diego had slecht geslapen. Hij had gedroomd dat hij in de vuilniskoker naar beneden gleed. De koker eindigde alleen niet in een vuilniscontainer, maar kwam uit boven afgezaagde, puntige boomstammen. Toen was hij wakker geworden.

Meteen na de ontmoeting zouden Hakim en Jozias verslag uitbrengen. Angstvallig hield Amita de tijd in de gaten.

Om twaalf uur hadden ze nog niet gebeld. En om één uur ook niet.

Amita ging weer aan de slag in de werkplaats. 'Een mens is niet gemaakt om te wachten' zei ze. Maar ze kwam geen stap verder en keek de hele tijd op haar klok.

De avond was ingevallen. Nog altijd geen bericht van de twee uitvinders.

'Ik-denk-dat-we-kunnen-concluderen-dat-ze-niet-gebeld-hebben,' zei Balthazar, 'wat-mij-doet-afvragen-of-ze-nog-wel-gaan-bellen. Tientallen-mogelijke-redenen-kruisen-hun-wegen-in-mijn-gedachten, maar-ik-zal-u-allen-de-details-besparen.'

'Misschien zijn ze 't vergeten' zei Kala.

'We weten alleen dat ze niet gebeld hebben,' antwoordde Amita. 'Dat is alles.'

Samen gingen ze in Cruiser naar boven om voor de laatste keer die vakantie naar het dagelijkse nieuws te kijken.

Lucky Linda had haar haren blauw geverfd, evenals haar lippen. Diego vond het maar niets.

Het ging vooral over het weer. De regen zorgde op veel plaatsen nog steeds voor grote overlast. De Leosi aan het Konkameer hadden zwaar te lijden onder de overstromingen. Kala keek het allemaal met woeste ogen aan.

Op sommige plekken in het gebergte lag de sneeuw inmiddels tot twee meter hoog. Mensen zaten gevangen in hun huis, wegen waren onbegaanbaar. Het was een drama in het land. Hetzelfde nieuws als de dag daarvoor.

'Nou jongens,' zuchtte Amita, 'dat was het weer. Ik zie jullie wel weer verschijnen.'

'En we sluiten af met de vermissing van twee uitvinders, Hakim Del Toro en Jozias Jakman. Hun voertuigen zijn vandaag in stukken teruggevonden in het water van de Vlut-'

Op het scherm achter Lucky Linda's hoofd kwam de rivier in beeld. De camera zoemde in op een stuk vleugel van Hakims vliegtuig. De zonnepanelen glommen nog een beetje, ondanks dat ze bedekt waren met modder en viezigheid. Iets verderop lag het karretje van Jozias in splinters om een rots gevouwen. De mast was gebroken.

'Van hun lichamen is geen spoor te bekennen. De politie staat voor een raadsel. Het vermoeden is dat ze op weg waren naar Jobriv voor een afspraak, maar dat gerucht kan niet ontkend en ook niet bevestigd worden. De politie denkt dat de kans heel klein is dat ze nog in leven zijn.'

Diego, Balthazar en Kala keken elkaar aan. Amita staarde naar het scherm, geschrokken en in de war.

Diego dacht aan het belletje.

Die avond sjokte Diego naar zijn huis in Nooitgeweest, om de planten water te geven.

In de brievenbus vond hij twee brieven: eentje van zijn moeder, en eentje van de school.

Zijn moeder had dertien kantjes vol gepend over het leven in Jobriv, haar werk bij de huizenbouwer, dat ze fantastische dingen maakte en dat ze er van droomde om het huis van haar dromen te bouwen en daar met Diego in te wonen, over hoeveel ze hem miste, dat hij zoveel op Zeb begon te lijken – behalve voor wat betreft zijn ogen dan, want zijn vader had altijd de beste ogen van het dorp gehad – of hij net zoals zijn vader zo vaak dezelfde dromen had en dat ze hem spoedig weer zou zien.

Met een zucht opende hij de brief van de school en begon te lezen.

Beste leerling van de Gloeth,

Helaas moeten wij je mededelen dat onze school door de Onderwijsinspectie tijdelijk is afgekeurd. Het gebouw schijnt niet langer te voldoen aan de veiligheidseisen.

Dit bericht is voor ons als een volslagen verrassing gekomen. We hebben alles geprobeerd om het nog in orde te krijgen tijdens de vakantie, maar dat is niet gelukt.

De rest van het schooljaar zullen we bezig zijn om het gebouw weer goed te krijgen. Voor jou betekent dit dat je vanaf nu de rest van het schooljaar af zult maken op De Grinn in Kragtstad.

Mijn diepgemeende excuses voor dit ongemak.

Met vriendelijke groet,

Directeur van De Gloeth

HOOFDSTUK 28

Naar De Grinn

Die nacht deed Diego geen oog dicht. Zijn gedachten tolden door zijn hoofd heen.

Hij dacht aan Hakim en Jozias, en aan De Grinn en De Gloeth.

De Gloeth had alles wat De Grinn niet had - en andersom.

De Gloeth was gezellig en warm. De Grinn was akelig en kil.

De Gloeth was klein, met maar een paar klasjes. De Grinn was enorm: alle kinderen van Kragtstad gingen er naar toe. En in iedere klas zaten meer dan veertig leerlingen.

De Gloeth was veilig. De Grinn was gevaarlijk. Diego kende vele verhalen over kinderen die zo erg geslagen en gepest waren dat ze niet meer naar school durfden.

De Gloeth was mooi. De Grinn was het lelijkste gebouw dat je je maar voor kon stellen. Bovendien zat er een hek omheen van wel drie meter hoog, waardoor het er uit zag als een gevangenis. En dat is het ook, dacht Diego.

Het schooljaar was nog lang niet voorbij. Nog zes lange maanden.

Diego had nu al medelijden met Balthazar.

Kala zou zich wel redden.

En hijzelf?

De kleine varkensoogjes van Rufus doemden op in zijn

gedachten. Even dacht hij aan wat er was gebeurd op De Klif.

Misschien valt het mee, hoopte Diego stilletjes. Misschien wist hij niet wat hij deed.

Diego was dankbaarder dan ooit dat hij geen bril meer had. Tenminste één reden minder om hem te pesten.

Zodra de beelden van De Grinn weer een beetje waren verdwenen, zag Diego het kapotte vliegtuig van Hakim weer voor zich. En daarna de rots met het versplinterde voertuig van Jozias er omheen gevouwen.

Het liefste wilde Diego ze gaan zoeken. Maar Amita had hem tegen gehouden. Het gebied waar ze vermist waren was enorm en uiterst moeilijk begaanbaar. Het was zoeken naar een speld in een hooiberg. Laat het aan de politie over, had ze gezegd.

Kunnen we niet met de Vlantel er naartoe vliegen, had Diego toch gevraagd. Maar sinds de hachelijke ontsnapping aan Krudon Kragt's helikopter afgelopen zomer was de Vlantel nog steeds stuk. En bovendien kon je volgens Amita met de Vlantel helemaal niet zo ver vliegen.

Jozias en Hakim moesten het zelf redden. Als ze nog leefden.

Diego had nog nooit zo'n akelige zondag meegemaakt.

Om drie uur 's nachts viel hij uitgeput in slaap.

De volgende ochtend kwam Diego met moeite uit zijn bed. Hij keek naar buiten. Het was een grijze dag.

Diego kleedde zich aan en pakte zijn tas in. Eten lukte niet. Met lood in zijn schoenen sjokte hij met Kala naar de kabelbaan.

Alle kinderen van de Gloeth stonden met strakke gezichten te wachten. Balthazar leunde met zijn voorhoofd tegen een lantaarnpaal en staarde in het niets. Zijn mond stond een beetje open.

Kala had haar haren keurig opgestoken met een paar stokjes. Diego was verrast, maar zei niets. En was ze nou dikker geworden? Het viel hem ineens op dat ze wel hele volle wangen had. Diego gokte dat het kwam door de kookkunsten van Art de 48e.

Een voor een stapten ze in de cabine. Toen de deur achter hen dicht knalde, begon een van de kleinere kinderen te huilen.

Volgens mij zouden we allemaal wel een potje willen janken, dacht Diego.

Hoofdstuk 29

Een hartelijke ontvangst

Diego, Kala en Balthazar stapten als eersten uit de schoolbus. Het was een trieste rit geweest van de kabelbaan naar de school. Bovendien waren de stoelen in de bus van ijzer. Iedere bobbel in de weg hadden ze gevoeld. En er waren heel wat bobbels geweest.

Diego wreef even over zijn achterste en keek om zich heen.

De Grinn lag voor hem, als een slapende gigant in de ochtendmist. Het eerste wat Diego opviel was een lange rij voor een poortje. Links en rechts van het poortje stonden politieagenten. Met onvriendelijke gezichten fouilleerden ze iedereen die naar binnen ging.

Het tweede dat hem opviel was het grote scherm op de gevel van het gebouw. Het liet een filmpje zien. Diego herkende de jongen, die eenzaam in een hoekje van het schoolplein zat. Het was de reclame van K-Kandy. Balthazar stond naast hem en keek gefascineerd met hem mee hoe de jongen op het scherm uiteindelijk de held van het schoolplein werd met zijn groengelige snoepballen.

'Aansluiten!' brulde iemand.

Na een kwartier was Diego eindelijk aan de beurt.

'Staan!' commandeerde de politieagent aan de ene kant van het poortje.

Diego deed zijn benen wijd en stak zijn armen uit. De agent

kwam dichterbij en gleed met een apparaat over zijn hele lichaam.
‘Schoon! Volgende!’

Schoon… mijmerde Diego. En ik heb niet eens gedoucht vanochtend.

Terwijl hij langsliep, werd zijn blik naar een bak naast de agent getrokken. Diego zag een paar spuitbussen, een kleine uitschuifbare knuppel en een mes liggen.

‘Ja jochies, da’s de vangst van vanochtend,’ zei Kala. ‘Welkom in Kragtstad!’

Een sirene begon te loeien. Tegelijkertijd begon een lamp boven de poort een onaangenaam zwaaiend licht te verspreiden. Op het scherm flitste in rode letters een waarschuwing voorbij.

IEDEREEN NAAR BINNEN – LAATKOMERS WORDEN GESTRAFT

‘Weer eens wat anders dan een directeur met een schoolbel,’ grapte Diego.

‘Het-is-wat-je-noemt, een-hartelijke-ontvangst,’ vulde Balthazar aan. ‘Bij-wijze-van-spreken-uiteraard.’

Maar niemand lachte.

De eerste les was Aardrijkskunde in lokaal G23. Balthazar had ergens een plattegrond vandaan getrokken, waardoor ze nog een beetje wisten waar ze moesten zijn.

Het goede nieuws was dat ze Rufus nog niet tegen waren gekomen. Misschien is ie wel geschorst, hoopte Diego.

In de gangen van de school hingen overal zwaailampen, die onafgebroken flikkerden.

‘OPSCHIETEN – LAATKOMERS WORDEN GESTRAFT – NOG 1 MINUUT ’ riep een computerstem tussen het loeien van de bel door.

Net op tijd kwamen ze aan bij het lokaal.

'Zoek een plek en wees stil!' riep de meester bars. Met een chagrijnige blik staarde hij hen aan totdat ze plaats hadden genomen.

Diego zocht een plekje uit. Alle stoelen en tafels waren van ijzer en zaten met grote bouten muurvast aan de grond geschroefd. Daar is vast een reden voor, dacht Diego. Het deed hem denken aan de schoolbus.

'Ik-denk-dat-ik-eindelijk-een-stoel-heb-gevonden-die-mij-het-hele-jaar-door-kan-dragen' zei Balthazar.

Diego glimlachte even. Balthazar deed zijn best om er nog een beetje een leuke dag van te maken. Terwijl jij waarschijnlijk heel erg de klos gaat zijn, vreesde Diego.

'Vandaag gaan we het hebben over het klimaat,' zei de meester met een schorre stem. 'Wie kan mij vertellen hoe het komt dat al die overstromingen rondom het Konkameer plaats vinden?'

Diego dacht terug aan de lessen van Amita over Terrafos en de opwarming van het land, over de heftige regens en extreme droogtes, hoe het Grote Witte Niets aan het smelten was en hoe het allemaal bijdroeg aan de overstromingen. Maar iets in hem waarschuwde hem om niet zijn vinger op te steken.

Balthazar zag kennelijk geen gevaar, want hij boorde zijn vinger de lucht in alsof hij het plafond wilde raken.

'Jij daar. Hoe heet je?'

'Balthazar. Balthazar-Bengelbeen. En-ik-wil-het-graag-zeggen.'

De meester gaf knikkend toestemming.

'Het-komt-door-de-Terrafos, oftewel-de-meug, zoals-wij-dat-noemen-op-de-Zuurberg. Als-de-Terrafos-wordt-verbrand-in-de-motors-van-de-auto's, schepen-en-vliegtuigen, of-in-de-machines-van-de-fabrieken, dan-komt-er-een-gas-vrij, dat-in-de-lucht-om-ons-heen-blijft-hangen. Dat-gas-is-net-een-onzichtbare-deken-die-de-warmte-van-het-land-niet-laat-ontsnappen. Daardoor-gaat-het-Grote-Witte-Niets-smelten-en-komen-er-overstromingen-en-heel-heftig-weer-en-'

'Mijn hemel... wat is dat voor een raar verhaal?' zei de meester.

'Wat-bedoelt-u-met-die-woorden?' zei Balthazar. 'Mijn-antwoord-is-namelijk-correct-en-'

'Integendeel!' onderbrak de meester. 'De overstromingen vinden plaats omdat we in de Gekke Watertijd zitten. Dat gebeurt eens in de honderd jaar. De Terrafos heeft daar helemaal niets mee te maken. Dat schitterende, goudgelige spul is een regelrecht wonder, waarvoor wij allemaal zeer dankbaar moeten zijn! Het is een schande dat er zo slecht gesproken wordt over Terrafos!'

'M-maar-dat-is-niet-correct,' stamelde Balthazar.

'Pardon meneer Bengelbeen?' zei de meester dreigend.

'Die-informatie-is-niet-correct,' vervolgde Balthazar. 'Er-bestaat-namelijk-niet-zoiets-als-een-Gekke-Watertijd. Alle-wetenschappers-van-Rebequin-hebben-aangetoond-dat-het-bijgeloof-is-dus-'

'Hoe durf je onze geschiedenis zo belachelijk te maken!' riep de meester. 'Wat denk je wel niet? Zitten! Ik wil geen woord meer van je horen!'

Onthutst viel Balthazar neer in zijn stoel. Zijn mond zakte langzaam open. Zonder een geluid te maken ademde hij in en uit.

Hoofdstuk 30

K-Kandy... voor echte vrienden

Eindelijk begonnen de zwaailichten voor de pauze te draaien. Met kramp in zijn billen stond Diego op en begaf zich richting de uitgang van het lokaal.

De Gekke Watertijd... iedereen in Nooitgeweest wist dat die helemaal niet bestond. Het was een fabeltje, wist Diego. Hoe kon het dat ze hier op de Grinn dat wel geloofden?

Met tegenzin liepen ze met z'n drieën naar het plein. De damp was al stevig op gang gekomen. De kleinere kinderen hielden allemaal een lapje voor hun mond. De grote kinderen niet. Dat was duidelijk niet stoer.

Angstig keek Diego om zich heen, om te zien of Rufus Rotteveel ook ergens liep. Maar hij was nog altijd nergens te vinden.

'Het schijnt dat Rufus aan het spijbelen is,' fluisterde Kala ineens. 'Het schijnt dat hij soms wel een week lang spijbelt.'

Diego had geen idee hoe Kala aan deze informatie was gekomen. Maar het deed hem goed om dit te horen.

'Bestaat-er-een-theoretische-kans-dat-Rufus-de-rest-van-het-schooljaar-afwezig-is?' vroeg Balthazar benauwd.

Diego zag twee bewakers die langs de rand van het schoolplein liepen. Kennelijk was dat nodig hier.

Plots gingen ze de hoek om. Meteen daarna voelde hij een venijnige steek in zijn rug.

'Hé! Kijk uit waar je loopt!'

Diego keek op. Een groepje grote jongens stond om hem heen. Diego kende ze geen van allen. Met een spottende blik keken ze hem aan.

Wat was dat?

Diego zag een gloed om de jongens heen hangen. Een dreigende roodzwarte gloed.

'Bied je excuses aan!' zei er eentje. En terwijl hij dat zei, verdween de gloed weer.

'Waarom?' antwoordde Diego. 'Ik heb niks gedaan.'

Een andere jongen stapte naar voren en gaf Diego een felle duw.

'Ben je doof of zo? Je liep tegen hem aan. Bied je excuses aan, en snel een beetje!'

Mama Mia, dacht Diego. Wat zijn dit voor een gasten? Een golf van angst schoot door zijn lichaam. Zijn knieën begonnen te knikken.

'Stop!'

Diego herkende die stem uit duizenden. Het was Balthazar.

Zijn dikke vriend kwam met overdreven stappen naderbij, als een scheidsrechter op weg naar de plek van de overtreding. Wijdbeens ging hij voor Diego staan en haalde een zak snoep tevoorschijn... een zak K-Kandy.

Diego dacht aan die ochtend, aan hoe Balthazar vol opwinding naar het reclamefilmpje had gekeken, en aan de manier waarop Balthazar alles letterlijk nam.

'Balthazar... niet doen...' fluisterde Diego. Maar het was al te laat. Vol trots opende hij de zak groengelige ballen naar het groepje jongens.

‘K-Kandy... voor-echte-vrienden! Tast-toe, zou-ik-zo-zeggen! Tast-toe-kerels!’

De jongens keken elkaar even aan. Toen begonnen ze Balthazar keihard uit te lachen. De zak werd uit zijn handen gegrist en Balthazar werd tegen de grond geduwd.

Vol afgrijzen keek Diego toe. Maar hij durfde niets te doen.

Eentje stond klaar om Balthazar nog een schop te geven, toen er ineens iets door de lucht suisde.

SCCCHIOEW.

‘Au!’ riep de jongen.

Vlak boven zijn wenkbrauw zat een flinke snee waar bloed uit sijpelde.

SCCHHIOEW.... SCCHIOEW...

Meteen daarna grepen twee anderen met een pijnlijk gezicht naar hun hoofd.

Zonder Diego en Balthazar nog een blik waardig te keuren renden ze haastig weg om dekking te zoeken.

Diego staarde verbaasd om zich heen.

Boven op het dak van de school lag Kala. In haar handen had ze een katapult. Snel verwijderde ze het elastiek en stak het houten overblijfsel weer in haar haar. De bolle wangen waren ook weg, merkte Diego op. Logisch... daar had ze natuurlijk de stenen voor de katapult in bewaard.

Ik had het kunnen weten, zei Diego in zichzelf. Kala gaat nergens heen zonder een wapen.

Achter Kala doken ineens twee bewakers op. Allebei grepen ze een arm van het meisje en trokken haar weg van het dak. Kala slingerde haar hoofd heen en weer en probeerde ze te bijten, maar de bewakers hadden haar stevig vast.

‘Ook dat nog...’ mompelde Diego.

Balthazar lag nog altijd op de grond. Diego knielde bezorgd

bij hem neer. Zijn vriend keek met een verdwaasde, angstige blik om zich heen. Het was net alsof hij Diego niet hoorde of zag.

Diego kende die blik. Het was Balthazar die zich afsloot van de boze slechte buitenwereld. Alsof hij in een ijzeren torentje was gekropen en de deur op slot had gedaan. Verboden toegang voor iedereen. Het duurde uren, en soms wel dagen voordat hij weer bij zinnen was. Diego was wel eens bang dat Balthazar op een dag nooit meer uit z'n torentje zou komen.

'Balthazar... hoor je me? Dat moet je niet meer doen hoor. Met K-Kandy maak je geen vrienden. Dat zeggen ze alleen maar in dat filmpje, omdat ze hopen dat je dan hun snoep gaat kopen. Ze liegen, hoor je me Balthazar? Hoor je me?'

Maar Balthazar bleef maar voor zich uit kijken, met die verdwaasde blik.

Diego tilde hem zo goed en kwaad als het ging op en nam hem mee naar het volgende lokaal. Hoe gaan we dit doen? Dacht hij bij zichzelf. Het is nog niet eens middag, en we zitten al zwaar in de problemen. En Rufus heeft zichzelf nog niet eens laten zien.

Diego zuchtte diep. Dit werden zes loodzware maanden.

Hoofdstuk 31

Rufus

Normaal gesproken ging Rufus spijbelen wanneer hij daar zin in had. Rufus was niet bang voor straf. Bovendien kreeg hij bijna nooit straf. De leraren waren een beetje bang voor hem, wist Rufus. En terecht.

Als Rufus spijbelde ging hij altijd naar De Zwarte Wereld, om te gokken of te gamen.

Maar deze keer niet.

Rufus was op weg naar de KK toren.

Rufus hoefde zijn hoofd niet onderdanig naar beneden te buigen, uit angst voor eventuele rondlopende Reparateurs. Want Rufus had niets van hen te vrezen.

Hij passeerde de hoofdingang van de KK toren en ging om het gebouw heen, naar een kleine deur aan de achterkant. Rufus klopte. Drie keer kort achter elkaar, drie keer met een lange tussenpauze. Zoals afgesproken.

De deur ging open. Rufus liep naar binnen.

Recht voor hem was een lift. Rufus stapte in en drukte op de K-knop. Met een schokje vertrok de lift naar de kelder van de toren.

Rufus was opgewonden. In zijn hart voelde hij het vuur oplaaien zoals hij dat zelden gevoeld had.

Een vuur dat gevoed werd door haat.

Rufus kende dat vuur al heel lang. Het was lang geleden

begonnen met branden, toen zijn vader Bunkert Rotteveel hem voor het eerst zonder reden een pak slaag had gegeven.

Rufus was vaak te grazen genomen door zijn vader. Heel erg vaak. Soms was het omdat hij de deur open had laten staan. Soms omdat hij iets gemorst had. En soms gewoon, zonder enige reden. Met iedere afranseling was het vuur heftiger geworden.

Vlak na de dood van zijn vader was het vuur even weggeweest. Rufus was opgelucht dat hij er niet meer was. En nu was er niemand meer om hem een pak slaag te geven.

Maar al snel was het vuur terug gekomen. Het laaide op onverwachtse momenten op, zonder enige reden. En als het oplaaide kwam Rufus de pestkop naar buiten. Dan moest en zou er iemand boeten. En het maakte niet uit wie het was.

Aan het einde van het schooljaar had Rufus gekozen om naar De Grinn te gaan, in plaats van verder op de Gloeth. Daar was geen plek meer voor hem. Alle mensen van Nooitgeweest bekeken hem met andere ogen sinds ze wisten dat zijn vader het dorp had verraden aan Krudon Kragt. En Rufus wist wat ze dachten: de appel valt niet ver van de boom. Die jongen is net zoals zijn vader.

Ook al wist Rufus dat hij in veel dingen inderdaad op zijn vader leek, het irriteerde hem mateloos. Ze hebben het recht niet om zo te denken, zei hij vaak tegen zichzelf. Ooit zal Nooitgeweest hier voor boeten.

Maar er was nog een reden voor Rufus om in Kragtstad op school te gaan. Hij hield van Kragtstad. Die stad was boos en wild. Net als hijzelf.

Op het schoolplein was Rufus al snel verwikkeld geraakt in allerlei vechtpartijen. Na een paar weken miste hij twee voortanden. Maar dat deerde hem niet. Het vuur brandde als nooit tevoren.

Toen hij na een paar weken weer eens aan het vechten was, werd hij na afloop op zijn schouder getikt.

Rufus had gedacht dat het een van de schoolagenten was die hem straf zou geven. Maar het was iemand anders.

Het was Moxxo... bodyguard van Krudon Kragt, en leider van de Reparateurs. Vriendelijk had hij gezegd dat hij even met hem wilde praten.

Rufus was doodsbang geweest. Met Moxxo viel niet te spotten. Dat wist iedereen.

Maar Moxxo had goed nieuws gehad. Heel goed nieuws.

Hij had Rufus gevraagd of hij opgeleid wilde worden tot Reparateur.

Toen hij wegging had hij Rufus zomaar honderd Reffies gegeven. Honderd Reffies!

Rufus was die middag meteen naar de Zwarte Wereld gegaan, het Walhalla van videogames en gokspelen. Daar had hij tussen het gamen door een paar Snopps gekocht.

Het duurde nooit lang voordat zo'n Snopp-pilletje bij Rufus begon te werken. Binnen tien minuten voelde hij zich fantastisch. Machtig en sterk. Als een koning. Gelukkig.

Het was alleen jammer dat hij zich daarna zo rot voelde.

De lift kwam aan bij zijn bestemming. De deur ging open.

Opgewonden en een beetje zenuwachtig stapte hij naar buiten. Zijn ogen moesten even wennen aan de duisternis.

'Dag Rufus. Goed dat je er bent.'

Rufus schrok. Vlak achter hem stond Moxxo. Met zijn rechterhand gleed hij bedachtzaam over zijn snor, die als een halve maan om zijn gezicht lag.

Moxxo was helemaal niet zo groot. Zijn stem was zacht en

vriendelijk. En met zijn kleine, wat eivormige hoofd en zijn ingevallen kin zag hij er op het eerste gezicht vrij onschuldig uit. Zelfs een beetje grappig.

Maar één blik in die ijskoude zwarte ogen, en je wist het meteen. Deze man moest je niet tegen je hebben.

‘Vandaag gaat het beginnen,’ zei Moxxo. ‘Vandaag gaat je leven veranderen.’

Rufus knikte gretig. Zijn ogen waren inmiddels gewend aan de duisternis. Hij stond in een grote hal. Langs de wanden zag hij allerlei rekken met glimmende dingen. Waren dat...?

Rufus slikte. Inderdaad. Het waren wapens! Heel, heel erg veel wapens.

Rufus brandde van verlangen om ze een voor een door zijn handen te laten glijden. Met moeite hield hij zich in.

Moxxo wierp even een blik op Rufus en staarde toen nadenkend voor zich uit.

‘Een Reparateur betaalt een hoge prijs, Rufus. Als je door de opleiding heen komt ben je Reparateur voor het leven. Er is geen weg meer terug. Niemand heeft ons ooit verlaten.’

Rufus knikte weer. ‘Ik zou niet weten waarom iemand dat zou willen.’

Moxxo kwam iets dichterbij. Hij gaf zowaar een lachje cadeau. Maar Rufus twijfelde of hij het meende.

‘Zo denk ik er ook over, Rufus. Want je krijgt er namelijk heel wat voor terug. Je zult altijd genoeg verdienen. En bovendien krijg je macht. Veel macht. Er zal niemand meer zijn die ooit nog iets over jou heeft te zeggen... behalve ik dan, en de grote meester zelf.’

Het hart van Rufus begon zoetjesaan op hol te slaan. Zijn ogen begonnen te schitteren.

Macht!

Rufus wist als geen ander wat dat was. Jarenlang had zijn vader macht over hem gehad. Jarenlang had hij geleden. En nu was dat allemaal voorbij. Een heel nieuw tijdperk zou aanbreken. Niemand zou ooit nog macht over hem hebben... behalve deze man dan, en Krudon Kragt zelf natuurlijk.

Maar ach, dacht Rufus. Zolang hij zou doen wat ze wilden, dan zouden ze geen probleem voor hem zijn. Dat kon toch niet zo moeilijk zijn?

Rufus keek de man met grote glimmende ogen aan.

'Ik doe alles wat u zegt! Alles!'

'Mooi. Je eerste opdracht is om vrienden te worden met Diego Zonnesteek.'

Rufus keek Moxxo verbijsterd aan.

Vrienden worden met Diego Zonnesteek?

Er was één persoon die Rufus het meeste haatte van iedereen: Diego Zonnesteek.

Die jongen die het gewaagd had om hem in een heg met stekels te gooien. Die jongen die hem tegen zijn knieën had geschopt in het bos, waardoor Rufus was gevallen.

Gekke, irritante Diego Zonnesteek met zijn rare voorgevoelens.

En nu moest hij vrienden met hem worden!

'Geen vragen,' zei Moxxo. 'Alles zal in de toekomst helder worden. Duidelijk?'

Rufus knarste zijn tanden. Het vuur in hem laaide zo hoog op dat zijn hoofd rood aan liep.

Maar hij hield zich in. Er mocht niets fout gaan.

'Duidelijk' perste hij er met moeite uit.

'Goed zo,' zei Moxxo. 'We gaan beginnen. Pak maar een paar werpsterren. Ik ga de schietschijf klaarzetten.'

HOOFDSTUK 32

Geen genade

Met moeite werkte Diego zich door de sneeuw, op weg naar de Zure Kronkel.

Het was een bijzonder zware week geweest.

Iedere dag waren ze gepest. Hij was geduwd, geschopt en geslagen. Zonder enige reden. Overal had hij blauwe plekken en schrammen. Zijn hele lichaam deed pijn.

Balthazar was nog meer de klos dan Diego. Bovendien pakten ze steeds al zijn snoep af. Ten einde raad zat hij nu tijdens de les te sabbelen op zijn pen. Gisteren had hij met zijn tanden ongemerkt de inktpatroon gebroken, waardoor zijn hele mond en lippen blauw waren geworden. Hij zag er de hele dag uit als een clown. Een zeer verdrietige, ongelukkige clown.

Balthazar sprak met de dag minder. Vandaag had hij helemaal niet gesproken, zelfs niet toen Diego hem had verrast met een k-kandybal die hij had bewaard.

Kala moest de eerste dag nablijven, vanwege de situatie op het dak met de katapult. Maar daarna had ze eigenlijk nog de minste last gehad. Diego wist waarom. Kala was een Leosi. Veel kinderen en volwassenen vonden de Leosi stiekem een beetje eng. Sommigen beweerden dat ze zwarte magie kenden. Kala vond dat wel prima en deed er regelmatig nog een schepje bovenop door het zingen van gekke liedjes en het maken van rare dansjes met geheimzinnige bewegingen. Maar Diego wist dat ze gewoon een hele goede bluffer was.

Diego vroeg zich af hoe het de volgende dag zou gaan. En wanneer Rufus weer eens zijn hoofd op school zou laten zien. Diego hoopte dat hij weg zou blijven. Maar hij vreesde van niet.

Als hij in zijn hoofd niet bezig was met school, dan dwaalden zijn gedachten af naar Hakim en Jozias. Niet alleen omdat ze vermist waren.

Ze hadden geen kopie van de film.

De lenscamspeler kon nog geen kopieën maken. Amita had alles op alles gezet om het voor het vertrek voor elkaar te krijgen. Maar het was niet gelukt. Ten einde raad had ze de lenscamspeler meegegeven, om op die manier de film aan de minister-president te laten zien. En nu zaten ze dus zonder bewijs.

Maar ook dat was nog niet eens het ergste.

Wat Diego het meeste dwars zat, was de roodzwarte gloed die hij om de jongens op het schoolplein had zien hangen. Hij had het sinds die eerste dag nog een keer gezien. En ik heb helemaal geen gekke bril meer op, dacht hij bij zichzelf.

Hoe kan dat?

Bij aankomst in Nooitgeweest had Diego Balthazar afgeleverd bij zijn ouders in de slagerij. Omdat Kala nog op school was voor strafcorvee, liep hij nu in zijn eentje op weg naar de Zure Kronkel. In gedachten verzonken sjokte hij omhoog.

‘Blijf je liever lopen of wil je een lift?’

Diego keek achterom. Simon zat in zijn rode sportwagen, met een grijns van oor tot oor. Van onder de motorkap kwam een laag, ronkend geluid. Diego was zo diep in gedachten geweest dat hij hem niet eens had horen aankomen.

‘Simon!’ riep Diego verheugd uit.

‘Zo, jij bent blij om me te zien!’ antwoordde Simon.

Het was waar. Diego was dolblij om de spion te zien.

Simon zag er zoals altijd fantastisch uit. Zijn kleding alsof ze net nieuw waren, zijn haar met een beetje gel strak in de scheiding, zijn tanden stralend wit en zijn gezicht gebruind. Een held die wist wat hij deed, dacht Diego.

Enthousiast sprong hij naast hem in de bolide. Even voelde Diego aan het amulet dat op zijn borst lag.

‘En? Hoe was het vandaag op De Grinn?’

Diego vertelde het hele verhaal van die ochtend. ‘Ik weet echt niet hoe ik dit vol ga houden,’ verzuchtte hij aan het eind. ‘Volgens mij ben ik de komende zes maanden iedere dag de klos. Die jongens zijn zo groot en sterk, en ze zijn met zoveel.’

‘Je moet nodig wat lessen in zelfverdediging krijgen,’ merkte Simon op.

‘Maar van wie? Ik zou het niet weten.’

‘Van mij.’

Diego keek even opzij. ‘Echt waar?’

Simon knikte.

‘Oké... maar wanneer dan? Ik heb na het weekend weer school en-’

‘Meteen als we aankomen,’ onderbrak Simon hem. ‘Is dat een goed plan?’

‘Ja! Een heel goed plan!’

Amita zat in haar boomhut op de Zure Kronkel. Ze kwam niet naar beneden om hen te begroeten maar zwaaide alleen even. Diego dacht aan de vorige dag, aan het nieuws over Jozias en Hakim. Waarschijnlijk was ze verdrietig. Of in de war. Of allebei.

Slurfy rolde een beetje in het rond aan de andere kant van het kasteel. Beest lag op de trampolinevloer en verroerde geen vin. Verder was er niemand.

Simon nam Diego mee naar Cruiser. Samen ratelden ze omhoog naar 't Nest.

'Heb jij nog wat meer gehoord van Jozias en Hakim?' vroeg Diego.

Met samengeknepen lippen schudde Simon zijn hoofd heen en weer. 'Het is een mysterie en een vreemde zaak.'

Diego keek even naar Simon en zijn stoere, zelfverzekerde gezicht. Later wil ik zoals jij zijn, dacht Diego. Ik ga mijn haar ook zo kammen.

Simon voelde dat hij werd bekeken en wendde zich met een guitige lach tot Diego.

Plotseling zag Diego een zilverachtige gloed rondom Simons hoofd. Het gleed even voorbij, als een rookvlaag.

Diego schrok.

'Is er iets?' zei Simon lachend.

Heftig schudde Diego zijn hoofd.

'Mooi. We gaan beginnen.'

Het terras op 't Nest was groot. Simon ging in het midden staan en gebaarde naar Diego om dichterbij te komen.

'Iedereen heeft zwakke plekken Diego,' zei Simon. 'Het enige wat je moet doen is die plek vinden. En vervolgens keihard toeslaan.'

Terwijl hij dat zei, sloeg Simon met een ketsend geluid zijn vuist in zijn handpalm.

Diego schrok even.

‘Is dat niet een beetje gemeen?’

‘Klopt,’ zei Simon. ‘Maar er is geen andere weg. Je moet ze terugpakken, Diego. Dat is de enige taal die ze verstaan. Zij zijn begonnen - niet jij. Geen genade.’

Diego keek even naar de grond. Simons’ woorden brachten hem in verwarring. Hij dacht aan wat Amita ooit had gezegd.

Vechten leidt alleen maar tot nog meer vechten.

‘Wil je de rest van het schooljaar gepest worden, Diego?’ vervolgde Simon langzaam. ‘Of wil je de koning van het schoolplein zijn? De keuze is aan jou.’

Simon sprak de woorden langzaam en duidelijk uit. Bijna hypnotiserend.

De koning van het schoolplein... Simon zag in hem een nieuwe koning van het schoolplein.

Een warme golf rolde door zijn lichaam heen.

‘Denk je echt dat ik...?’

‘Zeker. Je bent veel sterker dan je denkt, Diego.’

‘Goh.’

Diego wist niet wat hij moest zeggen. Misschien heeft Simon wel gelijk, bedacht hij zich. Heel even zag hij zichzelf over het schoolplein lopen, zijn schouders naar achteren en zijn kin arrogant vooruit gestoken. Diego Zonnesteek... de koning van het schoolplein.

Tegelijkertijd hoorde hij diep van binnen het belletje klingelen. Heel zacht, alsof iemand zijn handen er omheen had gevouwen om het geluid tegen te houden. Maar het was er wel degelijk.

Diego haatte dat belletje.

Diego rechtte hij zijn rug en keek Simon met grote ogen aan.

‘Ik ben er klaar voor. Geen genade,’ hoorde hij zichzelf zeggen.

Terwijl hij deze woorden uitsprak, stopte het belletje. Alsof het bevroor.

Simon keek hem een paar seconden indringend aan.

'Heel goed Diego. Heel goed.'

De spion rolde zijn mouwen op, deed een stap naar achteren en zakte een beetje door zijn knieën.

'Kom. Steek je wijsvinger eens uit.'

'We gingen toch op zoek naar zwakke plekken?'

'Geen vragen. Steek je wijsvinger eens uit.'

Nieuwsgierig deed Diego wat Simon hem vroeg. In een flits schoot de spion naar voren en nam zijn vinger in een ijzeren greep. Vervolgens begon hij rond te lopen. Diego kon niets anders dan volgen. Met iedere andere beweging zou hij zijn vinger breken.

'En nu jij.'

Na een paar keer oefenen had Diego het een beetje door. De zesde keer had hij beet. Langzaam liep hij over het terras, met een krampachtig volgende Simon.

'Au au au, ik zal je nooit meer pesten Diego' jammerde Simon lachend. En Diego glunderde.

De rest van de middag oefenden ze op razendsnel wegstappen, het omdraaien van armen, gemene trappen op de knie en geniepige stoten in het kruis. En Diego legde al zijn nijd en woede in iedere stoot en schop die hij uitdeelde.

Het is mooi geweest, zei hij tegen zichzelf.

Genoeg is genoeg.

Geen genade.

HOOFDSTUK 33

Rijmen

Het hele weekend werd Diego door Simon getraind. Nu was het zondagavond. Diego was doodop. Hijgend en zwetend zat hij aan de tafel op 't Nest, samen met Simon.

Beest begon te blaffen. Al snel ging het geblaf over in enthousiast gepiep.

Iemand kwam binnen.

Nieuwsgierig keken Diego en Simon over de rand.

Het was Zwam, de bomenman. Zijn enorme onderlip had hij wat verkrampt over zijn bovenlip geklemd.

'Diego Zonnesteek... ben je daar?
Ik moet met je praten... heel even maar.'

Zijn zware stem galmde door het kasteel.

Simon onderdrukte een gniffel. 'Die moet nodig eens naar de kapper!'

Diego wist niet wat hij moest doen. Simon had met die ene, onschuldige opmerking eigenlijk iets anders gezegd. Iets wat de laatste tijd ook zo vaak door Diego's hoofd was geschoten.

Dat Zwam een rare was. Een vreemde, harige, rijmende gek.

Voor hij het wist giechelde Diego mee. Hij kon het niet laten.

Simon deed er nog een schepje bovenop. Hij ging staan, deed net alsof hij een schaar in zijn handen had, trok een beetje een idioot gezicht en begon denkbeeldig de haren uit zijn gezicht te knippen. Terwijl hij dat deed draaide hij zijn onderlip naar buiten – precies zoals Zwam dat altijd deed.

'Hee... verhip,' zei Simon, terwijl hij scheel keek. 'Die haar valt op mijn onderlip. Dat is kras... 'k wist niet dat ie zo groot was...'

Diego hield het niet meer. Gierend van het lachen rolde hij over de grond.

'Diego Zonnesteek... waar ben je dan?' herhaalde Zwam. *'Ik wil je spreken als dat kan.'*

Er zat een kleine, aarzelende trilling in de stem van Zwam. Diego wist wat het betekende. Zwam had hen gehoord. En hij vond het helemaal niet leuk. Maar Diego kon zich op een of andere manier niet inhouden.

'Ik ben even bezig, Zwam!' riep Diego proestend vanuit 't Nest naar beneden. 'Is het heel belangrijk?'

Zwam aarzelde. *'Ik weet het niet precies. Misschien niet, misschien wel... het gaat over jou en het Magische Veld.'*

Diego viel even stil. Als er iets is waar hij totaal geen zin in had, dan was het wel praten over het Magische Veld.

'Ik blijf liever even hier,' hoorde hij zichzelf ten slotte zeggen. 'Kan het een andere keer?'

Zwam zuchtte. *'Goed dan... het is zoals het is... morgen keer ik terug, bij het vallen van de duisternis.'*

'Dat zou heel mooi zijn als dat kan. Tot morgen Zwam... ik zie je dan.'

Met een schok keek Diego op. Hij had gerijmd!

Simon kon nu zijn lachen niet langer onderdrukken. Samen proestten ze het uit.

'Sorry Zwam!' riep Diego tussen het lachen door. 'Het schoot er zomaar uit! Ik wilde je niet pesten! Zwam? Zwam?'

Maar Zwam was alweer vertrokken.

De rest van de avond besteedde Diego met Simon. Samen waren ze naar de jungletuin gegaan voor een stevige maaltijd en hadden Art de 48e het werk laten doen. Amita was samen met Balthazar druk bezig in haar werkplaats en wilde niet gestoord worden.

'Wat denk jij eigenlijk van Jozias, Diego?' vroeg Simon, terwijl ze in de Loungehut zaten.

Diego keek even naar de voorbij zwemmende witte kwallen in de glaswand en dacht aan de witte huid van Jozias Jakman.

'Ik weet het niet... hij is altijd zo onvriendelijk. Er kan geen lachje af.'

'Ik vertrouw hem niet helemaal,' zei Simon. 'Weet je dat hij zo nu en dan geleerden van KK Industries ontmoet?'

Verbaasd zette Diego zijn beker hete Picao neer en keek naar Simon.

'Echt waar. Hij komt nog vaak in Kragtstad.'

Diego schrok. 'Hoe weet je dat?'

'Ik ben een spion, Diego. Het is mijn werk om dat soort dingen te weten.'

Diego keek hem met een mengeling van bewondering en verbazing aan. Ineens vroeg hij zich af hoe het leven van Simon in werkelijkheid was. Wat voor geheimen hij allemaal wist. En hoe hij die voor anderen verborgen hield.

'Hoe komt het eigenlijk dat Krudon Kragt jou zo vertrouwt?' bracht Diego ineens uit. 'Ik bedoel - hoe heb je dat voor elkaar gekregen?'

Simon gaf hem een knipoog en boog voorover. Hij sperde zijn ogen wijd open. Het blauw van zijn ogen flikkerde. Omdat zijn ogen zo dicht bij elkaar stonden leek het net alsof ze in elkaar overliepen. Diego had het idee dat hij verblind werd door een zee van blauw licht. Hij wist niet waar hij moest kijken.

‘Magie, Diego. Het geheim van de smid.’

Rustig zakte Simon terug in zijn stoel en nam een hap van zijn ravioli.

Diego sloot zijn ogen om de schittering te laten zakken.

‘Ik wil ook spion worden,’ zei hij, met een dromerige blik.

Simon gaf hem een lachje.

‘Wie weet jongen. Je hebt talent, dat weet ik wel.’

Glunderend keek Diego op. Hij? Talent?

‘Maar je hebt nog een lange weg te gaan,’ vulde Simon haastig aan. ‘Laten we eerst maar eens kijken hoe het morgen op school gaat. Niet vergeten: iedereen heeft zijn zwakke plek. Iedereen. Geen genade.’

HOOFDSTUK 34

Vrienden

De volgende ochtend stapten Diego, Kala en Balthazar opnieuw in de cabine van de kabelbaan.

'Ik haat school,' mopperde Kala.

Balthazar was weer bij zinnen. Maar hij zag er zenuwachtig uit en sprak geen woord.

Diego dacht aan de lessen van Simon. Op zijn kamer had hij verder getraind tot één uur 's nachts. Nu was hij moe. Maar liever moe dan bang, dacht hij bij zichzelf.

De eerste uren hadden ze wiskunde. De sommen gingen volledig langs Diego heen. Het enige waar hij aan dacht was de naderende pauze.

Zou het werken?

Eindelijk ging de bel. 'Kan-ik-binnen-blijven-meester?' piepte Balthazar. Maar dat mocht niet. Alle lokalen gingen in de pauze op slot. Iedereen moest naar buiten.

Zenuwachtig stapte Diego het plein op, gevolgd door een benauwde Balthazar en een zeer oplettende Kala.

'Recht lopen' zei Kala kalm tegen Balthazar, terwijl ze hem een por gaf. 'Recht lopen en boos kijken.'

'Dat-is-een-grote-uitdaging-voor-mij,' antwoordde Balthazar. 'Ik-heb-namelijk-gevoelens-van-angst, maar-niet-van-boosheid.'

'Heb jij nog nooit gelogen dan?' zei Kala verbaasd.

‘Niet-dat-ik-mij-kan-herinneren,’ antwoordde Balthazar.

Nerveus scande Diego ondertussen het schoolplein.

Daar stonden ze. Hetzelfde groepje als de vorige week. Ze loerden naar hen, als hyena’s naar een in de steek gelaten kalfje.

Balthazar werd wild. Hij ademde met zijn mond wijd open zonder enig geluid te maken. Zijn lichaam verstijfde nog meer dan het al deed. Wijdbeens liep hij rond, alsof hij in zijn broek had geplast.

Het groepje kwam dichterbij. Diego bespiedde hen vanuit zijn ooghoeken. Zijn hart bonkte als een bezetene. Zijn spieren begonnen te trillen.

Daar was die gloed weer. De roodzwarte gloed. Hij hing nu om het hele groepje heen. Hij groeide. En in die gloed doemden vage beelden op.

Diego schrok. Ik wil dit niet zien, zei hij in zichzelf. Dit kan ik nu even niet gebruiken. Geen gekke dingen alsjeblieft.

Het groepje wachtte totdat de bewakers de hoek om liepen. Meteen daarna sprong er een naar voren om Diego een keiharde duw in zijn rug te geven.

Diego wachtte totdat hij vlakbij was... en stapte opzij.

De jongen schoot in volle vaart door en verloor bijna zijn evenwicht.

‘Je liet me struikelen!’ riep hij boos. ‘Bied je excuses aan.’

Maar Diego zei niets. Hij concentreerde zich op het lichaam van de jongen en wachtte af.

Zwakke plek... waar zit de zwakke plek.

De jongen stond niet zo stevig, merkte Diego op. Hij waggelde een beetje.

‘Ben je doof of zo? Excuses! Op je knieën. Nu!’

Met grote stappen kwam hij op Diego aflopen. Hij sperde

zijn handen naar voren, klaar om hem tegen de grond te duwen.

In een flits zakte Diego door zijn knieën, slingerde een vuist in zijn kruis, stapte onder de jongen door en trapte hem zo hard als hij kon in zijn knieholte.

Met een klap viel de jongen voorover op de stenen van het plein.

Het hele schoolplein viel stil. Nieuwsgierig staarde iedereen naar de kermende pestkop op de grond en die nieuwe jongen van de Zuurberg… Diego Zonnesteek.

Diego keek vol ongeloof naar zijn vuist.

Ik heb gewonnen. Ik ben sterk.

De jongen lag op de grond en schreeuwde het uit van pijn. 'Pak hem!' riep hij tussen zijn tranen door.

Een van de andere jongens kwam weifelend op Diego aflopen.

'Ik vind alles best, zolang je maar niet gaat wijzen' zei Diego, zelfverzekerder dan ooit.

Verbaasd keek de jongen hem aan. 'Dat maak ik zelf wel uit!' brieste hij, en priemde zijn wijsvinger in de richting van Diego.

Diego stapte razendsnel naar voren, klemde de vinger in de houdgreep die hij van Simon had geleerd en begon met zijn slachtoffer over het schoolplein te wandelen. De jongen strompelde achter hem aan, piepend als een bang lammetje.

'Ik zei nog: niet wijzen!' riep Diego. 'Niet wijzen!'

Toen de jongen tranen in zijn ogen had wierp Diego hem achteloos op de grond. Met een uitdagende blik keek hij naar de andere jongens.

Niemand durfde nog iets te doen.

'Simon had gelijk…' mompelde Diego. 'Zo werkt het dus.'

Hé… dat was apart.

De gloed rondom de jongens was bijna weg. Alsof het zich had teruggetrokken.

'Zonnesteek.'

Diego keek op. Het was Rufus. Hij stond verderop tussen een groepje grote jongens en wenkte hem. Het was de eerste keer dat Diego hem op school zag.

'Zonnesteek. Kom eens. Ik wil even met je praten.'

Het was de toon waarop Rufus het zei die Diego in verwarring bracht.

Vriendelijk.

'Vertrouw het niet Diego,' siste Kala hem toe. 'Rufus is Rufus.'

Maar het was te laat. Diego was nieuwsgierig geworden.

Wat wilde Rufus met hem bespreken? En waarom deed hij ineens zo aardig?

'Praten kan geen kwaad,' zei Diego, en stapte op hem af.

Rufus was veranderd. Hij was groter en sterker geworden. Zijn spierballen knalden bijna uit zijn trui. Tussen de puisten op zijn gezicht zaten nu stoppels van een beginnende baard.

Rufus gaf hem zowaar een glimlach. De missende voortanden waren vervangen door glimmende metalen kronen.

Rufus' ogen waren niet veranderd. Nog steeds diezelfde, kille, speurende blik. Alleen het wit van zijn ogen was een beetje rood aangelopen. Net als bij de andere jongens uit zijn groep, merkte Diego op.

'Sorry voor wat er gebeurde op de Klif,' zei Rufus. 'Ik dacht even niet na.'

Totaal verrast keek Diego hem aan. Rufus die zijn excuses aanbood?

'Vrienden?' zei Rufus, en stak zijn hand uit.

Diego aarzelde. Waarom wilde Rufus, die nog nooit aardig tegen hem had gedaan, nu ineens vrienden worden?

'Het is wel handig om hier vrienden te hebben,' zei Rufus, die Diego's gedachten leek te raden. 'Het gaat er vrij ruig aan toe. Ik kan wel wat versterking gebruiken.'

Versterking. Rufus zag hem als versterking.

Diego wilde het niet, maar diep van binnen voelde hij een heerlijk gevoel opzwellen dat hij nooit eerder had gevoeld. En daardoor zag hij de gloed niet die om Rufus heen hing.

'Vrienden,' zei Diego, voordat hij er erg in had. Hij stak zijn hand uit en schudde die van Rufus.

'Mooi,' zei Rufus. 'Later.' Hij gaf Diego een kort knikje en wendde zich weer naar zijn groepje jongens.

Diego bleef nog even staan.

Rufus had hem als 'vol' behandeld. Als gelijkwaardig. Als versterking.

Ergens ook wel logisch, bedacht Diego voor de eerste keer in zijn leven. Ik zou mezelf ook wel als versterking willen.

Diego voelde ineens een drang opwellen om alles goed te maken met Rufus. Om compleet schoon schip te maken. Om al die ellende achter zich te laten. Om een groots gebaar te maken.

'Sorry dat ik je toen zo vernederd heb in het bos,' flapte hij er bloedserieus uit. 'Dat was niet zo netjes van me.'

Het hele gesprek in de groep van Rufus viel stil. Eén iemand onderdrukte met moeite een gniffel.

'Eh- vernederen is natuurlijk niet het goede woord' vulde Diego haastig aan.

Rufus draaide zich niet om. Hij stak slechts een arm op waarmee hij op krampachtige wijze een wegwuifgebaar maakte.

Aarzelend liep Diego weg.

HOOFDSTUK 35

De koning van het schoolplein

Sinds de overwininning op de pestkoppen was Diego ontketend. Uren stond hij voor de spiegel en oefende op gemene stoten en venijnige schoppen. *Geen genade* zei hij tegen zichzelf, al had hij geen flauw idee wie er geen genade verdiende en waarom niet.

Na een paar weken wist Diego feilloos hoe hij de zwakke plekken van anderen kon gebruiken om hen te overmeesteren. Vaak wist hij al na één beweging of blik van zijn tegenstanders hoe hij het aan moest pakken.

Niemand op de Grinn durfde hem nog iets te doen. Kinderen gingen opzij als Diego er aan kwam. Iedereen wist het, en iedereen vertelde het aan elkaar: met Diego Zonnesteek viel niet te spotten.

Toch voelde Diego zich totaal niet op zijn gemak. Het kwam door de gloed. En ook al zag hij hem alleen als mensen dichtbij waren, als ze stil stonden en niets zeiden, ook al zag hij hem lang niet bij iedereen – gelukkig nog niet bij zijn vrienden -, ook al kwam hij maar heel af en toe opduiken en ook al bleef hij nooit lang hangen: die gloed beviel hem totaal niet.

De kleur van de gloed was steeds anders. Soms was het wat grijzig, dan weer zwart, en dan weer zwart met rood.

Het viel Diego op dat de roodzwarte gloed alleen opdook bij boze kinderen. En hoe bozer ze waren, des te groter werd de gloed.

Heel soms zag hij een paar seconden iemand met een mooie blauwpaarse gloed. Dat was de enige waar Diego niet bang voor was.

De meeste dagen was de gloed nergens te vinden. Alsof het niet bestond. Dat waren de dagen dat Diego vurig hoopte dat hij het nooit meer zou zien. Maar het was tevergeefs. De gloed kwam altijd terug.

Diego vertelde het aan niemand. Hij was doodsbang dat ze zouden denken dat hij gek was. Dat was wel het laatste wat hij wilde horen.

Op een zonnige dag liep Diego in de pauze over het schoolplein. Het was de eerste mooie dag, na weken van slecht weer. Ondanks dat het nog winter was deed de temperatuur eerder denken aan de lente. De sneeuw was nagenoeg verdwenen. Het had de afgelopen maand heel veel geregend en nog harder gestormd. Het water van de Vlut was alleen maar grijzer en grauwer en wilder geworden. Diego kon zich niet voorstellen dat hij ooit de bodem nog zou kunnen zien.

Overstromingen in Rebequin waren langzamerhand normaal geworden. Er gingen verhalen de ronde van hele families die leefden op zelfgebouwde boten op het Konkameer, omdat ze het land niet meer vertrouwden. Diego vroeg zich af of Hakim en Jozias misschien op zo'n Vlot ronddobberden. De uitvinders hadden geen teken van leven meer gegeven. Het was inmiddels zes weken geleden dat ze verdwenen waren. Diego vreesde het ergste.

Er was een voordeel: de regen had de groengelige damp van

de afgelopen dagen verjaagd. Eindelijk was het even fris in Kragtstad.

Diego sloot zijn ogen en genoot van de warmte. Hij bedacht zich dat hij de gloed al een paar dagen niet had gezien. Wie weet, dacht Diego. Misschien is ie nu wel echt weg.

Toen hij zijn ogen weer opende zag hij Rufus in de verte staan. Diego gaf hem een knikje. Het duurde even, maar toen gaf Rufus hem een knikje terug.

Balthazar sloeg hem enthousiast op zijn schouder.

'Ik-bewonder-jou-Diego,' zei hij. 'Omdat-jij-Rufus-kon-vergeven. Hij-had-je-toen-op-de-Klif-bijna-vermoord! Jouw-hart-moet-zo-groot-als-een-huis-zijn, bij-wijze-van-spreken-dan. Het-is-een-wonder, want-zo-noem-ik-iets-dat-ik-met-mijn-hersenen-niet-kan-verklaren. Wellicht-kun-jij-het-mij-uitleggen-hoe-je-zoiets-doet? Want-ik-ben, zoals-men-zegt, bloed-nieuwsgierig.'

'Ja,' zei Kala. 'Kun je ons dat uitleggen? En vertel dan gelijk even wat jullie zoal doen samen. Gaan jullie wel eens knikkeren? Of mag je zijn speelgoed lenen?'

Diego vond het helemaal niet grappig. Vooral ook omdat hij zelf eigenlijk niet zo goed wist waarom hij de vriendschap had geaccepteerd.

'Rufus valt best wel mee,' zei Diego aarzelend, terwijl hij een andere kant op keek.

'Precies,' zei Kala. 'Het enige wat hij heeft gedaan is geprobeerd om je te vermoorden. Voor de rest valt ie reuze mee.'

'Bemoei je met je eigen zaken,' snauwde Diego ineens. 'Wat weet jij nou van vriendschap?'

'Ach zak in de kak!' riep Kala boos, en beende weg.

Diego wist dat hij te ver was gegaan. Maar opnieuw kreeg

hij het woord sorry niet over zijn lippen. Gelaten keek hij toe hoe ze om de hoek verdween.

Samen met Balthazar slenterde hij verder. Balthazar zei gelukkig niks.

Zonder het te beseffen liep Diego naar een hoek van het plein. Het was eigenlijk een soort nis, een smal gedeelte tussen twee lage hekken waar meerdere kinderen bij elkaar stonden. Op de randen van deze hekken zaten geen punten, en daarmee was het een van de weinige plekken op het schoolplein waar je kon zitten.

Diego realiseerde zich dat hij wilde zitten.

Zuchtend liet hij zich zakken, haalde diep adem en keek om zich heen.

Dat was vreemd… bijna alle kinderen kwamen van het hek af en liepen weg. Ondertussen keken ze naar Diego.

Langzaam maar zeker drong het tot hem door dat ze wegliepen voor hem. Ze waren bang.

'Ik doe niets hoor,' zei hij tegen de weglopende kinderen. 'Ik wil gewoon een beetje chillen.'

Stuk voor stuk keken ze met angstige ogen naar hem op en lachten hun tanden bloot. Maar niemand bleef staan. Langzaam schuifelden ze voor hem langs.

Ineens had Diego het helemaal gehad. Hij sprong op van het hek, ging in het midden staan en versperde de uitgang.

'Ik doe echt niets!' riep hij boos. 'Ga zitten! Ik doe toch niets? Dat zie je toch? Ik doe toch niets?'

'Diego-pssst-Diego-pssst-Diego-pssst!'

Het was Balthazar, die een poging deed om onopgemerkt te fluisteren… een poging die door iedereen werd gehoord.

'Jij-zegt-dat-je-niets-doet-Diego,' vervolgde Balthazar, 'maar-dat-is-niet-correct. Je-laat-hen-namelijk-niet-weggaan. Wellicht-was-dat-niet-tot-je-doorgedrongen. Ik-dacht-misschien-vind-jij-het-handig-om-dat-te-weten, en-'

'Ja ja ja' siste Diego kribbig.

Diego wist dat Balthazar gelijk had. Maar het was te pijnlijk om toe te geven.

Even wist hij niet wat te doen. Hij keek om zich heen, in de ogen van de kinderen voor hem die hij de weg versperde.

En toen was daar de gloed.

Hij was duidelijker dan hij tot nu toe gezien had. Een grijzige gloed die over de kinderen heen hing, met hier en daar wat zwart. Hij werd steeds groter en feller.

Plotseling doemden er beelden in op. Boze leraren. Schreeuwende ouders. Pestkoppen die hen op de grond duwden. De kinderen zelf, huilend in hun bed of in een hoek.

Met open mond keek Diego toe. Als een vogelverschrikker stond hij daar, roerloos, terwijl hij de kinderen aanstaarde. Hij had het gevoel alsof hij niet kon bewegen.

'Het-lijkt-me-verstandig-als-je-opzij-stapt,' fluisterde Balthazar. Hij pakte Diego's hand en trok hem zachtjes weg.

Diego liet zich als een mak lammetje meevoeren. Hij greep zich vast aan het hek en sloot zijn ogen. Achter hem langs liepen de kinderen haastig weg.

'Gaat-het-wel-goed-Diego-mijn-vriend?' zei Balthazar. 'Je-leek-even-van-de-wereld, bij-wijze-van-spreken.'

't Is niks,' zei Diego narrig.

Balthazar bleef even stil. Hij trok weer dat moeilijke gezicht, alsof hij de moeilijkste som ooit aan het oplossen was.

'Als-het-nou-toch-iets-blijkt-te-zijn, dan-hoor-ik-het-graag,' sprak hij bedachtzaam.

Het was Balthazars manier om aardig te doen. Om Diego te laten weten dat als hij er toch over wilde praten, dat dat altijd kon.

‘Je bent mijn vader niet,’ flapte Diego er ineens uit. Maar hij had al spijt toen hij het zei.

Balthazar dacht weer even na.

‘Ik-denk-dat-ik-maar-niets-meer-zeg,’ zei hij, en voegde de daad bij het woord.

De bel ging. Zonder af te wachten liep Diego naar de poort.

Hoofdstuk 36

Duw

Het weekend brak aan. Diego, Balthazar en Kala waren bijna de hele tijd op de Zure Kronkel te vinden. Maar ze deden bijna niets meer samen.

Kala zat in haar hut te tekenen. Als ze niet aan het tekenen was, dan was ze aan het oefenen met haar katapult. En als ze niet oefende met haar katapult, was ze bezig met make-up. Een maand geleden was het voorzichtig begonnen met een lijntje onder haar ogen, maar inmiddels verfde ze complete zwarte maskers op haar gezicht. De ene keer zag ze er mysterieus uit, de andere keer verdrietig, en soms gewoon ronduit eng – zeker als ze ook haar zwarte lippenstift op deed.

Balthazar zat vaak met Amita in de werkplaats. Al zijn vrije tijd besteedde hij aan het ontrafelen van de taal van de Kleine Vieze Helmutjes. En als hij niet daar was, dan was Balthazar in dc Jungle bezig met het plukken van Picaobonen en Kokuifjes en Mappels om Art de 48e een lekkere taart te laten maken die hij vervolgens helemaal in z'n eentje opat. Eten en onderzoek doen in de werkplaats waren de enige dingen die Balthazar nog plezier gaven tegenwoordig, wist Diego. Helaas wilde het onderzoek niet zo vlotten.

Op een dag, toen Diego op weg was naar de Jungle voor een bosje Kokuifjes, kwam Balthazar met een vermoeid en triest gezicht uit de werkplaats sjokken. In zijn hand had hij zijn gereedschapskoffertje. Voorop zaten twee letters: BB. Amita had het voor zijn verjaardag gegeven. 'Een echte uitvinderkoffer voor een echte uitvinder,' had ze gezegd. Balthazar bewaakte het koffertje met zijn leven. Hij poetste hem iedere dag.

'Dag-Diego,' zei Balthazar. Maar het was geen *Dag-Diego-mijn-vriend*, realiseerde Diego zich.

'Hoi Balthazar. Alles goed?'

Balthazar schudde zijn hoofd. 'Eerlijk-gezegd-niet. We-komen-er-niet-uit. Het-is-net-alsof-ze-steeds-dezelfde-woorden-zeggen. Pwuep-pep. Pwuep-pep. Het-enige-dat-verschilt, is-de-tijd-tussen-de-woordjes.'

'O.'

'Het-is-heel-vervelend-dat-we-hun-taal-niet-kunnen-ontdekken. Als-we-met-hun-zouden-kunnen-praten, dan-zouden-we-zoveel-informatie-kunnen-vergaren. Dan-zouden-we-misschien-wel-oneindig-veel-Salvadus-kunnen-maken. Daarmee-zouden-we-misschien-wel-het-land-kunnen-redden-en-'

Plotseling ergerde Diego zich.

'Dat is allemaal leuk en aardig,' onderbrak hij zijn vriend, 'Maar denk je niet dat het een keer tijd wordt dat jij leert hoe je jezelf moet redden? Je bent een wandelende prooi op dat schoolplein.'

Totaal verbaasd keek Balthazar Diego aan.

'Waarom-moet-ik-leren-om-mensen-pijn-te-doen? Zo-beginnen-oorlogen. Amita-heeft-het-zelf-gezegd.'

Dat was waar. Amita had dat vaak gezegd.

'Je moet niet alles geloven wat Amita zegt,' zei Diego ineens. 'Luister eens naar je vriend. Want wat doe jij morgen als iemand *dit* doet?'

Diego stapte naar voren en deed net alsof hij Balthazar een duw wilde geven.

Misschien was het wel de irritatie. Of misschien kwam het wel omdat Balthazar geen enkele poging deed om de duw te ontwijken, omdat hij niet kon geloven dat Diego ooit zoiets zou doen.

Hoe dan ook, Diego gaf zijn vriend ineens een echte duw.

Balthazar viel achterover. Als een komeet rolde hij door tot aan de oever van de rivier.

Daar bleef hij liggen. Zijn koffertje was uit zijn handen gevlogen. De inhoud lag verspreid over het gras.

Zo snel als hij kon rende Diego naar zijn vriend.

'Balthazar, sorry! Ik dacht dat je opzij zou stappen!'

Balthazar keek Diego even aan. Toen Diego die blik zag, voelde hij zich schuldiger dan ooit.

Balthazar probeerde uit alle macht te verstoppen dat hij enorm verdrietig was. Diego hoopte uit alle macht dat Balthazar het er uit zou gooien. Dat hij tegen hem zou schreeuwen, om Diego zijn verdiende loon te geven.

Maar Balthazar deed het niet. Balthazar kon niet boos op hem worden.

'Ik-moet-even-alles-bij-elkaar-zoeken,' zei hij mat. Vervolgens begon hij op handen en knieën over het grasveld te schuifelen.

Met een steen in zijn buik keek Diego toe. Hij wilde iets zeggen, maar hij kon de woorden nergens vinden. Vertwijfeld haalde hij de handen door zijn haar.

Ineens voelde hij zich bekeken. Diego draaide zich om, in de richting van de Zure Kronkel.

Kala stond te kijken. Ze had alles gezien.

'Kala ik-' begon Diego.

Maar Kala draaide zich om en liep naar binnen.

Hoofdstuk 37

Spoken

Diego zat samen met Simon in de Dromenbron. Het was het einde van de middag. De maan stond al aan de hemel terwijl de zon langzaam aan de horizon wegzakte. Met het verschuiven van de dag naar de nacht veranderde het water een beetje. Het werd iets dieper van kleur. Nog mysterieuzer dan het al was.

Diego realiseerde zich dat hij de laatste tijd helemaal geen zin had gehad in dit water. Alsof hij het had ontweken. Hij dacht aan alle verhalen die hij over zijn geboorte had gehoord, over de gloed om zijn babylijfje en aan dat rare Magische Veld waarmee hij altijd in contact stond. Maar nu voel ik even heel weinig, dacht hij bij zichzelf.

Eigenlijk wel prettig, zo probeerde Diego zichzelf te overtuigen.

Maar hij voelde zich allesbehalve zeker.

Samen met Simon had Diego naar het nieuws gekeken, over de overstromingen in het land.

De regering was dag en nacht bezig om de schade van het weer ongedaan te maken. Dit kostte zoveel geld, dat de ministers in Jobriv gedwongen waren om flink te bezuinigen op andere zaken. Diego merkte het op de Grinn. De klassen werden steeds groter, omdat er alleen nog genoeg geld was om een paar leraren te kunnen betalen. Vorige week had hij met zesenveertig kinderen in de klas gezeten. Vanaf morgen zouden het er vijftig zijn.

Diego zuchtte bij de gedachte aan de drukte en het lawaai. Hij probeerde zo goed en zo kwaad als het ging te genieten van het warme, bubbelende water en het uitzicht.

Diego had alles gedaan wat Simon hem had opgedragen. En het had gewerkt. Maar nu waren ze bang voor hem. Bang voor zijn gemene trucjes. En misschien hadden ze nog wel meer angst voor zijn scherpe blik en zijn harde woorden.

Zelfs Balthazar was bang voor Diego. En dat deed nog het meeste pijn.

Balthazar was nog nooit bang voor Diego geweest.

Kala niet. Kala was voor niemand bang. Maar Kala had hem de rest van het weekend gemeden.

Voorzichtig wierp Diego een blik opzij. Simon had zijn ogen gesloten en strekte zich uit, waardoor zijn bovenlichaam gedeeltelijk boven water kwam. Vanaf zijn linkerborst naar zijn rechterzij liep een enorm litteken. Diego schrok er van. Maar hij zei niets.

'Dus in dit water ben jij geboren...' sprak Simon ineens bedachtzaam. 'Diego Zonnesteek... het kind dat alles hoort en voelt en ziet. Hoe zit dat eigenlijk, met jou en jouw bijzondere krachten?'

Diego keek verschrikt op. Simon had er nog nooit naar gevraagd. Eigenlijk wist hij niet eens dat Simon daarvan wist.

'Ik ben een spion, Diego,' vulde Simon met een knipoog aan. 'Het is mijn werk, weet je nog?'

Diego keek even verlegen op. 'Eigenlijk vertel ik er nooit over,' stamelde hij uiteindelijk. 'Het is niet mijn favoriete onderwerp.'

'Maar...' zei Simon.

Stiekem had Diego enorme zin om er over te vertellen. Wie weet luchtte het wel op. En misschien kon Simon hem wel helpen.

Tegelijkertijd dacht hij heel even aan het belletje. Maar die gedachte drukte hij geïrriteerd weg.

Diego vertelde het hele verhaal. Hij begon bij zijn geboorte, over hoe hij de vermissing van zijn vader had voorzien, over hoe hij de gedachten van Krudon Kragt had gezien en de reuzenslangen die geen reuzenslangen bleken te zijn maar pijpleidingen voor Terrafos, en over hoe hij uiteindelijk Krudon Kragt had weten te ontmaskeren. Tot slot vertelde hij wat er gebeurd was in de KK toren, toen hij de vuilniskoker in moest glijden, dat de gedachten als vlinders in zijn hoofd ontploften tot de meest akelige visioenen die hij ooit had meegemaakt en zijn benen aan het werk hadden gezet om uit die koker te kruipen.

'Ongelooflijk...' mompelde Simon, terwijl hij hem geconcentreerd aankeek. 'Heel erg bijzonder... is dit alles? Of is er nog meer?'

Simon keek hem afwachtend aan, zonder een woord te zeggen.

Diego slikte. Zou hij hem vertellen over de gloed? Over de gekke dingen die hij tegenwoordig zag? Het was wel het allerlaatste waar hij over wilde praten.

Met een onzekere blik keek Diego op naar de spion, niet wetend wat hij moest zeggen.

Daar was het weer... die zilverachtige gloed. Hij hing rondom het hoofd van Simon, als een soort glinsterend geheim dat schreeuwde om ontdekt te worden. En er zat nog iets achter... Iets donkers... een beeld, dat zich naar voren drong.

Diego wendde zijn hoofd af. Hij wilde het niet zien.
'Wat is er toch?' zei Simon lachend. 'Je kijkt alsof je een spook hebt gezien.'
'Het zijn mijn ogen,' loog Diego, terwijl hij onhandig met zijn vuisten in zijn ogen wreef. 'Sinds ze gelaserd zijn doen ze soms een beetje vreemd.'

Hoofdstuk 38

Ruzie

De volgende dag werd Diego wakker van de spierpijn in zijn schouder. Alsof er iets helemaal fout zat. Vreemd, dacht Diego. Terwijl ik gisteren nog een bad heb genomen in de Dromenbron.

Eigenlijk zou ik ontspannen moeten zijn. Relaxed.

Maar Diego was allesbehalve relaxed.

Het was slecht weer. Zachte koude regen, die in een constant tempo naar beneden viel. Irritante regen waarvan je wist dat hij de hele dag zou vallen. Daar heb je geen voorgevoel voor nodig, dacht Diego.

Hij dacht nog even terug aan de vorige dag. Het eerste beeld dat in hem opkwam was de zilverachtige gloed die om Simon hing. Toevallig was dat ook het enige beeld dat hij niet meer wilde zien. En Diego wist dat het in zijn hoofd zou blijven hangen, als een spook dat zijn huis weigerde te verlaten.

Met opgetrokken schouders en stramme benen liep hij na het ontbijt naar de kabelbaan. Balthazar stond al klaar. 'Dag-Diego,' riep hij opgelucht, en ook enigszins zenuwachtig uit. 'Hoe-gaat-ie-kerel?'

Balthazar gaf Diego een zenuwachtige klap op zijn pijnlijke schouder.

Het was helemaal geen harde klap. En het was kristalhelder dat Balthazar het goed bedoelde. Dat hij Diego vergeven had, en dat hij vurig hoopte dat alles weer normaal zou zijn.

Diego hoopte eigenlijk hetzelfde. En tegelijkertijd laaide de irritatie weer op. Op een of andere manier kon hij het niet uitstaan dat Balthazar hem uitgerekend op dat ene pijnlijke plekje moest slaan. 'Kijk toch eens uit!' siste hij, voordat hij het wist

Balthazar kromp ineen. Met een treurige blik draaide hij zich weg.

Diego had spijt als haren op zijn hoofd. Maar hij kreeg het niet over zijn lippen. Alweer niet, bedacht hij zich. Wat ben ik toch een rotjong.

'Zo meneertje Zonnesteek. Zijn we de dag weer goed begonnen?'

Kala kwam aanlopen. Ze had zichzelf flink toegetakeld met make-up. Het was net alsof ze zwarte donderwolken om haar ogen had. Diego zag iets glinsteren in haar mond. Het was de piercing in haar tong.

'Ik zal je maar even niet aanraken. Straks ga je nog lelijke dingen tegen me zeggen. Daarvoor is het mij nog een beetje te vroeg.'

'Laat me toch eens met rust,' beet Diego haar toe. 'Ga maar lekker naar je Leosi vriendjes. Misschien pas je daar beter bij… met je piercing.'

'Auchie… nou doet ie het toch beste mensen!' zei Kala tegen een denkbeeldig publiek. 'Diego de gifslang. Blijf uit zijn buurt! Straks draait ie nog je vinger om!'

Kala liep snel door naar Balthazar en sloeg een arm om hem heen. Diego keek een beetje jaloers toe.

De dag was begonnen.

Hoofdstuk 39

De Gloed

De bel van de pauze boorde zijn gerinkel in het oor van Diego. Nog meer lawaai, mopperde hij in stilte. Ik kan niet meer.

Die ochtend hadden ze met tweeënvijftig kinderen Grammatica gehad. Aangezien er maar voor de helft van de leerlingen een plek was, moest Diego zijn tafeltje delen met Balthazar. Vervolgens had Balthazar - tijdens het schrijven van zijn eindeloze volzinnen - tot zes keer toe zijn elleboog per ongeluk in Diego's ribbenkast gepord.

Diego wist hoe het kwam. Als Diego iets lelijks tegen Balthazar had gezegd, ging Balthazar nog meer zijn best doen om zijn vriend niet lastig te vallen. Het resultaat was precies het tegenovergestelde: Balthazar werd er zo gestrest van dat hij nog onhandiger werd dan hij al was.

Diego had zich nog net weten in te houden. Nu was het dan eindelijk pauze. Diego wilde niets liever dan alleen zijn. Haastig liep hij weg. Maar Balthazar rende meteen achter hem aan, als een angstig kuiken dat achter zijn moeder aan hobbelt.

'Diego, niet-zo-hard! Ik-heb-de-grootst-mogelijke-moeite-om-jouw-tempo-bij-te-houden.'

'Waarom loop je dan niet eens lekker alleen?' antwoordde hij chagrijnig. 'Niemand heeft je gevraagd om mij te volgen.'

Zonder een antwoord af te wachten rende Diego de hoek om. Snel dook hij de toiletten in en verstopte zich in een WC. Hij deed de deksel naar beneden en ging er op staan, zodat niemand zijn schoenen kon zien.

Balthazar kwam niet.

Diego zuchtte.

Eindelijk alleen.

Vermoeid zonk hij in elkaar en sloot zijn ogen. Het beeld van Simon was die ochtend wel honderd keer in zijn hoofd opgedoken. De zilverachtige gloed... dat donkere beeld dat er achter zat...

Genoeg! Ik ben gek aan het worden. Ik zie weer dingen die er niet zijn. Genoeg!

Diego rilde. Het liefste was hij gaan huilen. Maar hij was doodsbenauwd dat iemand hem zou betrappen.

Ineens hoorde hij de deur met kracht open en dicht slaan.

'En nou pak ik je!'

'Nee, alsjeblieft,' smeekte een andere stem. 'Ik heb niets gedaan! Laat me met rust!'

Voorzichtig kwam Diego overeind en keek over de rand van het toilet.

Een grote jongen hield een kleine jongen vast. De grote jongen hield zijn vuist dreigend naar achteren.

Diego herkende hem. Het was degene die op de eerste schooldag ruzie met hem had gezocht. De jongen die Diego op het schoolplein met een vuistslag en een schop tegen de grond had gewerkt.

'Je bent een worm!' riep de pestkop. 'Een onderkruipsel. Je bent niets!'

De kleine jongen begon te huilen.

'Zeg het!' riep de grote jongen, terwijl hij de arme jongen

een klap in zijn gezicht gaf. ‘Zeg het!’

‘I- ik ben een w-worm…’

‘Precies! Een worm! Een worm! En wat nog meer?’

‘E-een onderkr-’

‘Zeg het!’ riep de jongen opgewonden, terwijl hij hem nog een klap gaf.

Diego’s bloed begon te koken. Voordat hij het wist sprong hij over de rand. Bij het landen plantte hij zijn elleboog in de rug van de grote jongen.

Jankend van de pijn viel de pestkop op de grond.

‘Heb jij je lesje nog niet geleerd?’ riep Diego boos.

De jongen keek met een angstige blik naar hem op.

‘Alsjeblieft… het was maar een grapje!’

‘Grapje? Ik zal eens een grapje met jou uithalen!’ brulde Diego.

Diego wilde hem pijn doen. Hij wilde hem slaan, net zolang totdat hij om genade zou smeken en zou beloven dat hij het nooit meer zou doen. Als een roofdier loerde hij naar zijn slachtoffer, op zoek naar de zwakke plek.

Ineens kwam de gloed op.

Niet klein en bescheiden, maar als een grote bel om de jongen heen.

In de gloed doemden beelden op.

Beelden van Diego zelf.

Met afgrijzen keek hij toe hoe de jongen met een gezicht vol haat een knuppel pakte en Diego van achteren neer wilde slaan.

Diego schrok. Hij deinsde achteruit. Met moeite kon hij zichzelf overeind houden.

‘Ga weg!’ was het enige wat hij nog uit kon brengen. ‘Verdwijn!’

De grote jongen keek wat verbaasd op. Toen rende hij zo snel als hij kon de deur uit.

Volkomen in de war draaide Diego zich om.

Voor hem stond de kleine jongen die hij zojuist voor een flink pak slaag behoed had.

Diego strompelde naar voren, om steun te zoeken op zijn schouder. Maar de kleine jongen stapte geschrokken achteruit.

'Ik doe je niks hoor' mompelde Diego. 'Echt niet.'

Toen hij deze woorden had uitgesproken, kwam er een grijsachtige gloed rondom de jongen opzetten. Vervolgens kwam het beeld... Diego, die de kleine jongen een venijnige stomp in zijn maag gaf.

'Nee!' riep Diego uit. 'Nee, dat zou ik nooit doen! Wacht!'

Maar de jongen rende angstig door de klapdeur weg.

Trillend op zijn benen keek Diego hem na.

Hij probeerde te slikken, maar het lukte niet. Zijn mond was gortdroog.

Water. Ik moet water hebben.

Diego schuifelde naar de wastafel en draaide de kraan open. Terwijl hij wachtte totdat de straal koud werd keek hij naar zichzelf in de spiegel.

Daar kwam de gloed.

Zijn eigen gloed.

Diego's ogen werden groot. Het liefste wilde hij ze sluiten. Maar hij had de kracht niet. Alsof duizend paarden zijn oogleden open trokken. Er was geen ontsnappen meer mogelijk.

In de spiegel zag Diego de grote jongen die hij pijn had gedaan... en hoe hij vervolgens andere kinderen pijn deed.

Aan de andere kant van zijn gloed zag hij Balthazar ineens treurig weglopen. Boven in de gloed zag hij Kala heel eenzaam in haar hut liggen, met uitgelopen make-up van de tranen en een blik in haar ogen die hij nog nooit had gezien. Ze hield zich stevig vast aan een kussen en huilde.

Vanaf de onderkant kwamen de ogen van Amita naar voren. Smekende ogen. Ze waren groot en broos en staarden recht in zijn ziel.

Langzaamaan zag hij meer en meer mensen in zijn gloed opdoemen. Ze waren verdrietig of maakten ruzie. Steeds meer en meer en meer, tientallen, honderden tegelijk, alsmaar sneller schoten ze voorbij... totdat ze ineens verdwenen.

Het volgende moment kwam een beeld van Kragtstad naar voren.

Het was bedekt met water. Bruingelig, vies water. En overal hing de groengelige damp.

Op het spaarzame land liepen rijen van mensen, kilometers lang, met kapjes voor hun gezicht, hoestend, met lijkbleke kindertjes op hun armen die ze maar ternauwernood konden dragen. De wind gierde rond en bracht mensen aan het wankelen.

Langs de rijen mensen stonden bewakers met geweren in hun handen. Ze schreeuwden tegen de mensen.

Dezelfde beelden die Diego had gezien in de KK toren.

‘Nee!’ riep Diego. ‘Laat me met rust! Laat me met rust!’

Voor hij het wist balde hij zijn vuist en sloeg zijn eigen spiegelbeeld. De scherven vielen rinkelend op de grond. Diego’s hand zat onder het bloed.

Met een angstige blik keek hij naar de deur van de toiletten.

Ik moet weg hier.

Zo snel als hij kon wikkelde hij toiletpapier om zijn hand, stak hem in de zak van zijn sweater en liep in een rechte lijn naar de uitgang van de school.

Hoofdstuk 40

Gevaar van twee kanten

Diego rende in de regen door de straten van Kragtstad, in de richting van de kabelbaan.

Het was rustig. De mensen waren aan het werk en de kinderen waren naar school.

Diego was blij met de rust. De gedachte aan nog meer mensen met rare beelden om hem heen maakte hem bloednerveus.

Eindelijk kwam hij bij de kabelbaan. Hij keek op het bord.

Nog veertig minuten voordat de volgende kwam.

Onrustig staarde Diego om zich heen.

Iets verderop was de ingang van 't Paadje. Het voetpad liep dwars door het Schimmenbos omhoog en voerde langs Ronnie's Drietand.

Eigenlijk was 't Paadje een gevaarlijk pad. Boven bij de watervallen was geen hek. Als je niet uitkeek viel je zo in het kolkende water. En dan was er nog het gevaar van vallende rotsblokken. De regen had de bodem zacht gemaakt, waardoor ze zomaar ineens los konden schieten.

Alles beter dan mensen om me heen, dacht Diego.

Het pad was zwaar. Veel zwaarder dan hij had verwacht. Het was spekglad en lag bezaaid met afgebroken takken.

Beetje bij beetje nam het aantal bomen toe. Diego zag

steeds minder daglicht, waardoor het nog moeilijker werd om zijn voeten op een goede plek te plaatsen.

Zijn hand deed pijn. Het bloedde meer dan hij had verwacht. Hij was stijf geworden. Iedere beweging voelde als een steek.

In zijn hoofd flitsten de beelden van de gloed voorbij. De pestkop die hem van achteren wilde slaan met een knuppel, de kleine jongen die bang was dat Diego hem zou slaan, en tot slot vooral zijn eigen gloed.

Diego wilde al die beelden het liefste heel ver weg duwen. Maar hoe harder hij zijn best deed om ze niet te zien, des te venijniger kwamen ze terug.

Diego greep geërgerd naar zijn hoofd. Ineens stapte hij mis. Voor hij het wist gleed hij razendsnel naar beneden.

Daar! Een boomstronk.

Diego strekte zijn arm en greep zich vast.

Trillend van de zenuwen stond hij op en keek naar beneden.

Ik moet terug, zei hij in zichzelf. Het is te gevaarlijk.

Op dat moment zag hij de adelaar.

De vogel cirkelde boven hem in de lucht. En hij kwam dichterbij. Akelig dichtbij zelfs.

Diego voelde even aan zijn borst, aan de plek waar de adelaar hem vorige keer met zijn klauwen gesneden had. En ineens werd Diego bang.

'Laat me met rust!' schreeuwde hij. 'Ga weg!'

Maar de adelaar vloog recht op hem af. Vlak voordat hij bij hem was, dook Diego weg.

'Ga weg!' riep hij nog een keer. Maar het was tevergeefs.

De adelaar draaide om en schoot omhoog tegen de bergwand op, om zich klaar te maken voor een nieuwe duik.

Koortsachtig dacht Diego na. Zijn blik schoot heen en weer tussen de bergwand en het dal, waar Kragtstad lag.

Als ik terug ga naar beneden, zijn er veel minder bomen om me heen. Daar kan hij makkelijk bij me komen.

Omhoog gaan is ook gevaarlijk.

De adelaar begon vaart te maken. In een razend tempo kwam hij dichterbij.

Diego haalde diep adem en klom zo snel als hij kon omhoog naar de eerste dennenbomen.

'Kaek Kaek! Kaek Kaek!'

De adelaar scheerde vlak over de boom. Maar hij kon niet dichterbij komen.

Haastig liep Diego verder omhoog, het donkere bos in.

Hoofdstuk 41

Ronnie's Drietand

Diego had het koud. En toen weer warm. En toen weer rillerig koud.

Volgens mij heb ik koorts, dacht hij bij zichzelf.

Ook dat nog.

De wonden aan zijn hand gaven een bonkend gevoel, dat doordreunde in zijn hele lichaam.

De adelaar was nergens te bekennen. De naaldbomen van het Schimmenbos stonden te dicht bij elkaar voor de roofvogel om te kunnen vliegen. Diego keek naar de lucht of hij nog ergens was, maar de takken bedekten het zicht.

Ineens hoorde hij heel veel water, dat kletterend naar beneden viel.

Ronnie's Drietand.

Diego dacht aan vorig jaar, hoe hij samen met Balthazar op het nippertje Kala had gered, en hoe de kromme oude eik voor zijn ogen op de rotsen te pletter was geslagen.

Plots hoorde hij een diepe dreun, gevolgd door het geluid van krakend hout.

De grond begon te trillen. Diego keek omhoog.

Een enorm, donker rotsblok denderde van de berg af. Het was bedrieglijk om te zien hoe hij stuiterde, alsof het een licht balletje was dat naar beneden kwam rollen. Maar Diego wist wel beter. Met een verwoestende kracht beukte hij bomen omver alsof het luciferhoutjes waren. En nu kwam hij recht op Diego af.

Voor hem lag een boomstronk. Diego dook zo snel als hij kon omlaag en drukte zijn lichaam tegen het hout.

De steen kwam tegen de stronk aan, alsof hij struikelde, en lanceerde zichzelf de lucht in. Met een klap kwam hij verderop neer. Vervolgens rolde hij door met dezelfde vaart, totdat hij met een oorverdovend lawaai op een rotsblok knalde.

Diego kwam omhoog. De stronk was versplinterd. Er was bijna niets meer van over.

Hij keek naar boven. Het enige wat hij zag waren naaldbomen en de ravage die de steen had aangericht.

Kom op. Nog even. Kom op.

Met trillende benen wankelde hij verder.

Daar was Ronnie's Drietand. Een mist van waterdamp hing om de rotsen en de waterval.

Het lawaai was oorverdovend. En het werd steeds heftiger.

Nee, nu zakte het weer in. En daar kwam het weer opzetten.

Of... was dat iets anders?

Er was nog iets anders.

Het kwam luid en duidelijk zijn kant op. En het was zeker geen geluid van de natuur.

Diego wreef de regen uit zijn ogen en keek om zich heen.

Van boven kwam een man op een crossmotor naar hem toe. Hij maakte een klein sprongetje over een boomstronk, slipte even weg, hervond zijn evenwicht en stuurde behendig om de naaldbomen heen. Hij was gekleed in een zwart motorpak en had een glimmende, vuurrode helm op zijn hoofd.

Simon.

Diego's hart begon sneller te kloppen.

Simon kwam hem redden!

Diego kon niets meer uitbrengen. Met zijn goede hand zwaaide hij naar boven.

Simon had hem gezien. Met een paar handige bewegingen en een sprongetje reed hij naar hem toe. Vlak langs de rand van Ronnie's Drietand bleef Simon staan.

'Diego! Kom! Ik neem je mee!'

Diego wilde omhoog rennen om zijn redder in de armen te vallen. Hij wreef de druppels uit zijn ogen en keek nog een keer naar dat mooie beeld... Simon op zijn crossmotor, met de glimlach van een held, wachtend op hem, Diego.

Achter Simon bewoog iets.

Een rotsblok. Het denderde naar beneden. En als niemand iets zou doen zou het Simon en zijn motor verpulveren. En daarna Diego.

Simon had zijn helm op en hoorde niets.

'Simon!' schreeuwde Diego. 'Kijk uit!'

Het was tevergeefs. De spion keek met open mond naar het water van Ronnie's Drietand terwijl hij wachtte tot Diego bij hem zou zijn.

Diego's hart begon als een razende te kloppen. Hij voelde geen pijn meer. De vermoeidheid was verdwenen.

Ik moet Simon redden.

Als een bergkat sprong hij op handen en voeten omhoog, wegglippend en glijdend, rende naar Simon en duwde hem met motor en al omver.

Toen hij zeker wist dat Simon veilig was, keek hij op.

De rots kwam recht op hem af.

Diego sprong opzij. Te laat.

De rots raakte zijn lichaam half. Net niet genoeg om zijn lichaam te verbrijzelen. Maar genoeg om hem als een steen uit een katapult weg te slingeren. Diego viel in de diepte, in het schuimende kolkende water van Ronnie's Drietand.

Zo snel als hij kon kwam Simon overeind en liep naar de rand van het ravijn.

Hij kon niets zien. Nergens een teken van Diego.

Wat nu?

Hij keek nog eens.

Het was akelig diep.

Dat water was ijskoud.

En er waren rotsen.

Diego had geen schijn van kans. Zeker zonder hem.

De seconden tikten voorbij. De seconden werden een minuut.

Maar Simon deed niets. Hij stond als aan de grond genageld.

Ineens zag hij vanuit zijn ooghoek iets naderen. Een groot, harig iets kwam door het bos aangesneld.

Het was geen dier. Dit wezen liep rechtop. En het kwam recht op hem af.

Angstig deed Simon een stap opzij.

Zwam kwam aanrennen met de snelheid van een hert. Zonder vaart te minderen zette hij af op de plek waar Simon net had gestaan en dook Diego achterna.

Hoofdstuk 42

Prooi

In Kragtstad stond de Grinn op het punt om uit te gaan. Met pijn en moeite had Balthazar zich door de rest van de dag gesleept.

Diego was sinds het middaguur al verdwenen. Balthazar vroeg zich af waar hij was. Hij maakte zich zorgen om hem. Grote zorgen.

Het ene moment was hij overtuigd dat Diego gekidnapt was door een bende. Het volgende moment bedacht hij zich dat Diego misschien wel in slaap gevallen was op de WC. Maar er was iets, dat wist hij zeker.

Behalve dat maakte Balthazar zich zorgen over zichzelf. Diego was er niet om hem te beschermen. En Balthazar zag ze al loeren, zoals ze altijd naar hem hadden geloerd op het schoolplein. Gelukkig durfden de meesten niets te doen, uit angst voor Diego.

Balthazar bad in stilte dat hij veilig thuis zou komen.

Eindelijk ging de laatste bel. Balthazar pakte zijn tas en liep zo behoedzaam mogelijk als Balthazar behoedzaam kon zijn naar de deur van het lokaal. Toen hij buiten stond, haalde hij even opgelucht adem.

In de verte gloorde de poort van de uitgang. Balthazar trok zijn jas aan en begon met grote stappen in de richting van de vrijheid te lopen.

Helaas zag hij niet hoe Rufus zijn been uit stak.

Balthazar viel languit voorover.

Langzaam kwam Rufus dichterbij.

'Jeetje-Balthazar: ben-jij, zoals-dat-heet, languit-op-jouw-gezicht-gevallen?' vroeg hij treiterend.

Alle kinderen om hen heen begonnen te lachen. Balthazar lag op de grond, zijn mond en ogen wijd open en zijn gezicht lijkbleek, als een spook.

'Bovendien-constateer-ik-dat-jouw-grote-vriend-Diego-Zonnesteek-nergens-te-bekennen-is,' vervolgde Rufus. 'Jij-zult-vast-en-zeker-heel-erg-bang-zijn. Of-niet?'

Rufus zakte door zijn knieën en kwam iets dichterbij.

'Jij-vraagt-je-natuurlijk-af-wat-ik-nu-met-je-ga-doen,' vervolgde Rufus, 'en-of-dat-pijn-gaat-doen-en-'

Ineens werd er een arm om zijn nek geklemd. Het volgende moment voelde Rufus iets scherps in zijn nek prikken.

'Één verkeerde beweging, en de gevolgen zijn voor jou,' siste Kala in zijn oor.

Rufus probeerde overeind te komen om Kala van zich af te schudden. Meteen prikte Kala zo hard dat Rufus het uitschreeuwde van pijn. Alle kinderen hielden hun adem in.

'Voor mij ben je gewoon een vis die gefileerd moet worden. En geloof me, ik heb er al heel wat opengesneden met dit mes. Nou liggen. Vooruit! Met je buik plat op de grond.'

Rufus gehoorzaamde. Kala trok een koord uit een jas die aan de kapstok hing en bond razendsnel de handen van Rufus achter zijn rug. Vervolgens knoopte ze zijn veters aan elkaar.

'Hoofd naar beneden en hardop tot honderd tellen,' commandeerde ze. 'En waag het niet om op te kijken.'

Langzaam stond ze op, hielp Balthazar overeind en stopte het scherpe potlood waarmee ze Rufus had geprikt in haar zak.

‘Het is helemaal geen mes!’ riep een van de toekijkende kinderen uit. ‘Het was gewoon een potlood!’

Met een woedende blik draaide Rufus zijn gezicht omhoog.

‘Jij vuile Leosi...’ siste hij tussen zijn tanden door. ‘Ik pak jou! Ik maak je kapot!’

‘Rennen!’ riep Kala. ‘Rennen Balthazar!’

Zo snel als ze kon trok ze Balthazar met zich mee. De dikke slagerszoon volgde haar, zwalkend als een dronken matroos.

Woedend probeerde Rufus het touw van zich af te krijgen. Toen hij eindelijk klaar was, spurtte hij achter ze aan naar buiten.

Kala en Balthazar waren nergens te bekennen. Alleen een paar kinderen op het schoolplein keken met angst in hun ogen toe naar de briesende Rufus met een rood aangelopen hoofd. En Rufus met een rood aangelopen hoofd was een Rufus om voor uit de weg te gaan.

Rufus wist dat ze vroeg of laat de kabelbaan moesten pakken.

En hij wist een kortere route naar de kabelbaan.

Normaalgesproken zou hij die route nemen. En dan zou hij ze opwachten, net zo lang totdat ze op zouden komen dagen. En dan zou hij wraak nemen.

Maar vandaag niet. Vandaag had hij een afspraak. Een hele belangrijke afspraak.

Vandaag ging het leven van Rufus Rotteveel voorgoed veranderen.

Hoofdstuk 43

Rufus de Schoonmaker

Met opgeheven hoofd liep Rufus over straat in de richting van de KK toren.

Vandaag ging het gebeuren.

Rufus passeerde de hoofdingang van de KK toren en ging opnieuw om het gebouw heen, naar de achterkant, waar de kleine deur was. Hij klopte weer drie keer kort achter elkaar, drie keer met een lange tussenpauze. En net als de vorige keren stapte hij in de lift.

Maar deze keer drukte hij op de knop voor de 100e verdieping - de enige gouden knop.

Zoals afgesproken.

Met een schokje vertrok de lift naar de top van de KK toren. Op weg naar de top, dacht Rufus. Ik ben op weg naar de top. Eindelijk krijg ik waar ik recht op heb.

Rufus had zich aan de afspraak gehouden. Hij was vrienden geworden met Diego Zonnesteek. En ook al was het niet meer geweest dan het schudden van een hand: Rufus had zich in moeten houden.

En hier was hij dan. Op weg naar de 100e verdieping.

In zijn zak had hij een zakje Snopps branden. Iets in hem had hem gewaarschuwd om ze niet van tevoren te nemen. Rufus was bang dat hij overmoedig zou worden. Misschien wel roekeloos. En dat was gevaarlijk. Zeker bij een Reparateur.

Nee, de Snopps waren zijn beloning achteraf.

De lift kwam aan bij zijn bestemming. De deur ging open.

Opgewonden en een beetje zenuwachtig stapte Rufus naar buiten.

Hij stond in een grote, lege ruimte. Door de ramen zag hij Kragtstad onder hem liggen. De Grinn zag er uit als een klein huisje. Rufus schrok een beetje van de hoogte. Tegelijkertijd gaf het hem een machtig gevoel.

Midden in de ruimte stonden twee tafels. Op de ene stond een dampende ketel. De andere tafel was leeg.

Nieuwsgierig kwam Rufus dichterbij. Die ketel was kokend heet, dat zag hij meteen. Aan beide zijden van de ketel zaten twee gloeiende uiteinden.

'Dag Rufus. Goed dat je er bent.'

Langs de rand, in de schemering, stond Moxxo. Waarschijnlijk had hij er al de hele tijd gestaan. Rufus vroeg zich of hoe het toch kwam dat hij hem niet had gezien.

'Gefeliciteerd. Je hebt je eerste opdracht volbracht. Je bent vrienden met Diego Zonnesteek.'

Rufus knikte bevestigend. 'Maar ik begrijp niet waarom. Ik haat hem!'

'We hebben hem nodig, Rufus. Meer kan ik niet zeggen. Geduld, en alles zal duidelijk worden. '

Moxxo wendde zijn blik af en staarde nadenkend naar de vloer. Ineens haalde hij iets uit zijn zak. Een afstandsbediening. Moxxo drukte op een knop.

Het volgende moment veranderden de ramen in videoschermen. Toen Rufus wist wat hij zag, kon hij het bijna niet geloven.

Honderden mannen waren in een hal aan het trainen. Ze schoten met geweren, vochten met messen of met de blote vuist, of reden rond in tanks.

‘Dit zijn onze Reparateurs, Rufus,’ zei Moxxo. ‘De best getrainde troepen van heel Rebequin. Honderd Reparateurs kunnen het met gemak opnemen tegen vijfduizend soldaten.’

Rufus knikte, terwijl hij met glimmende ogen naar het scherm keek.

‘Daar kun jij bijhoren, Rufus.’

Moxxo drukte op een knop. Binnen een seconde waren de ramen weer gewoon ramen. Met een ijskoude blik wendde hij zich vervolgens tot Rufus.

‘Repareren is een belangrijke taak, Rufus. Als iemand iets doet wat niet goed is voor KK Industries, dan moeten wij in actie komen. Dan volgt er een reparatie.’

Rufus wist precies wat hij met een reparatie bedoelde.

Mensen bedreigen. Mensen slaan. En soms nog erger dan dat.

‘Als je een reparatie uitvoert, moet je vervolgens ook controleren of het echt gerepareerd is,’ vervolgde Moxxo. ‘Misschien moet iets nog een keer gerepareerd worden. En nog een keer. Net zolang totdat het systeem weer werkt.’

Rufus knikte. Ook dat was duidelijk. Mensen die na één ontmoeting met een Reparateur hun les nog niet hadden begrepen, kregen een tweede reparatieronde. En een tweede ronde was nog erger dan de eerste.

De Reparateur wierp een blik op de dampende ketel, en vervolgens op de armen van Rufus. Rufus slikte zenuwachtig.

‘Voordat we besluiten om een reparatie te doen, gaan we eerst kijken of het niet schoongemaakt kan worden. Het is een beetje zonde om iets te repareren dat misschien niet gerepareerd hoeft te worden. Wat jij? Voorkomen is beter dan repareren.’

De Reparateur liep naar de tafel met de ketel en gebaarde Rufus om dichterbij te komen. Met een angstig voorgevoel kwam Rufus naar voren. Nu zag hij wat er in de ketel zat. Gloeiend hete Terrafos.

Een van de twee gloeiende dingen op de ketel kon hij nu beter zien. Het zag er uit als een stok, met aan het uiteinde nog iets rafeligs.

'Alle Reparateurs van KK Industries zijn begonnen als Schoonmaker, Rufus. En jij dus ook.'

Moxxo deed een stap naar achter en staarde Rufus indringend aan.

'Wil jij Reparateur worden?'

'Eh... I-ik denk het wel,' stamelde Rufus.

'Wil jij Reparateur worden ja of nee?' brulde Moxxo ineens. 'Wil jij bij de besten van de besten horen ja of nee?'

Rufus rechtte zijn rug.

'Ja! Ja!'

'Til dan die ketel op met je onderarmen... en zet hem op de andere tafel.'

Rufus verstijfde. Met grote ogen keek hij nog een keer naar de tafel.

'M-maar dat doet pijn!' piepte hij benauwd. Zijn knieën begonnen te knikken.

'Zeker,' zei de Moxxo rustig. 'Dat doet pijn. Maar pijn is slechts tijdelijk. Opgeven is voor altijd. Als je nu wegloopt, word je nooit meer een Reparateur.'

Rustig stapte Moxxo naar de lege tafel.

'Denk goed na Rufus. Wil jij de rest van je leven arm zijn als een Werker... zoals je vader, Bunkert Rotteveel?'

Als door een slang gebeten keek Rufus de man aan. Maar de man sprak rustig verder.

‘Of… wil je goed verdienen?’

Moxxo legde vijfhonderd Reffies op de tafel. Rufus’ ogen begonnen te glimmen.

‘Voor jou, Rufus. Het enige wat je moet doen is die pot hier neerzetten.’

Rufus haalde diep adem. De biljetten lagen daar zo voor het grijpen. Maar die ketel was wel heel erg heet.

‘En wie weet…’ vervolgde Moxxo. ‘Krijg je dan ooit de kans om wraak te nemen op Diego Zonnesteek.’

Bij het horen van die laatste woorden schoot Rufus naar voren, plaatste zijn onderarmen tegen de gloeiende ketel, tilde hem op en zette hem op de andere tafel.

Rufus kon bijna niet geloven wat hij had gedaan. Hijgend keek hij de Reparateur aan. Toen pas voelde hij de brandende pijn.

Met grote ogen keek hij omlaag.

De ketel had een afdruk op zijn beide onderarmen achtergelaten. Een afdruk die nooit meer weg ging.

Een bezem.

Rufus de Schoonmaker.

HOOFDSTUK 44

In de val

Kala en Balthazar liepen behoedzaam door de straten van Kragtstad. Angstvallig keek Kala om zich heen, op zoek naar een silhouet dat er uit zou kunnen zien als Rufus.

Kala had gegokt dat Rufus hen op zou wachten bij de kabelbaan. Dat hij daar klaar zou staan met zijn vriendjes om hen een flink pak rammel te geven.

Om dat te voorkomen had ze zich met Balthazar urenlang verstopt in Kragtstad.

Maar Kala had verkeerd gegokt.

'Rufus is nu vast wel naar huis gegaan,' zei ze tegen Balthazar. 'Kom, wij gaan ook. Ik heb honger als een paard.'

'Ik-weet-niet-hoeveel-honger-een-paard-heeft, maar-het-zou-mij-niet-verbazen-als-ik-nog-meer-zou-kunnen-eten-als-dat-gehoefde-dier.'

'Probeer je nou te zeggen dat je honger hebt?' zei Kala verbaasd.

'Zo-zou-je-het-kunnen-zeggen, ware-het-niet-dat-ik-een-poging-deed-om-jou-te-zeggen-hoeveel-honger-ik-precies-heb.'

'O ja,' zei Kala ongeïnteresseerd.

Samen liepen ze door de hoofdstraat heen, langs het lawaai van de videohallen.

'Is-het-wel-verstandig-om-hier-te-lopen?' vroeg Balthazar benauwd.

‘Absoluut,’ fluisterde Kala. ‘Rufus verwacht nooit dat wij deze weg nemen. Waarschijnlijk ligt hij op de loer in een van die kleine straatjes.’

Maar Kala gokte opnieuw verkeerd.

Gespannen keek ze om zich heen. De Zwarte Wereld lag schuin aan de overkant van de straat.

‘Zometeen niet opzij kijken,’ siste Kala tegen Balthazar.

‘Wist-jij-dat-onze-hersenen-het-woordje-‘niet’-helemaal-niet-kennen? Denk-maar-eens-niet-aan-een-roze-olifant, en-je-zult-zien-dat-er-al-vrij-snel-een-roze-olifant-in-je-gedachten-opkomt.’

‘Het zal wel,’ siste Kala geïrriteerd. ‘Kijk nou maar gewoon voor je, dan gebeurt er niks.’

Balthazar deed wat Kala hem opdroeg.

Kala zelf gokte op dat moment voor de derde keer fout.

Voorzichtig veegde ze een lok uit haar gezicht en wierp een blik over de straat, naar de ingang van de Zwarte Wereld.

Daar stond Rufus, in zijn blote bast, met zijn vuisten triomfantelijk in de lucht gestoken. Hij gilde, als een wolf die tegen de maan jankt, zwaar onder de invloed van de vijf Snopps die hij als beloning voor zichzelf had genomen. Om zijn beide onderarmen had hij een verband zitten. Toen hij Kala in de ogen keek herkende hij haar meteen.

‘Kom op jongens! Daar gaan ze! Die vuile Leosi en die dikke nerd! We pakken ze!’

Kala’s hart bonkte in haar keel. Als ze in haar eentje was geweest, had ze vast en zeker weg kunnen komen. Maar ze was niet alleen.

‘Rennen, Balthazar! Rennen voor je leven!’

Zo snel als ze kon trok ze hem mee een steegje in, en zette het op een lopen. Maar Balthazar was veel te langzaam.

‘Kom op nou!’ smeekte Kala. ‘Sneller! Kom op!’

Balthazar deed zijn uiterste best. Maar het had meer weg van snelwandelen dan van hardlopen.

Kala werd wanhopig. Ze had geen idee hoe ze hen kon redden.

Ze renden door een heel smal straatje. Het was vol met kleine, armzalige huisjes.

Huisjes waar Leosi wonen, bedacht ze zich ineens.

Zo hard als ze kon begon ze in het Leosisch om hulp te roepen.

Maar niemand leek te reageren. Alle deuren en ramen bleven dicht.

‘Help!’ riep Kala nog een keer in haar moederstaal. ‘Help!’

Uitgeput sloeg ze een hoek om terwijl ze Balthazar zo goed en zo kwaad als het ging met zich meetrok.

Voor hen was niks anders dan een doodlopende muur.

‘Kijk eens aan... in de val!’

Kala en Balthazar draaiden zich om. Rufus en zijn groepje stonden om hen heen. Zijn ogen waren rooddoorlopen van de Snopps. Zijn twee metalen voortanden blonken in het licht.

Kala keek naar het verband op zijn onderarmen. Het bloed sijpelde naar buiten. Maar Rufus leek niets te voelen. Stap voor stap kwam hij dichterbij. Hij ging vlak voor Balthazar staan en keek hem woedend aan. Ineens blies hij de lucht uit zijn neusgaten, als een woedende stier.

Balthazar werd panisch. Hij zette zijn handen op zijn hoofd en begon te trappelen als een paard.

‘Wat doe jij nou gek, bolle?’ zei Rufus. ‘Ga je zo ook nog hinniken?’

‘Laat hem met rust,’ beet Kala hem toe.

Rufus sprong naar Kala en wierp haar met een harde duw tegen de muur aan. Kala vertrok van de pijn.

‘Hoe waag jij het tegen mij te spreken, vuile Leosi!’ brieste Rufus. ‘Heb je enig idee wie ik ben?’

Ja, dacht Kala. Jij bent die vuile pestkop die andere kinderen pijn doet zonder dat ze iets gedaan hebben. Maar ze hield haar mond, misschien wel voor het eerst in haar leven.

‘Ik heb meer macht in deze pink dan jij ooit in je leven zult hebben,’ zei Rufus. ‘En ik beloof je één ding: ik ga jou kapot maken.’

Kala wist ineens dat het vandaag wel eens slecht met haar af kon lopen. Heel slecht zelfs. Om nog maar niet te spreken van Balthazar.

Ineens hoorde ze iets.

Rufus hoorde het ook. Hij gebaarde dat iedereen stil moest zijn en spitste zijn oren.

Iemand riep wat. Het kwam van hoog boven hen. Drie woorden.

Voor Rufus en zijn bende was het onverstaanbaar. Maar voor Kala was het overduidelijk.

Naar de muur! Naar de muur! Klonk het in het Leosisch.

Kala dook naar Balthazar en drukte hem uit alle macht tegen de muur aan.

Het volgende moment viel een groot, zwaar net over de hele steeg heen. Rufus probeerde nog weg te duiken, maar hij was te laat. Iedereen in de steeg zat gevangen onder een kluwen van touwen… iedereen behalve Kala en Balthazar.

Zo snel als ze kon trok Kala Balthazar mee, de steeg uit.

Rufus keek toe hoe zijn prooi zich uit de voeten maakte. Wild rukte hij zijn broekspijp omhoog, trok een grote dolk tevoorschijn, sneed zichzelf los en zette de achtervolging in.

Maar Kala en Balthazar waren verdwenen.

Rufus keek links, rechts en boven zich.

Ze waren weg. Alsof ze opgelost waren in de lucht.

Rufus draaide helemaal door. Tranen van woede schoten over zijn wangen heen. Hij klemde zijn kaken op elkaar totdat hij zijn tanden bijna voelde barsten.

'Ik maak jullie kapot!' schreeuwde hij, zo hard dat het pijn deed aan zijn stembanden. 'Kapot!'

Gedurende een half uur bleef het doodstil in de steeg. Alleen een kat liep heen en weer tussen de lege flessen en de zakken gevuld met afval. Hij had net een half aangekloven vis te pakken gekregen, toen de vloer met een licht gekraak omhoog kwam zetten.

Voorzichtig stak een donkere jongen met zwarte krullen zijn hoofd om de hoek van het luik. Hij keek rechts en links en boven zich, voordat hij omhoog kwam. Kala kwam als tweede. Tot slot klauterde Balthazar met pijn en moeite omhoog.

'Dank je wel,' zei Kala in het Leosisch.

De jongen toonde een flauwe glimlach. 'Leosi moeten Leosi helpen. Wij hebben alleen elkaar.'

Kala knikte begrijpend.

'Hoe heet jij?'

De jongen wiegde zijn hoofd langzaam heen en weer. 'Geen namen. Namen zijn gevaarlijk.'

'Oké. Geen namen. Maar waar kom je vandaan? En wat doe je hier?'

De jongen haalde zijn schouders op. 'Ik kom van het Konkameer, net als alle andere Leosi. Maar nu woon ik op de vuilnisbelt.'

'Waar zijn je ouders dan?'

'Ze zijn omgekomen in de Centrale, bij de grote ontploffing.'

Kala schrok. 'Mijn ouders ook!'

Kala vertelde in het kort haar verhaal, en wat er met haar sinds die ene dag gebeurd was.

'Weet jij meer van die ontploffing?' vroeg ze nieuwsgierig. 'Ik weet alleen dat een of andere domoor de machines te hard heeft aangezet en-'

'Niet een of andere domoor. Krudon Kragt zelf.'

En daar, in een steegje in Kragtstad, tussen de rottende vissen en het stinkende afval, hoorde Kala voor het eerst in haar leven wat er die morgen werkelijk met haar ouders gebeurd was. Dat Krudon Kragt de machines te hard aan had gezet, omdat hij vond dat zijn Terrafosfontein niet hoog genoeg spoot. Dat de machines dat niet aan konden, want ze waren te oud en Krudon wilde geen nieuwe machines betalen. En dat de boel toen was ontploft.

Toen de jongen klaar was met vertellen, voelde Kala zich leeg. Ze dacht aan al die keren dat ze nachtmerries had gehad, dat ze droomde dat haar vader een schakelaar omhoog duwde en dat ze hem tegen wilde houden maar het lukte niet. Ze dacht aan al die keren dat ze geloofd had dat haar ouders misschien wel iets heel doms hadden gedaan die dag.

En het was allemaal niet waar.

Het was de schuld van Krudon Kragt.

Ineens voelde ze een hand op haar schouder. Het was Balthazar.

'Jij-bent-vast-en-zeker-verdrietig.'

Kala opende zonder een woord te zeggen haar armen en liet zich troosten door Balthazar.

Balthazar zei niks. Hij wiegde langzaam heen en weer, exact even lang naar links als naar rechts, als een automatische schommelstoel. En Kala wiegde mee terwijl de tranen over haar wangen stroomden.

Toen ze na een tijdje opkeek was de Leosi-jongen verdwenen.
‘Wij-moeten-ook-gaan,’ sprak Balthazar verstandig.
Samen liepen ze weg, in de richting van de kabelbaan.

Hoofdstuk 45

Diep van binnen zit een held

Diego lag in het water. Schuimend water. Angstig keek hij om zich heen. Maar hij zag niets.

Het water was ijskoud. Het deed pijn.

Waar moet ik naartoe?

Daar! Daar is de oppervlakte!

Nee, de adelaar!

Weg hier!

Maar ik moet ademen.

Ik moet omhoog!

Diego dook naar de oppervlakte, opende zijn mond en zoog in paniek de lucht naar binnen.

Diego werd wakker. Hij lag in een bed. Zijn adem ging schokkerig op en neer, als een huilende kleuter.

Beetje bij beetje kwamen de herinneringen terug.

De tocht door het Schimmenbos... de adelaar... het rotsblok... de klap... het koude water... iemand die zijn arm pakte en hem naar boven trok... verder wist hij niets meer.

Diego probeerde overeind te komen. Het lukte niet. Zijn hoofd bonkte als een bezetene. Hij rilde. En alles deed pijn.

Met grote moeite tilde hij een stukje van de deken op. Diego schrok van zijn eigen lichaam. Het was helemaal paars van de blauwe plekken.

'Je hebt geluk gehad, dat is een ding dat zeker is. Je hebt die rotsen op een haar na gemist.'

Diego herkende de zware bromstem van Zwam. Hij keek om zich heen. Alles was wazig. Hij was op een onbekende plek. En buiten was het licht.

'W-waar is Simon?' vroeg hij in paniek. 'Hoe is het met hem? H-hoe heeft hij mij gered?'

Maar Zwam gaf geen antwoord.

Langzaam zakte Diego weer weg in een diepe, diepe slaap.

De tweede keer dat hij wakker werd, was het donker. Voorzichtig draaide hij zijn nek en keek om zich heen.

Hij lag op een bed... onder de huid van een beer... in een hut. Een hut rondom de stam van een boom. Een hele, hele grote boom.

Heel even dacht Diego dat hij op de Zure Kronkel was. Maar dat kon niet. Zo'n grote boom bestond er niet op de Zure Kronkel.

Vanuit de stam strekt een gigantische wortelstronk zich uit. Hij liep dwars door de ruimte als een kronkelende slang. Vlak onder het bed van Diego dook hij weer de grond in.

Op de stronk van de boom liep Zwam heen en weer. Met zijn ogen dicht ging hij van de ene naar de andere kant, terwijl hij op sierlijke wijze allerlei bewegingen aan het maken was.

Ondanks zijn grote lichaam bewoog hij zich geruisloos voort. Zijn enorme handen zwaaiden door de lucht, alsof hij onzichtbare monsters langs zijn lichaam liet glijden.

'W-waar is Simon?' vroeg Diego voor de tweede keer. Maar zijn stem was heel zwak. En zijn hoofd bonkte.

‘W-waar is Simon? Hij is toch niet-’

Zwam sprong soepel van de stronk en draaide zich naar Diego.

‘Ik weet alleen dat hij niet gesprongen is. Verder maakt hij het vast wel goed, als ik me niet vergis.’

Verbaasd keek Diego Zwam aan. ’S-Simon niet gesprongen? M-maar hoe ben ik dan-’

Zwam staarde een beetje verlegen naar beneden, wachtend totdat Diego zou inzien wat er was gebeurd.

Diego kon het bijna niet geloven. Meer dan alles had hij gewild dat Simon hem had gered. En dat hij nu naast Diego’s bed zou zitten, met zijn haar in de perfecte scheiding en grapjes makend met die heerlijke stem.

Maar Simon was hem niet achterna gesprongen. En Zwam wel.

Diego dacht aan die ene keer op de Zure Kronkel, hoe hij en Simon hem hadden uitgelachen. Aan al die keren dat hij met smoesjes Zwam had gemeden. Aan hoe slecht hij over hem had gedacht.

En nu had Zwam zijn eigen leven gewaagd om dat van Diego te redden.

Diego werd rood. Hij schaamde zich diep. En met de schaamte kwamen er ineens tranen. Ze rolden over zijn wangen als een niet te stoppen stroom.

Zwam kwam naar Diego toe, gaf hem een zakdoek en sloeg zijn harige armen om hem heen.

‘Het is niet erg Diego, al die stomme dingen,
soms moet je even dom doen om je weg weer terug te vinden.
Het leven is niet makkelijk, en al helemaal niet,
het leven van het kind dat alles hoort en voelt en ziet.’

Diego knikte en snotterde nog een paar keer na. Toen viel hij opnieuw in slaap.

Toen Diego voor de derde keer wakker werd, voelde hij zich een stuk beter. Bovendien had hij honger als een paard.

Zwam kwam aan met een dampend bord en een grote mok.

'Havermoutpap met lekkere zoete bessen,
en een flinke beker geitenmelk om de eerste dorst te lessen!
Het is heerlijk, al zeg ik het zelf, het is mijn favoriet.
Dat is ook wel logisch, want iets anders ken ik niet.'

Diego wist niet waar hij moest beginnen. Hij at en dronk als een wildeman. Zwam bleef hem keer op keer braaf bijvullen.

Na het derde bord was Diego eindelijk klaar. Tevreden ademde hij diep in en uit en keek om zich heen.

Het viel hem nu pas op dat het slecht weer was, en niet zo'n beetje ook. De wind sloeg zichzelf stuk tegen de buitenkant van de hut. De druppels tikten onafgebroken op het houten dak. En ze tikten hard. Alsof het stenen waren.

'Het is slecht weer,' mompelde Zwam ernstig. '*We kunnen nergens heen.*
We kunnen bedolven raken onder vallend steen.
Het regent te hard, het is helemaal niet goed,
het water spoelt de goede grond weg waarop alles groeien moet.'

Diego keek door een van de kleine houten raampjes naar buiten. De druppels deden hem denken aan het water bij Ronnie's Drietand. En het water bij Ronnie's Drietand deed hem denken aan de weg die hij had afgelegd, aan de tocht door het Schimmenbos en de adelaar. En waarom was hij ook al weer door het Schimmenbos gegaan? O ja... hij was weggelopen van school... vanwege al die vreselijke dingen die hij had gezien.

De gloed.

Diego's gezicht betrok. Zijn onderlip begon ineens te trillen.

'Al lijken zorgen nog zo groot, ze gaan altijd voorbij,
lucht je hart, laat het los en vertel ze maar aan mij.'

Diego keek in het gezicht van Zwam, met die enorme neus die bijna een klein slurfje leek, al die haren, die borstels van wenkbrauwen en ten slotte die reusachtige onderlip. Maar Diego vond het gezicht van Zwam helemaal niet meer om te lachen. Het enige wat hij zag waren die ernstige ogen. En Diego wist zonder verder na te denken dat hij Zwam al zijn geheimen kon toevertrouwen.

'Ik weet eigenlijk niet eens waar ik beginnen moet...' begon Diego.

De volgende twee uur praatte hij zonder te stoppen. Diego sprak over de gloed, over alles wat hij zag en dacht en voelde en alles waar hij zich aan had geïrriteerd, over alles waar hij spijt van had en waarvoor hij zich schaamde. En Zwam luisterde, zonder hem te onderbreken.

'... En ik dacht dat ik na de *Bril die Alles Zag* nooit meer gekke dingen zou zien,' besloot Diego. 'En nu is het nog veel erger!'

Zwam schraapte zijn keel.

'Wellicht is dit iets wat jij niet horen wil...
maar ik moet je iets vertellen – het lag niet aan die bril.'

Verbaasd keek Diego hem aan.

'W-wat bedoel je?'

Zwam legde zijn grote hand op het bed en vouwde hem langzaam open.

In zijn handpalm lag een flesje Puursuur. Diego herkende het meteen. Vragend keek hij naar de bomenman.

'Weet je nog Diego, bij die Spoed-Duik op 't Nest,
dat jouw bril over de rand vloog, samen met deze fles?
Dat wij allen dachten dat Art ze had vernield,

en dat hij de bril had gemaakt, De Bril Die Alles Ziet?
En dat jij geloofde dat je die gekke dingen zag,
omdat de Puursuur zich vermengd zou hebben met jouw brillenglas?
Het spijt me dit te zeggen, maar die fles ging nooit kapot,
hij was op iets zachts gevallen en daarna ergens weggerold
Een paar maanden geleden kwam Slurfy hem weer tegen,
hij heeft hem opgezogen en aan Amita teruggegeven'

Diego slikte. Hij kon geen woord uitbrengen. Hij dacht aan alles wat hij met de bril had gezien. Aan de moorddadige gedachten van Krudon Kragt, hoe hij Nooitgeweest van de aardbodem weg wilde vagen, aan de ontploffingen, en de reuzenslangen die geen reuzenslangen maar pijpleidingen voor Terrafos waren.

'Dus al die dingen die ik zag… waarvan ik dacht dat de bril dat deed… dat was ik zelf?'

Zwam knikte.

'Het is het Magische Veld. Je zult het altijd blijven zien.
Ook al vecht je er tegen, ook al word je honderdtien.
Het hoort bij het kind dat alles hoort en voelt en ziet.
Ook al wil je het niet, ook al wil je het niet'

Het kind dat alles hoort en voelt en ziet… Diego haatte die woorden.

'Hoe weet jij dat eigenlijk?' riep hij uit. 'Hoe weet jij nou wat ik allemaal zie? Wat weet jij nou van dat Magische Veld?'

'Omdat het ook met mij praat, door de planten en de bomen,' antwoordde Zwam kalm.

'Ze vertellen mij alles, de angsten en de dromen.
Het is ons lot Diego, je kunt het niet vermijden,
probeer er niet tegen te vechten want je zult alleen maar lijden.'

Met een ernstige blik staarde Zwam naar de vallende regen.
Diego stond paf.
Zwam had ook contact met het Magische Veld!
‘Dus jij ziet ook al die gekke dingen…’ stamelde Diego.
Zwam schudde even zijn hoofd.
‘Ik hoor het veld, het spreekt met mij, maar zien doe ik het niet.
Dat is alleen voor het kind dat alles hoort en voelt en ziet.’
Horen, dacht Diego. Je kunt dat veld kennelijk ook nog horen. Diego rilde bij het idee.
‘Hoelang heb jij dit al?’ vroeg Diego aarzelend.
‘Alles bij elkaar… iets meer dan dertig jaar.’
Diego’s mond viel open van verbazing.
‘O-oké. En is het bij jou net zo erg? Zie- sorry, hoor jij ook van die vreselijke dingen?’
Zwam knikte weer.
‘Oké,’ slikte Diego. ‘Net zo erg dus. En w-wordt het ooit minder?’
Zwam schudde ontkennend zijn hoofd.
‘Dus ik ga dit de rest van mijn leven hebben? Ik ga altijd dit soort gekke dingen zien? En het houdt nooit meer op?’
Diego beukte met zijn vuist op het bed. Hij voelde zich zieliger dan de armste bedelaar van Rebequin. Snikkend begroef hij zijn gezicht in het kussen.
Diego had verwacht dat Zwam hem in zijn armen zou nemen en dat hij hem zou troosten. Of een bemoedigend klopje op zijn schouder zou geven. Of tenminste een aai over zijn bol.
Maar Zwam deed niets van dat alles. Hij stond op en liep naar een hoek van de hut.
‘Ja loop maar lekker weg!’ zei Diego huilend. ‘Mooie vriend ben jij!’

Zwam reageerde niet op Diego's woorden. Rustig haalde hij zijn gitaar tevoorschijn en liep terug naar het bed waar Diego lag.

'De waarheid is hard,' zei Zwam, terwijl hij de snaren van de gitaar stemde. *'Soms is het zuur en doet het pijn. Maar de waarheid geeft je vleugels... de waarheid maakt je vrij.'*

'Hoe kan ik hier nou ooit vleugels van krijgen!' riep Diego boos. 'Het is alleen maar stomvervelend. Ik haat mezelf! Ik haat dat Magische Veld!' Diego verborg zijn gezicht weer in het kussen.

Ineens begon Zwam een melodietje te tokkelen. Een akelig vrolijk melodietje.

'Hoe kun je nou een liedje gaan spelen op dit moment!' riep Diego uit.

Maar Zwam reageerde niet. In plaats daarvan schraapte hij zijn keel en begon vrolijk te zingen.

Diep van binnen zit een held
Een held die nergens bang voor is
Die lacht tegen de duisternis
Diep van binnen zit een held

Diep van binnen zit een held
Een held die jou in leven houdt
Die altijd voor jou vechten zou
Diep van binnen zit een held

En als je aan de afgrond staat
Als je bang bent dat je sterven gaat
Ja als je dat ravijn in staart
Dan komt die held zo ineens naar buiten

Niet te stuiten, en zegt:
Wees niet bang... hou moed
Vertrouw op mij... alles komt goed

Zwam begon te fluiten, terwijl hij verder tokkelde. Daarna zong hij de tekst nog een keertje.

Diego staarde door zijn tranen heen naar Zwam. De bomenman begon er zowaar bij te dansen.

'Waarom doe je dit?' schreeuwde Diego uit. 'Waar slaat dit op?'

'Luister naar de tekst!' riep Zwam terug. En daarna begon hij het nog een keertje te zingen.

Diego luisterde.

Diep van binnen zit een held... een held die nergens bang voor is... die lacht tegen de duisternis...

Diego begreep het niet. Hij kon er geen kaas van maken. Wat hij ook probeerde, het drong niet tot hem door. Wanhopig schudde hij zijn hoofd heen en weer.

'Ik snap het niet!'

'Luister, Diego!' riep Zwam nog een keer. Hij draaide zich om en schudde zijn achterwerk vrolijk heen en weer terwijl hij verder zong.

Diego had het niet meer. Hij kon het niet meer aanhoren. En ineens, zonder te beseffen wat hij deed, greep hij de lege mok en slingerde hem in de richting van Zwam.

Op het moment dat de mok zijn hand verliet, had Diego al spijt.

De mok was van steen. Hij was zwaar. En hij vloog met een fikse snelheid op het achterhoofd van Zwam af.

Hoe kan ik zo dom doen? vroeg Diego zich af. Hij deed zijn mond open om met een gil Zwam te waarschuwen.

Maar het was niet nodig.

In een flits stapte Zwam opzij, draaide zich om en ving de mok in zijn grote hand.

Diego kon niet geloven dat iemand zo snel kon reageren. En hoe had hij dat nou gezien? Diego wist zeker dat Zwam geen ogen in zijn achterhoofd had.

'Hoe deed je dat?' zei Diego verbaasd.

Met een klap zette Zwam de mok op tafel.

'MAAKT NIET UIT WAT IK DEED! LUISTER NAAR MIJN WOORDEN!

LUISTER GOED DIEGO! OOK AL WIL JE ZE NIET HOREN!

HOE HEB JIJ ONS DORP GERED VAN DIE KRUDON KRAGT?

HOE HEB JE DAT GEDAAN? WAT GAF JOU ZO VEEL MACHT?'

Zwam schreeuwde. Zijn ogen schoten vuur.

Diego schrok zich rot. Hij had Zwam nog nooit horen schreeuwen. De zware stem van de bomenman galmde door de hut als een orkaan.

'WAT GAF JOU DE MOED OM ZIJN GEDACHTEN TE AANSCHOUWEN?

ZEG ME DIEGO ZONNESTEEK – WAT GAF JOU ZO VEEL VERTROUWEN?'

Diego was perplex. 'I-ik weet het niet,' mompelde hij.

'ANTWOORD MIJ, DIEGO! ZEG MIJ HOE HEB JE DAT GEDAAN?

WAT GAF JOU DE MOED OM TEGEN HET KWADE OP TE STAAN?

WAT IS DAT IN JOU DAT AL DIE GEKKE DINGEN DOET?

DAT ERVOOR ZORGT DAT JIJ BEREID BENT OM TE STERVEN ALS HET MOET?'

Zwam keek hem aan, met een dwingende blik die Diego nog nooit van hem had gezien. En Diego had geen andere keus dan terugkijken.

‘Ik weet ’t niet,’ zei Diego ten slotte. ‘Het was net alsof ik iemand anders was. Iemand die dingen durft die ik nooit zou doen.’

Zwam stapte dichterbij en priemde zijn wijsvinger op Diego’s borst.

‘Het is de held in jou Diego, de held die nergens bang voor is.

Het is de held in jou, die lacht tegen de duisternis.

En weet je Diego, wat het allermooiste is?

Hij laat je nooit alleen, zelfs niet in de verdoemenis.’

Diego keek naar Zwam. Het vuur in zijn ogen was verdwenen. Het had plaats gemaakt voor een helder licht.

‘Wees die held, Diego. Wees die held en je zult zien...

het Magische Veld is niet de vijand maar je vriend.’

Zwam gaf hem een klopje op zijn schouder, pakte zijn gitaar weer op en speelde zijn lied, terwijl hij vrolijk door de hut heen danste.

Diego keek naar hem. Zijn woorden galmden na in zijn hoofd.

Diep van binnen hoorde hij het belletje. Het belletje dat hij zelf had bevroren. Het was ontdooid. En het begon langzaam te klingelen in de maat van het lied van Zwam.

Eigenlijk geeft dat belletje best een mooi geluid, dacht Diego.

Voor het eerst in een hele lange tijd kreeg hij weer een glimlach op zijn gezicht.

Zachtjes begon hij het lied van Zwam mee te hummen.

HOOFDSTUK 46

De Magische Test

De volgende ochtend werd Diego wakker.

Het regende nog steeds. En hij had nog steeds hoofdpijn. En zijn lichaam was nog altijd zo blauw als een blauwe druif.

Maar toch voelde Diego zich beter. Veel beter.

Voorzichtig kwam hij uit bed en ging staan. Het ging beter dan hij had verwacht.

Zwam was nergens te bekennen.

Mooi, dacht Diego, en wreef in zijn handen. Dan ga ik eens even lekker deze hut verkennen.

Stapje voor stapje bewoog hij zich voort, terwijl hij zijn ogen goed de kost gaf.

Het viel Diego op dat er overal door de hut boomstronken liepen. Eentje liep vanaf de stam omhoog door de lucht en een stukje verder weer de grond in, als een soort poortje. Zwam had een schommelstoel aan de stronk vastgemaakt. Diego ging er even in zitten en wiebelde een paar keer heen en weer.

Wat was dat?

Er knetterde iets. Nieuwsgierig stapte Diego van de stoel en liep de hoek om. Het was een open haard. Alleen geen gewone open haard. Hij was zo breed als een huis. En bovenop het vuur stond een badkuip.

Verbaasd stak Diego zijn vinger in het water. Het was nog lauw. In het water dreven allemaal kruiden en planten. Diego viste er eentje op en bracht het naar zijn neus. Het rook bitter. 'Een kruidenbad voor Zwam...' mompelde Diego met een vies gezicht. 'Jij liever dan ik.'

Diego keek om zich heen. In het licht van het vuur zag hij ineens iets wat hij nog niet gezien had: tekeningen. Of beter gezegd: houtbewerkingen. Ze waren overal, langs de wanden van de hut en op de stam van de gigantische boom.

Diego liep wat dichterbij om het goed te kunnen zien.

Het was een soort stripverhaal van twee poppetjes. Op de eerste tekening groetten ze elkaar beleefd. In de tweede tekening viel de een de ander aan. In de volgende tekening stapte de ander opzij en legde de aanvaller op de grond. In de laatste tekening groetten ze elkaar weer.

Diego bekeek de andere tekeningen in de hut. Overal hetzelfde: korte stripverhaaltjes van de twee poppetjes. Steeds hetzelfde poppetje dat aanviel. En steeds de ander die afweerde en hem op de grond legde. En iedere keer groetten ze elkaar aan het begin en het einde.

'Dat jullie nooit eens dood gaan...' mompelde Diego.

Ineens stootte hij zijn tenen.

Met een pijnlijk gezicht keek hij omlaag.

Voor zijn voeten zat een hendel. Een hendel van een luik.

Nieuwsgierig trok Diego de hendel omhoog.

Voor hem liep een trappetje naar beneden. Na het trappetje leek de vloer verder de diepte in te gaan. Alsof hij onder de wortels van de boom verder ging. En er is ook weinig licht daar, constateerde Diego. Wat is dat allemaal?

Voorzichtig zette hij zijn voet op de eerste trede. Hij kraakte. En niet zo'n beetje ook. Alsof een reus zich uitstrekte.

Diego hield zijn adem in en luisterde of Zwam misschien terug was gekomen en hem gehoord had. Maar er was niets wat daarop wees.

Diego bereikte de vloer. Stapje voor stapje schuifelde hij verder. Langzaamaan werd het donker om hem heen. Er komt zo vast wel weer licht, moedigde Diego zichzelf aan. Kan niet missen.

Maar dat moment kwam niet. Met iedere stap die hij zette werd het donkerder. Vaag, vanuit de verte, klonk het kletteren van de regen.

Diego bleef zo dicht mogelijk bij de stam van de boom. Hij bewoog zich nu verder op de tast. Zijn handen vonden verschillende dingen... knobbels... een scherpe tak... en een knop.

Eindelijk, dacht Diego. Het licht. Dat werd tijd.

Zonder verder na te denken drukte zijn wijsvinger de knop in.

Maar er kwam geen licht.

Toch was er iets veranderd. Diego hoorde iets.

Het was het belletje. Het belletje in zijn binnenste. Het klingelde.

Zonder te weten waarom deed Diego een stap naar achter.

Het volgende moment vloog er iets met een enorme kracht vlak langs Diego tegen de boomstam aan.

Met een verschrikt gezicht keek Diego opzij. Het was donker, maar Diego was dichtbij genoeg om het te kunnen zien.

Het was een grote bal. Hij hing aan een dik koord. Uit de bal staken lange messen, die zich in de stam van de boom hadden geboord.

Diego's hart begon in een razend tempo te bonken. Niet alleen vanwege de messen.

Het belletje klingelde nog altijd. En harder dan daarvoor.

Zo snel als hij kon begon hij terug omhoog te lopen.

SCHIOEFFF...

Een andere bal schampte zijn lichaam. Diego dook omlaag.

Boven zijn hoofd schoot nog een bal voorbij.

Diego drukte zich tegen de grond en bleef liggen.

Wow!

Diego's lichaam zakte naar beneden. Hij kon zichzelf nog net met voeten en handen vastklemmen. Angstig keek hij omlaag.

De grond onder zijn romp was verdwenen. Het enige wat hij zag was een zwarte diepte. En vanuit die diepte kwam het geluid van wild klaterend water.

Diego probeerde zijn grip te verstevigen. Maar zijn vingers en tenen gleden langzaam weg.

Hoe lang hou ik dit vol?

Plotseling greep een stevige arm hem om zijn middel, trok hem omhoog en zette hem op zijn rug.

'Hou je vast en beweeg geen poot - anders gaan we dood.'

Dat hoefde Zwam geen tweede keer te zeggen. Diego klemde zich vast alsof hij superlijm op zijn lichaam had.

Zwam begon te rennen. Een bal schoot op hen af. Zwam sprong op, landde bovenop de bal, greep als een chimpansee naar het koord en liet zich meevoeren. Toen de bal zich met zijn messen in de stam van de boom boorde liet Zwam los, rende schuin met de stam mee alsof de zwaartekracht niet bestond, schoot weer naar beneden, kwam overeind, ging met één sprong de trap op en gooide het luik achter zich dicht.

Trillend van de zenuwen en happend naar adem gleed Diego van zijn rug.

'Sorry, Zwam. Sorry sorry sorry! Ik zal het nooit meer doen!'

'Ik had het willen zeggen,' hijgde Zwam. *'Ik was het vergeten... Nergens aankomen Diego! Ach, ik had het kunnen weten.'*

Diego keek om zich heen. De hut lag er weer stil en vredig

bij, alsof er niet zoiets bestond als grote zwaaiende ballen met messen. Diego kon het nauwelijks geloven.

'Wat was dat?!'

Zwam keek hem even aan, aarzelend of hij het ging zeggen.

'Dat is de Magische Test,' bromde hij tenslotte. *'Daar train ik mezelf. Het houdt me in contact met het Magische Veld.'*

'Wat? Maar het is zo donker en stil daar!' riep Diego uit.

'Precies,' zei Zwam. *'Ik zie helemaal niks.*

Het Magische Veld is mijn enige gids.'

'Wauw...'

Nieuwsgierig keek Diego naar Zwam. 'Enne...heeft het Magische Veld het wel eens mis? Ik bedoel- leidt het je wel eens naar de verkeerde kant?'

Zwam schudde zijn hoofd. *'Nooit. Het geeft me altijd een kans... zolang ik me niet laat leiden door woede of angst.'*

'Oké... dus het kan wel misgaan...' zei Diego.

'Zeker,' antwoordde Zwam rustig. *'ik kan doorboord worden in een flits. Het Magische Veld is magisch... maar het is niets meer dan een gids.'*

Diego staarde verward voor zich uit, terwijl zijn ademhaling nog steeds in een razend tempo voort denderde.

'Niets meer dan een gids...' bracht hij ten slotte uit. 'Maar in dat lied heb je het over die held, die je nooit in de steek laat, en als ik die held maar ben dan-'

'Je moet er wel wat voor doen, Diego. Het gaat niet vanzelf. Oefening baart kunst. Dat geldt ook voor een held.'

'O ja...'

Behoedzaam observeerde hij de bomenman. Het viel hem nu pas hoe onbevreesd hij was. Alsof de aarzelende, kwetsbare Zwam die bang was voor mensen in werkelijkheid niet bestond.

'Goed,' mompelde Zwam ineens, een beetje verlegen. *'Ik ga in bad - als ik dat nog niet gezegd had.'*

's Middags lunchten ze samen. Zwam had brood gebakken. Het was een beetje zurig, maar de gebakken eieren en de zelfgemaakte geitenkaas maakten veel goed. Niet zo goed als Art de Stille, bedacht Diego zich. Maar het kon er mee door.

Hij zat in de schommelstoel terwijl hij zijn bord leeg at. Zijn gedachten dwaalden af naar het avontuur van de ochtend, en de wandtekeningen die hij had gezien.

'Heb jij die tekeningen gemaakt?' vroeg Diego.

Zwam knikte.

'Wauw... wat een werk.'

Zwam knikte weer.

'Het is wel gek...' mijmerde Diego verder. 'Het lijkt net op vechten. Maar aan het einde zijn ze altijd weer vrienden. Ik bedoel - er wint nooit iemand.'

'Winnen is niet het doel,' antwoordde Zwam. *'Op de lange duur geeft dat niemand een goed gevoel.'*

Diego dacht even na.

'Als winnen niet het doel is... wanneer stopt het dan? Dan blijft die ander komen!'

Zwam liet even een stilte vallen en keek hem aan met een mysterieuze blik.

'Je vertelde me van die jongen, die jij op het schoolplein had verslagen.

Maar de haat in zijn hart groeide: hij kon het niet verdragen.
Als jij je rug naar hem zou keren en hem een knuppel gaf.
Zou hij jou bedanken? Of zou hij terugslaan, voor straf?'

Daar hoefde Diego niet lang over na te denken.

'Hij zou me slaan. Geen twijfel mogelijk.'

'Hm,' zei Zwam. *'Is hij dan wel verslagen?*
Of heb jij een vuur aangewakkerd dat niet snel zal vervagen?
En als dat zo is, moet jij dan op je hoede zijn?
Ga jij je wapenen, om je te beschermen tegen pijn?
En als hij jou dan aanvalt, en hij geeft je knal op knal,
sla jij dan weer terug – net zolang totdat hij valt?'

Diego luisterde naar de woorden van Zwam, en dacht na. Eigenlijk was het hetzelfde als wat Amita altijd had gezegd. Van vechten komt vaak alleen maar meer vechten.

'Je hebt wel gelijk…' gaf hij toe. 'Maar aan de andere kant: wat als ik niks doe? Dan ben ik degene met de haat. Dan komt er misschien een dag dat ik me niet in kan houden en ik hem met een knuppel neer wil slaan.'

'Precies wat je zegt,' antwoordde Zwam, terwijl hij zijn bord leeg schraapte. *'Je laten slaan is niet de weg.'*

'Dat bedoel ik dus!' riep Diego triomfantelijk uit. 'Dus wat moet je dan kiezen? Welke van de twee?'

'Er is een derde weg, Diego, waar door niemand wordt geleden.
Het is de weg van je hart, van de krijger van de vrede.'

Zwam keek op en boorde in alle rust zijn blik in de ogen van Diego. Diego schrok een beetje van de kracht waarmee Zwam hem aankeek. Maar het was niet iets om bang van te worden, merkte Diego. Integendeel. Het was een goede kracht. Een kracht die Diego diep van binnen ook had, wist hij ineens. En plotseling verlangde hij meer dan ooit dat die kracht naar buiten zou komen.

'Krijger van de vrede…' mompelde Diego. 'Zwam? Denk je dat ik een krijger van de vrede kan worden?'

Zwam knikte bevestigend.

‘Oké dan... wil jij me trainen?’

Zwam stapte naar voren, pakte hem bij zijn schouders en keek hem ontroerd aan.

‘Wel wel wel.... Het uur heeft eindelijk geslagen.
Diego Zonnesteek, ik dacht dat je ’t nooit zou vragen!’

Hoofdstuk 47

Kijken zonder ogen

Buiten roffelde de regen onafgebroken voort, alsof er geen ander weer bestond. Het water voerde de vruchtbare gronden weg en maakte de bodem los. Steeds meer rotsblokken kwamen los van de grond die hen ooit zo stevig vastgehouden had. Het was gevaarlijk op de Zuurberg. De enige manier voor Zwam en Diego om contact te hebben met de buitenwereld, was via de duiven. Zwam had Amita geschreven dat Diego veilig en wel bij hem was. Amita had een briefje teruggestuurd dat ze daar blij mee was en dat ze de school in zou lichten. Verder schreef ze dat café de Zure Diepte door een rotsblok geramd was en helemaal in puin lag. De burgemeester, die stamgast van het café was, had meteen de noodtoestand uitgeroepen, waardoor Kala en Balthazar niet naar school hoefden.

Voor Diego kwam het eigenlijk wel prima uit, dat hij nergens heen kon. Want hij had maar één doel: krijger van de vrede worden. Diego wilde wat Zwam had. Ik wil niet meer bang zijn, dacht hij bij zichzelf. En zeker niet voor dat Magische Veld. En diep vanbinnen wist Diego dat dit de enige weg was.

‘Met welke beweging beginnen we?’ had Diego op de eerste dag overmoedig en enthousiast gevraagd. ‘Welke tekening gaat het worden?’

Zwam had zijn hoofd geschud en hem naar de grote boomstronk geleid.

'Balans, Diego. Dat is waar je start.
Sta stevig maar niet vast- vertrouw op je hart.
Beweeg je licht, zoals een krijger van de vrede doet,
als hij de dood recht in de ogen kijken moet.'

Diego begreep het niet. Maar Zwam gaf verder geen uitleg. Dus ging hij aan de slag en stelde verder geen vragen.

De stronk was een stuk minder aangenaam dan Diego had verwacht. Er was geen effen stukje te bekennen waar je even kon rusten. Hij zat vol met harde pitjes. En bovendien was het hoger dan hij had ingeschat.

De eerste keren viel Diego al na twee stappen van de stronk af. Langzaam maar zeker kreeg hij meer grip. Hij merkte dat als hij zich te krampachtig op de stronk plaatste, dat hij dan sneller viel. En het viel hem op dat als hij zijn voeten te gespannen hield, dat de pitjes alleen maar meer pijn deden.

Stevig maar niet vast… beweeg je licht… De woorden van Zwam begonnen beetje bij beetje meer betekenis te krijgen.

Aan het einde van de tweede dag lukte het voor de eerste keer om de stronk tot aan het einde te bewandelen. Trots als een pauw ging hij naar Zwam.

'Dat is mooi,' zei Zwam, zonder op te kijken van het houthakken. *'En nu graag achteruit.*
Eens kijken of je daarmee op problemen stuit.'

'Dan zie ik niet waar ik loop!'

Maar Zwam zei niks meer en liet hem aan zijn lot over.

Mokkend ging Diego weer aan de slag.

De rest van de middag en de avond probeerde Diego achteruit over de stronk te lopen. Iedere keer voordat hij zijn voet achter zich neer wilde zetten keek hij achterom… en viel.

Aan het einde van de avond was het nog altijd niet gelukt. Diego was moe. Doodmoe. En hij had geen idee hoe hij het de volgende dag wel voor elkaar zou krijgen.

Nog één poging, zei hij tegen zichzelf. Vertwijfeld nam hij voor de laatste keer die avond plaats op de stronk. Diego stond op het punt om weer achterom te kijken. Maar ineens schoot er een warm gevoel vanuit zijn buik omhoog. En dat gevoel vertelde hem om te vertrouwen op zijn voeten.

Diego's maag maakte een vrije val terwijl hij zijn gewicht verplaatste… en het volgende moment stond hij met twee voeten op de stronk.

Aarzelend zette hij nog een stap. En nog een.

Het was gelukt.

Stap voor stap gingen ze alle tekeningen af die Zwam had gemaakt. Sommige bewegingen hadden namen, zoals *De dans met de dood* of *De hemel groet de hel*. Anderen waren gewoon bewegingen.

Als Diego de aanvaller was, moest hij van Zwam hem met zoveel mogelijk agressie aanvliegen. En Diego deed wat Zwam hem vroeg. Hij probeerde alle trucjes die hij van Simon had geleerd, zo fel en zo venijnig als hij maar kon. Maar het was onmogelijk om Zwam pijn te doen - of hem zelfs maar te raken.

'Wie bang is voor de dood, is bang voor 't leven,' zei Zwam terwijl hij instapte, Diego's zoevende vuist beetpakte en hem vervolgens op de grond liet rollen. *'Breng die woede naar de hemel… laat hem dansen, laat hem zweven!'*

En Diego merkte hoe alle woede en nijd die hij in zijn stoot legde, op de een of andere manier veranderde in een lekker gevoel. En het voelde nooit alsof Zwam het had gedaan. Soms leek het wel alsof hij helemaal niets deed.

'En als de vijand wil vertrekken...' zei Zwam aan het einde van iedere beweging, *'laat hem vrolijk uit! Ga hem nooit achterna, want hij nam een goed besluit.'*

En dan groette hij Diego vriendelijk door zijn reusachtige handen tegen elkaar te klemmen en vrolijk en beleefd te knikken. En daarna was het Diego's beurt om Zwam af te weren.

Iedere dag waren ze aan het oefenen. Diego ging met sprongen vooruit. Hoe minder hij over de bewegingen nadacht, des te beter gingen ze. Hoe meer hij meebewoog met de aanvallen van Zwam, des te vloeiender werd het. Alsof ik aan het dansen ben, dacht Diego. Een dansende krijger van de vrede.

Op een avond, toen ze samen bij de open haard zaten, keek Diego om zich heen. Ze hadden alle tekeningen gehad. Diego kon ze wel dromen. Als hij zijn ogen dicht deed, schoten ze stuk voor stuk in zijn gedachten voorbij. En daarbij voelde hij dat heerlijke gevoel. Alsof niets hem uit zijn evenwicht kon brengen. Alsof hij onfeilbaar was.

En toch wist hij dat hij nog geen krijger van de vrede was.

'Mijn training is niet compleet zonder de Magische Test, zeker.'

Zwam knikte.

'En daarbij kan ik doodgaan.'

Zwam knikte weer.

Diego zweeg. Samen staarden ze in het haardvuur. Diego luisterde naar het vreemde ritme van het knetterende vuur en de tikkende regen.

Plotseling kruisten hun blikken elkaar. En om een of andere reden keek geen van beiden weg.

Daar kwam de gloed.

Diego schrok. Hij had hem nog niet bij Zwam gezien. Eigenlijk had hij op een of andere manier niet verwacht dat hij zoiets ooit bij Zwam zou zien.

Ineens kwamen de beelden. In de gloed van Zwam zag Diego een smeulend Reuzenwoud. Alle woudreuzen waren zwart en kaal. Gifgroene rookslierten hingen tussen de overgebleven stammen. In een open plek in het midden stonden een aantal gewapende mannen. Ze wezen lachend en smalend naar Zwam, die huilend voor hen op de grond lag. Een van de mannen pakte zijn pistool, spande de trekker en richtte het op Zwam.

Diego wilde wegkijken. Maar er was iets wat hem tegenhield. Het was de kleur van de gloed. Niet grijs of rood of zwart, maar blauwpaars. Buitengewoon aangenaam blauwpaars.

'Dacht je soms dat ik geen angsten ken?
Dat ik vrij van haat en woede ben?'

Zwam sprak langzaam en bedaard, terwijl hij met een ijzeren pook het vuur opstookte. En met de woorden verdween de gloed om zijn lichaam.

Diego voelde zich betrapt. Hij krabde zich even ongemakkelijk aan zijn oor.

'Eh- ja. Eigenlijk wel. Alhoewel... Ik weet het eigenlijk niet.'

'Angsten horen bij het leven. Je moet ze accepteren.
Durf ze te bekijken en je zult er veel van leren.'

Zwam stond op en liet Diego alleen bij het haardvuur.

Diego dacht na over de woorden van Zwam.

Ineens wist hij wat hem al die tijd zo dwars had gezeten.

Het was niet de gloed, of de beelden die hij zag in de gloed.

Het probleem was zijn angst voor de gloed.

Zwam tikte op zijn schouder. Diego draaide zich om.

Zwam had een grote spiegel neergezet. Zonder verder iets te zeggen liep hij weg.

Diego wist wat hem te doen stond.

HOOFDSTUK 48

Krijger van de vrede

Diego stond voor de spiegel. Er trok een rilling over zijn rug. Hij huiverde.

Kom maar, zei hij in stilte. *Kom maar.*

Langzaam kwam de gloed rondom zijn lichaam opzetten.

Opnieuw zag Diego de weglopende Balthazar, de huilende Kala en de smekende ogen van Amita. En opnieuw zag hij alle verdrietige en ruziemakende mensen in zijn gloed opdoemen. En toen de beelden van Kragtstad. Met bonkend hart aanschouwde Diego de lichamen in het vieze water en de bewakers met geweren, die schreeuwden tegen de arme mensen.

'Het is oké...' mompelde hij. 'Alles is oké.'

Plotseling kwamen er beelden die hij niet eerder in de gloed had gezien. Diego schrok.

Het waren beelden van hemzelf.

Diego zag zichzelf in pyjama boven Kragtstad vliegen. Hij legde zijn hand op de KK toren. Zijn hand, die op een of andere manier groter was dan de KK toren - precies zoals in zijn droom.

De toren begon te trillen. Daar kwam de gifgroene rook met een enorme vaart omhoog zetten. Maar deze keer kon hij het niet tegenhouden. Zijn hand werd met een knal weggeblazen, als een blad in de wind. En Diego vloog mee door de lucht.

Het volgende moment zag Diego zijn eigen lichaam reddeloos verloren naar beneden storten.

Blijven kijken.

Vanuit het midden van de spiegel werd de gloed langzaamaan blauwpaars. Een heerlijke, buitengewoon aangename blauwpaarsige tint. Dezelfde kleur als bij Zwam. En hij verspreidde zich in alle richtingen van de gloed.

Ineens zag Diego alles kristalhelder. Alsof een stofzuiger de mist in zijn hoofd had opgezogen en hij plotseling naar een schitterende sterrenhemel keek.

'Ik ben bang dat ik het niet aankan,' mompelde hij. 'Ik ben bang voor de taak die voor me ligt... en dat is niet erg. Ik mag bang zijn.'

Diego voelde zich alsof er een huis van zijn schouders was gevallen. Ineens trok een heerlijke siddering vanuit zijn tenen door zijn ruggengraat omhoog en deed zijn hoofd en handen tintelen.

Dit is het moment.

Diego liep weg van de spiegel, opende het luik en stapte de trap af, liep het donker in en vond op de tast de knop die hij eerder had gevonden.

Diego drukte. Daar kwam de eerste bal.

Zonder een moment te twijfelen dook hij onder de moordende messen door. Alsof een onzichtbare hand hem leidde dook hij over het valluik in de grond. Daarna kwam hij overeind, rende tegen de stam op en maakte een achterwaartse salto, terwijl onder hem de vlijmscherpe messen van een bal zich in de stam boorde.

Nog een sprong. Nog een koprol. En een laatste duik naar de trap.

Toen Diego het luik opende, stond Zwam daar. Met een ontroerde blik keek de bomenman hem aan.

'Diego Zonnesteek... krijger van de vrede...
je hebt de held gevonden. Ik heb het altijd al geweten.'

HOOFDSTUK 49

Het eerste teken

Het water kwam in Kragtstad met bakken uit de hemel. Maar het kon Krudon niet deren. Opgewekt liep hij door de stille haven en ging aan boord van de duikboot.

Er was hard gewerkt de afgelopen tijd. Heel hard. Dag en nacht waren de werknemers op de bodem van de zee bezig geweest om iets te bouwen wat nog nooit iemand had gebouwd. Het eerdere gebouw had plaats gemaakt voor een koepel zo groot als een voetbalveld.

Het was gevaarlijk werk geweest. Soms was het maar net goed gegaan. Het had veel Reffies gekost. Heel veel Reffies. Krudon kreeg pijn aan zijn buik als hij eraan dacht.

En nu was het af.

Moxxo zette koers naar de diepte. Hummend zat Krudon naast hem terwijl hij nieuwsgierig door het raam keek of hij al iets kon zien. Het idee om het eindresultaat nu voor de eerste keer met eigen ogen te zien maakte hem bijzonder opgewonden.

Daar!

Daar was het. Krudon zag het liggen op de bodem van de zee. Bovenop de koepel zaten twee grote glimmende gifgroene letters: KK.

'Verrassing meester,' zei Moxxo, en hij drukte op een knop.

Het volgende moment leek het net alsof de letters tot leven

kwamen. Alsof er een stroom van lichtgevende Terrafos doorheen schoot.

‘Wow!’ kon Krudon alleen maar uitbrengen. Hij klapte verrukt in zijn handen. ‘Wow wow wow!’

De bovenkant van de koepel opende zich. Behendig stuurde Moxxo de duikboot naar binnen.

Even later liep Krudon in zijn beste pak door de koepel op de bodem van de zee. Alle medewerkers waren opgetrommeld en vormden een applaudisserende haag, waar Krudon geëmotioneerd doorheen liep. Als Krudon beter had opgelet, dan had hij de angstige blikken achter de klappende handen gezien. Maar Krudon was maar bezig met één ding: Terrafos. Zo veel mogelijk.

Aan het einde van de haag van mensen was een soort verhoging vanwaar Krudon naar de werkzaamheden op de vloer kon kijken. Toen hij zag wat hij zag, schoot hij vol.

‘Wow...’ zei hij opnieuw, en richtte zich met een vragende snik tot het publiek om hem heen. ‘Wat kan ik anders zeggen dan “wow”?’

De T-Drillers pompten gestaag de Terrafos uit de bodem van de zee omhoog. Via enorme doorzichtige slangen ging het groengele spul naar een pijp over de bodem van de zee naar De Centrale.

Krudon wilde per se dat de pijpen doorzichtig waren. De aanblik van de stromende Terrafos ontspande Krudon. Beter dan de beste massage die hij ooit had gehad. Alsof de Terrafos er altijd zou zijn, en Krudon voor eeuwig machtig zou blijven. Voor het eerst sinds lange tijd had hij een vredig gevoel. Met een dromerige blik in zijn ogen keek Krudon toe hoe alle machines hun werk deden.

Het was gelukt!

In gedachten begon Krudon uit te rekenen hoeveel hij hiermee ging verdienen. Al rekenend liet hij zijn blik door de koepel dwalen.

Wat was dat nou?

Iets verderop zat iemand in een ruimte naar een flikkerend scherm te turen. Dat was vreemd, want alle medewerkers van de koepel hadden de order gekregen om hun handen rood te klappen voor Krudon Kragt.

Wie was dat?

Wie had het lef om Krudon te negeren?

Het irriteerde hem mateloos.

Was deze man van plan om de rest van zijn leven als Werker in De Centrale te slijten?

Voor hij het wist liep Krudon met driftige passen op weg naar de kamer. Iedereen die ook maar één centimeter in de weg stond, werd zonder pardon opzij geduwd. Krudon rukte de deur open van de kamer en stormde naar binnen, gevolgd door Moxxo.

Het was de Dunne. De geleerde zat met een gezicht vol afgrijzen in het scherm te turen. Toen hij Krudon zag, werd hij nog bleker dan hij al was.

'M-meneer K-Krudon,' stamelde hij.

Krudon wilde de man aanvliegen. Hij wilde zijn hoofd beet pakken en hem tot bloedens toe in zijn oor bijten. Of in zijn neus. Met grote moeite kon hij zich inhouden.

'Je hebt tien seconden om uit te leggen wat je hier doet, voordat ik voor de rest van je leven een Werker van je maak,' siste hij met een hese stem van woede.

De Dunne slikte. 'H-het is de s-s-s-cheur me-meneer Krudon,' stamelde hij. 'E-er is een s-s-s-scheur in de b-bodem gekomen door het boren, en d-die scheur wordt s-steeds gr-groter en nu is er een k-kans dat er een z-zeebeving komt die d-de koepel verwoest en d-daarna-'

'Kans?' schreeuwde Krudon. 'Kans? Weet je het dus weer niet zeker?'

De Dunne keek met een panische blik op naar Krudon Kragt. Terwijl de tranen over zijn wangen biggelden schudde hij langzaam zijn hoofd.

'B-bijna zeker meneer Krudon.'

De Dunne viel op zijn knieën en begon smekend te bidden.

'Meneer Krudon alstublieft. Mijn rug is slecht! Ik kan niet werken in uw Centrale! Dat overleef ik niet! Ik heb vier kinderen en een vrouw!'

'Nee hoor,' zei Krudon, op de akelig rustige toon waarmee hij zijn vreselijke dingen zei. 'Je hoeft niet naar de Centrale. Jij blijft lekker hier... voor de rest van je leven. Dus je kunt maar beter zorgen dat alles goed blijft gaan. Wat jij?'

Nee! wilde de Dunne schreeuwen. Alles beter dan hier blijven!

'Ja meneer Krudon,' zei hij onderdanig. 'Dank u wel, meneer Krudon. Dank u wel voor deze kans.'

Zonder de man nog een blik waardig te gunnen liep Krudon de kamer uit. Daar stonden alle medewerkers, doodstil en afwachtend.

'Nou klappen!' schreeuwde Krudon. 'Klappen!'

Onder begeleiding van een angstig applaus beende Krudon naar de duikboot en vertrok in de richting van de haven.

Hoofdstuk 50

De droom

Diego lag in zijn bed in de hut van Zwam. Het was voorbij middernacht. Met een grote glimlach staarde hij naar de balken van het plafond.

Krijger van de vrede...

Diego luisterde naar de geluiden om hem heen. Het was gestopt met regenen. Van buiten hoorde hij alleen de wind, die de balken van de hut aaide. Zwam snurkte in een constant ritme, steeds twee knorrende geluiden, daarna één kreun en één zucht. En verderop lekte iets in een onregelmatig ritme, waardoor Diego steeds niet wist wanneer de volgende druppel zou gaan vallen.

Normaalgesproken zouden dit allemaal geluiden zijn die hem uit zijn slaap zouden houden. Maar nu niet. Er was niets, werkelijk helemaal niets dat Diego kon storen. Alsof ik zweef, zuchtte hij van binnen. En het is allemaal oké...

Met een gelukzalige kreun viel hij diep in de nacht eindelijk in slaap.

Diego zwom in de zee.
Achter hem lag de kust.
Voor hem strekte het water zich uit.
Boven hem was de blauwe lucht.
Wat zou er toch daaronder zijn?

Ik moet daar naartoe.

Diego dook naar beneden. Steeds dieper.

Het spaarzame licht van de zon verdween. Alles werd donker om hem heen. En Diego zwom almaar dieper.

Wat zou er toch daaronder zijn?

Ik moet daar naartoe.

Hee… daar is licht.

Diego zag een grote koepel, met twee grote lichtgevende letters.

KK.

Nieuwsgierig zwom hij dichterbij.

Een kleine scheur in de bodem werkte zich vanonder de koepel vandaan en spreidde zich verder uit… steeds verder…

BOEM…

De koepel spatte als een waterballon uit elkaar.

Ineens kwam al het water in beweging. Diego werd meegesleurd naar de oppervlakte, nog verder omhoog… totdat Diego op de top van een gigantische muur van schuimend water stond. En de muur bewoog zich razendsnel vooruit, richting Kragtstad.

Wacht! Kijk uit!

Diego sloot zijn ogen.

Toen hij ze open deed was hij in Kragtstad. Het was bedekt met water. Bruingelig, vies water. Overal dreven lichamen.

Op het spaarzame land liepen rijen van mensen, kilometers lang, met kapjes voor hun gezicht, hoestend, met lijkbleke kindertjes op hun armen die ze maar net konden dragen. De wind gierde rond en bracht ze aan het wankelen.

Langs de rijen stonden bewakers met geweren in hun handen. Ze schreeuwden tegen de mensen.

Diego wilde ook schreeuwen. Maar er kwam geen geluid.

Wanhopig legde hij zijn handen op zijn hoofd.

Het enige wat zijn vingers vonden was de Breinhelm.

Verbaasd deed Diego hem af.

Wat doe ik hier met de Breinhelm?

Ineens zag hij Balthazar naast hem staan. Op zijn schouder had hij een grote camera.

Wat doe jij hier? zei Diego.

Dat-weet-jij-beter-dan-ik-Diego-mijn-vriend, antwoordde Balthazar.

Diego draaide zich naar zijn andere zijde. Daar stond Kala. Over haar schouder had ze een enorme rol touw. Het vlindermes flitste heen en weer in haar hand.

Dacht je nou echt dat je het allemaal in je eentje kon? zei ze. Dacht het niet hè.

Met een schreeuw schrok Diego wakker.

'Ik moet naar Kragtstad! Zwam! Ik moet naar Kragtstad! Nu meteen!'

Hoofdstuk 51

Naar Kragtstad

Diego rende de Zuurberg af. Het was nog nacht. Aan de horizon ontstond een glimp van een nieuwe dag. Maar in het Schimmenbos was het nog aardedonker.

Diego dacht aan het rotsblok dat hem de vorige keer het water van Ronnie's Drietand in had geslingerd. Hij voelde de angst weer oplaaien. Maar deze keer onderdrukte hij hem niet.

'Alles is oké,' mompelde hij, en schoot door in de richting van het dal.

Even dacht hij aan Simon. Hij had hem niet meer gezien sinds die ene dag.

Zwam had gezegd dat hij ongedeerd was. En daar was Diego eigenlijk heel blij om. Stiekem hoopte hij dat er een hele goede reden was geweest waarom Simon hem niet had gered. Misschien kan ie wel niet zwemmen, dacht Diego. Of misschien zat ie vast onder zijn motor.

Een krakend geluid kwam razendsnel zijn kant op.

Zonder verder na te denken sprong Diego opzij. Een rotsblok denderde vlak langs hem heen.

Diego haalde diep adem terwijl hij voelde of er wellicht nog een boodschap van het Magische Veld kwam.

Het bleef rustig.

Onverschrokken sprong hij verder naar beneden, zonder

ook maar één moment te twijfelen waar hij zijn voeten moest plaatsen.

Na een tijdje kwam hij bij een plek waar minder bomen waren... de plek waar hij de adelaar voor het laatst gezien had.

Diego staarde even in de donkere lucht. De adelaar kon zich eenvoudig in het duister verborgen houden. Maar om een of andere reden was hij totaal niet bang dat de vogel uit de lucht zou komen vallen en hem kwaad zou doen.

Zwam was op weg naar de Zure Kronkel om Kala en Balthazar te halen. Diego had gezegd dat Balthazar met de Breinhelm moest komen, en Kala met een grote rol touw en haar mes.

Een normaal mens had verbaasd opgekeken. Maar Zwam niet. Zonder een woord te zeggen was hij midden in de nacht op pad gegaan.

Diego had geen flauw idee wat ze zouden gaan doen met al die spullen. Maar hij had ze gezien in zijn droom. En hij had een heel sterk gevoel dat er een reden voor was.

Er was één ding dat hem enorm dwars zat... misschien wilden zijn vrienden wel niet komen.

Diego dacht terug aan het moment dat hij Balthazar van de berg had geduwd. Hoe Kala het allemaal had gezien en van hem was weggelopen. En al die andere momenten, waarbij hij zich allesbehalve als een goede vriend had gedragen.

Wat ben ik toch dom geweest.

Wat als ze niet komen?

Uitgeput bereikte Diego de voet van de berg.

Het was akelig stil op straat. Er was niemand te bekennen.

De regen van de vorige dagen had de groengelige damp verdreven. Het zicht was helder.

Aan de horizon zag Diego een piepklein puntje van de zon opkomen. Genoeg om te zien dat er geen wolk aan de hemel stond. En verder was het windstil.

Door de grote brede hoofdstraat ving hij een glimp op van een rustige zee.

Niets, maar dan ook niets wees er op dat hier een grote ramp te gebeuren stond.

Wat nu?

Diego voelde de twijfel door zijn lichaam schieten als een mes door de boter.

'Het is oké,' mompelde hij voor de zoveelste keer tegen zichzelf. 'Allemaal oké.'

Rusteloos schuifelde hij verder, zonder te weten wat hij ging doen.

Even dacht hij er over om gewoon bij iedereen aan te bellen. Om ze simpelweg te vertellen wat hij had gezien in zijn droom, zodat ze wisten dat ze zo snel mogelijk weg moesten rennen.

Nee. Dat was geen goed plan. Een heel slecht plan zelfs.

'Ze gaan mij nooit geloven,' mijmerde Diego in zichzelf. 'Ze kennen me niet eens.'

Ineens hoorde hij stromend water. Even keek hij op en kwam tot de conclusie dat hij langs de Vlut liep. Bijna liep hij tegen het bord aan dat hij eerder met Jozias en Hakim tegen was gekomen:

KK ZONE
VERBODEN TOEGANG VAN 8 UUR 'S AVONDS TOT 8 UUR 'S OCHTENDS
BETREDEN OP EIGEN RISICO

Diego keek naar de zon, die nog altijd niet meer licht gaf dan een fietslamp in de verte.

Het was nog lang geen acht uur 's ochtends.

Verboden toegang dus.

Waarom loop ik hier dan?

Er was iets wat hem aantrok. En het leek sterker te worden met iedere stap die Diego zette.

Verderop lag de glitterende KK toren. Diego zag en hoorde de Terrafosfontein, die dag en nacht aan stond.

Misschien trekt het Magische Veld me naar de zee aan het einde van de weg, dacht Diego. Want anders weet ik niet wat ik hier doe.

In de verte kwam een bewaker met een hond aanlopen. Dezelfde bewaker als vorige keer.

Voordat Diego het wist begon de hond wild aan de ketting te rukken.

'Zoek Beul! Zoek!'

Diego schoot een steeg in. Achter hem kwam de bewaker met de grommende hond met grote passen aanrennen.

Diego wist niet waar hij naartoe ging. Maar hij rende verder, zonder te stoppen.

Ineens stond hij aan de achterkant van de KK toren.

Diego keek om zich heen, op zoek naar een plek waar hij veilig zou zijn.

'Pak Beul! Pak!'

Het trippelende geluid van de poten ging over in een razend getik.

De bewaker had de hond losgelaten.

Met een bloeddorstig gegrom raasde het beest naderbij.

Verstoppen had geen zin meer. De hond zou hem sowieso vinden.

Twintig meter verderop stond een boom.

Diego rende er naar toe, greep zich vast aan de stam en werkte zich met de moed der wanhoop omhoog. Ze pakken me vast wel, dacht Diego. Maar misschien word ik dan niet gebeten.

Diego klom zo hoog als hij maar kon. Buiten adem draaide hij zich om en keek door de bladeren naar beneden.

De hond spurtte de hoek om, gleed even weg, herstelde zich en denderde voort in de richting van Diego.

Diego wachtte gelaten zijn lot af, tot het moment dat de hond hem zou vinden en de bewaker hem zou dwingen om naar beneden te komen.

Maar dat gebeurde niet.

De hond spurtte voorbij de boom... en dook met opengesperde muil op een man af.

HOOFDSTUK 52

Simon

Met afschuw keek Diego toe hoe Beul op de strot van de persoon beneden hem afdook.

Maar zijn glinsterende tanden bereikten nooit hun doel.

De man stapte razendsnel opzij en gaf de hond een keiharde stoot tussen zijn ribben.

Kermend knalde Beul tegen de grond.

'Hee! Hou dat beest eens onder controle!'

Diego herkende die stem uit duizenden.

Simon!

Zijn hart begon wild te bonken. Diego wilde niets liever dan zijn naam uitschreeuwen, die boom uitspringen en naar hem toe rennen. Hij bad in stilte dat de hond en de bewaker snel weg zouden gaan.

'Mijn excuses!' stamelde de bewaker, terwijl hij de hond weer aanlijnde. 'Ik dacht dat er iemand was en-'

'Ja ja ja. Genoeg!' riep Simon bars. 'Laat me er door! Ik heb een belangrijke afspraak met Krudon Kragt!'

Bij het horen van de naam van zijn baas sprong de bewaker meteen in de houding.

'Ga uw gang, meneer Simon!'

Simon liep naar een klein deurtje aan de achterkant van de toren. Hij klopte, drie keer kort en drie keer lang. De deur ging open. Simon verdween in de toren.

De bewaker keek nog eens achterdochtig om zich heen, haalde de riem aan van de hond en liep weg.

Hoofdstuk 53

Sorry

Diego stond klaar om uit de boom te klauteren. Hij wachtte met ongeduld totdat de bewaker uit het zicht was verdwenen. Voorzichtig plaatste hij alvast zijn voet op een tak onder hem, klaar om naar beneden te springen.

Oeps...

Diego's voet gleed weg. Het laatste stukje hield hij het niet meer. Met een knal viel hij op de grond. Daar bleef hij even liggen, met gesloten ogen.

Simon was in de toren!

Diego had hem dolgraag willen spreken. Allemaal vragen raasden door zijn hoofd.

Wat was er toen gebeurd bij Ronnie's Drietand?

Wist hij al iets van Jozias en Hakim?

Wat voor afspraak had hij nu weer met Krudon Kragt?

Diego merkte niet dat er vier personcn naar hcm toc licpcn. Vier personen en een hond.

Ineens werd Diego door een grote, dikke tong in zijn gezicht gelikt.

Verbaasd opende hij zijn ogen.

Beest stond boven hem. Balthazar, Amita en Kala zaten geknield om hem heen. Achter hen stond Zwam, die oplettend om zich heen keek en de wacht hield.

Beest gaf hem nog een stevige lik, vanaf zijn kin tot aan

zijn kruin. Diego duwde hem vriendelijk weg en keek heen en weer tussen alle ogen die op hem gericht waren.

Balthazar had de Breinhelm op zijn hoofd. Het ding paste maar net. Het leren riempje zat strak getrokken onder zijn kin en gaf hem een extra onderkin.

'Gaat-het-Diego?'

Diego voelde een steek in zijn hart. Het was nog steeds geen *Diego-mijn-vriend.*

'De-neus-van-Beest-heeft-jou-gevonden. Bij-wijze-van-spreken-natuurlijk. Want-een-neus-kan-niet-iemand-vinden.'

Kala had de rol touw om haar schouder. Om haar ogen had ze een zwart masker geschilderd, waardoor ze er uit zag als een Indiaan op oorlogspad. In haar hand had ze het vlindermes, dat ze een beetje onhandig open en dicht liet klappen. Af en toe flitsten haar ogen in de richting van Diego. Maar ze durfde hem niet echt aan te kijken... evenmin als Amita.

Daar waren ze dan: de enige mensen die er al die tijd voor hem geweest waren. En Diego was er lange tijd niet voor hen geweest.

Het was een ongemakkelijk moment. Er hing iets in de lucht, wist Diego. Iets hards en lelijks. En het zat akelig in de weg.

'Sorry!' riep Diego ineens, vanuit de bodem van zijn hart. 'Ik ben zo dom geweest! Al dat liegen en alles wat ik gedaan en gezegd heb... Het spijt me zo!'

Balthazar begon te stralen.

'Geen-probleem-Diego-mijn-vriend!'

Het volgende moment viel hij Diego om de hals en knuffelde hem fijn. Diego kon van alle kanten voelen dat de dikke slagerszoon hier heel lang op had gewacht. Geduldig liet hij hem begaan.

Kala durfde hem eindelijk aan te kijken. Met een lichte glimlach knikte ze hem goedkeurend toe.

Amita keek hem aan. 'Sorry, Diego. Ik ben ook dom geweest. Ik moet niet zo veel van je verwachten. Je bent nog zo jong, en-'

Voor hij het wist stond Diego op en vloog haar in de armen. Amita knuffelde hem zoals ze hem nog nooit geknuffeld had.

Eindelijk, dacht Diego. Een paar hete tranen stroomden over zijn wangen.

Ineens knipte Zwam met zijn vingers.

'Er komt iemand aan! We moeten hier vandaan!'

Met z'n allen vielen ze stil.

Daar kwam het driftige getik van de hondennagels weer.

'Rustig Beul! Rustig!' hoorde Diego de bewaker zeggen.

Opgewonden keek hij om zich heen. Het eerste wat hij zag was de deur waarachter Simon was verdwenen. En ineens wist hij zeker dat hij ook door die deur moest.

'Volg mij!'

Zonder af te wachten trok hij Kala en Balthazar met zich mee naar de deur. Daar klopte hij, drie keer kort en drie keer lang.

De deur schoof open. Diego stapte met Balthazar en Kala naar binnen.

Vragend keek hij achterom.

Amita, Beest en Zwam waren blijven staan.

'Wat je ook moet doen... doe het goed en doe het snel,' zei Zwam. *'Maak je om ons geen zorgen: wij redden ons wel!'*

Amita keek hem aan. Diego kreeg een warm gevoel in zijn buik.

Alles was weer heel.

Hoofdstuk 54

Schouderklopje

De deur van de toren schoof dicht. Meteen werd het aardedonker om hen heen.

'Weet je zeker dat we hier moeten zijn, Diego?' fluisterde Kala.

Plotseling ging er een licht aan. Diego draaide zich om.

Een lift met opengeschoven deur stond voor hen klaar.

'Men-zegt-dat-toeval-niet-bestaat,' zei Balthazar. 'Alhoewel-ik-geen-idee-heb-wie-die-Men-eigenlijk-is.'

Kala zei niets. Vragend keek ze naar Diego.

Langzaam liep Diego naar de lift toe. Ondertussen speurde hij wanhopig zijn gevoelens af, op zoek naar een teken van het Magische Veld dat hem zou kunnen leiden.

Maar er kwam niets.

Diego stapte de lift in. Toen er niets gebeurde, volgden Kala en Balthazar zijn voorbeeld.

Met z'n drieën staarden ze naar de knoppen van de lift.

Diego pijnigde zijn hersenen. 'Wat moet ik doen, wat moet ik doen...' mompelde hij koortsachtig. Maar hij wist het werkelijk niet.

Ineens werd er geklopt op de deur van de toren. Drie keer kort, drie keer lang.

Zenuwachtig keek Diego heen en weer tussen de knoppen en de deur.

‘Wat moet ik doen, wat m-’

Plotseling strekte Kala haar arm uit en drukte op de gouden 100-knop. Met een noodgang schoten ze omhoog, naar de top van de KK toren.

‘Ja iemand moest iets doen!’ riep ze verontwaardigd uit. ‘Als dat Magische Veld geen tips geeft dan doe ik het zelf wel!’

Het Magische Veld, dacht Diego. Het had inderdaad niet tegen hem gesproken.

Hoe kon dat nou?

Diego voelde een licht gevoel in zijn buik aanzwellen tot iets groters.

Hij had toch alles goed gedaan? Waarom kreeg hij op zo’n belangrijk moment geen boodschap?

Nerveus beet hij op zijn onderlip. Misschien stond Krudon Kragt hen zo meteen wel op te wachten. En dan was het meteen voorbij.

En Simon. Waar zou Simon zijn?

Balthazar tikte hem op zijn schouder. Diego schrok op uit zijn overpeinzing.

‘Wellicht-is-dit-een-goed-moment-om-jou-de-Breinhelm-te-geven. Ik-weet-namelijk-niet-of-er-nog-een-moment-komt-zoals-dit-moment.’

Zonder antwoord te geven nam Diego de helm aan en zette hem op zijn hoofd.

Net zo plotseling als de lift in beweging was gekomen, stopte hij ook. De deur ging geruisloos open.

Voorzichtig stak Diego zijn hoofd om de hoek. Er was niemand. Een gifgroen tapijt met gele stippen strekte zich beide kanten uit. Door de gang heen stonden pilaren in de vorm van een T-Driller. Ietsjes verderop zat een luik in het plafond. Diego herkende de vorm. Het zag er precies hetzelfde uit als het luik van de airconditioning waar hij eerder doorheen was gekropen.

Zo zachtjes als ze konden slopen ze over de gang, zonder te weten waar ze mee bezig waren.

'Interessant,' mompelde Balthazar. 'Daar-is-de-studio-van-In-Reb-en-Roer!'

Diego volgde zijn blik. Aan het einde van de gang, achter een glazen wand, lag de beroemde nieuwsstudio waar Lucky Linda haar uitzendingen voor het hele land verzorgde.

Lucky Linda zat al klaar achter haar bureau. Haar haren waren deze keer glanzend groen, met hier en daar wat glitters. Ze had het opgestoken tot een grote knot. Het leek net een kleine dennenboom. Met een kop koffie in haar hand bestudeerde ze een paar velletjes papier.

Diego was stomverbaasd. Hij wist dat KK Industries eigenaar was van *In Reb & Roer*. Maar hij had zich nooit gerealiseerd dat de studio in de KK toren was.

Boven haar hoofd hing de bekende gifgroene klok met gele wijzerplaten in de vorm van de letter K. Het was tien voor zeven. Nog tien minuten voor de nationale ochtendshow.

Een man liep naar Lucky Linda toe. Op zijn schouder had hij een grote camera… precies zoals Balthazar in zijn droom.

Wacht eens even… wacht eens even…

Een warme gloed over Diego's rug. De gloed rolde verder omhoog naar zijn hoofd, en begon zich in gedachten te vertalen. En langzaam maar zeker werden de gedachten een plan. Diego's ogen werden groot.

'De Breinhelm! We hacken de Ochtendshow en laten de beelden van de Breinhelm aan iedereen zien! Dan zijn ze gewaarschuwd en-'

Ineens werd hij onderbroken door een geluid.

Een deur ging open en dicht. Het kwam van de andere kant van de gang.

Diego, Kala en Balthazar schoten achter een brede pilaar.

Simon liep gehaast hun richting uit. Bij de lift hield hij halt.

Diego wilde naar hem toe te rennen. Met een ruk trok Kala hem terug. Met een driftig vingertje wees ze naar de knipperende lichten boven de lift.

De liftdeur ging open. Rufus Rotteveel stapte naar buiten.

Simon schudde hem de hand. Toen gaf hij hem nog een schouderklopje.

Samen liepen ze het kantoor van Krudon in en sloten de deur.

Hoofdstuk 55

Vraagtekens

Diego voelde zich draaierig worden. Draaierig en misselijk. Het beeld van zonet spookte door zijn brein.

Simon had Rufus Rotteveel een schouderklopje gegeven.

Hoe kon dat?

Diego keek naar de gesloten deur van Krudons kantoor.

'Diego-mijn-vriend,' begon Balthazar aarzelend. 'Het-lijkt-mij-een-goed-idee-als-je-de-beelden-die-jij-zonet-zag-even-parkeert-in-een-rustig-hoekje-van-jouw-brein, bij-wijze-van-spreken-uiteraard, en-dat-wij-verdergaan-met-ons-plan.'

'Ja,' zei Kala, niet op haar gemak. 'Het is hier niet zo veilig namelijk. En bovendien begint dit touw een beetje zwaar te worden.'

Diego keek naar zijn vrienden.

Alles in zijn hele wezen vertelde hem dat ze gelijk hadden. Dat hij verder moest met het plan. Het was zo klaar als een klontje.

In gedachten zag hij weer het beeld van Simon en Rufus en het schouderklopje.

'Ik ben zo terug,' hoorde hij zichzelf zeggen.

Diego klauterde langs een pilaar omhoog, opende het luik in de gang en klom weer de pijp in waar hij eerder Simon en Krudon had afgeluisterd.

Diep van binnen begon het belletje te klingelen. Het

klingelde luid en maakte een akelig, vals geluid. Even zag hij een schim voorbij komen van de ramp die hij in gedachten al zo vaak had gezien. Maar Diego deed net of hij niets zag of hoorde. Zo snel als hij kon tijgerde hij verder naar de plek boven het kantoor van Krudon Kragt.

Hoofdstuk 56

Kokhalzen

Heel voorzichtig tilde Diego het paneel in het plafond op en keek naar beneden.

Simon, Rufus en Krudon Kragt zaten aan de grote tafel. Rufus keek een beetje ongemakkelijk om zich heen. Moxxo stond bij de deur.

Krudon was tegen Simon aan het tieren. In zijn hand had Krudon Kragt een apparaatje met een flikkerend scherm. Op het scherm lichtte een groen puntje op.

‘Hij moet hier ergens zijn. Ik zie het op mijn radar! Hoe kan dit? Waar is hij?’

Simon haalde onwetend zijn schouders op.

Krudons gezicht trilde even van de woede.

‘Doe niet zo onnozel! Na dat noodweer kwam hij vanochtend vroeg ineens weer de radar binnen. Vanaf de Zuurberg is hij regelrecht naar mijn toren gegaan. En nu is hij hier ergens. Hoe kan het dat je dit niet weet?’

Simon schudde langzaam zijn hoofd heen en weer.

‘Ik heb geen verklaring. Ik heb hem niet meer gezien sinds het ongeluk bij Ronnie’s Drietand.’

Diego’s adem stokte in zijn keel. Het bloed stroomde weg van zijn hoofd.

‘En jij...’ brieste Krudon, terwijl hij zich tegen Rufus keerde.

‘Heb jij hem iets gedaan? Heb jij hem stiekem een kopje kleiner gemaakt?’

Rufus kromp even in elkaar. ‘Nee, echt niet!’

Krudon keek hem nog een keer argwanend aan. Toen stond hij op en begon driftig rondom de tafel te lopen.

‘Ik dacht dat ik duidelijk was geweest,’ vervolgde hij op ijskoude toon. ‘Ik wil hem in de gaten houden. Die jongen is gevaarlijk. Hij is al een keer hier in de toren geweest. Hij heeft me zelfs afgeluisterd, vanaf hierboven. Terwijl het de bedoeling was dat we die Amita in onze “dodelijke” container zouden laten vallen. Zonder dat iemand het wist had die Diego Zonnesteek haar plaats in genomen. En vervolgens kwam ie nog weg ook met die film!’

‘Die film is veilig onderschept,’ zei Simon.

‘Dat weet ik ook wel!’ ontplofte Krudon. ‘Maar het had heel anders kunnen lopen. Heel anders! Jij zou hem schaduwen vanaf dat moment. Jij zou hem niet uit het oog verliezen. Jij zou alles te weten komen over hem en dat Magische Veld. En jij hebt gefaald!’

Krudon pinde zijn wijsvinger op de borst van Simon. De spion kromp in elkaar.

‘Ik heb het jullie zelfs makkelijk gemaakt. Ik heb hem naar Kragtstad gelokt, door die school van hem onveilig te laten verklaren. En nog weten we niets!’

Krudons kaken trilden. Hij plantte zijn nagels in zijn gezicht en trok zijn handen naar beneden, waardoor hij begon te bloeden. Maar hij had het niet door.

‘Ik moet weten hoe het zit met hem en dat verdomde Magische Veld. Ik moet erachter komen hoe dat werkt! Hoe kan het dat zo’n jochie al die dingen weet? Dat wil ik ook!’

Plotseling begon het scherm te piepen. Krudon keek even naar zijn hand en liet vervolgens een ongelovig lachje ontsnappen.

'Kijk eens aan: dit apparaat zegt dat die jongen op een paar meter afstand is. Een paar meter afstand! Op dit moment! Er klopt helemaal niks van dat apparaat, hoor je me?

De zoveelste misser! Ik kan er niet meer tegen!'

Krudon onderbrak zijn geschreeuw om zijn tranende oog te deppen. Toen hij weer verder wilde razen, legde Moxxo ineens een hand op zijn arm.

Verbaasd keek Krudon naar zijn bodyguard. Moxxo legde zijn vinger op zijn lippen. Geconcentreerd keek hij naar het plafond, terwijl hij zijn oren spitste.

Even bleef het stil. Toen kwam het.

Met z'n allen luisterden ze naar een kokhalzende Diego Zonnesteek.

Hoofdstuk 57

Zendertje

Diego had het gevoel alsof de aardbodem onder hem vandaan werd geslagen. Zijn benen en armen voelden aan alsof ze van rubber waren. Zijn maag keerde zich om, zonder dat hij er enige controle over had.

Simon werkte voor Krudon Kragt.

ZSSIOEFF...

Hij keek op. Een werpster had zich vlak naast zijn gezicht in de wand geboord.

'Grijp hem!'

Iets verderop klonken geluiden. Gebonk. Gehijg.

Iemand kwam door de buis naar hem toe.

Rufus tijgerde zo snel als hij kon door het buizenstelsel. Al zijn spieren waren gespannen, klaar om Diego Zonnesteek te bespringen en hem uit te schakelen. Om zijn vingers klemde hij een ijzeren boksbeugel.

Eindelijk wraak!

Rufus wist dat hij sterker was dan Diego. In zo'n kleine ruimte was die jongen geen partij voor hem. Rufus zou op hem duiken, hem een paar stevige vuistslagen verkopen met zijn boksbeugel en hem daarna aan zijn haren eruit trekken.

Vol verwachting kroop hij iedere hoek om, hopend dat hij

het spartelende lichaam van Diego Zonnesteek in zijn vizier zou krijgen.

Rufus klemde zijn tanden op elkaar. Zijn vuisten jeukten.

'Hij gaat de vuilniskoker in. Snel, pak hem.'

Het was de stem van Moxxo. De Reparateur had het apparaat in zijn handen en riep hem orders toe vanuit de gang.

Als een wilde kat schoot hij verder, op jacht naar zijn prooi. Zijn knieën en ellebogen leken wel in brand te staan. Maar Rufus voelde het niet.

Zwaar ademend kwam Rufus aan bij de vuilniskoker. Voorzichtig keek hij om de hoek. Het enige wat hij zag was een donker gat dat schuin naar beneden liep.

'Hij glijdt naar beneden. Ga hem achterna! Wij gaan met de lift.'

Rufus aarzelde geen moment. Hij vouwde zijn handen op zijn borst en schoot met zijn schoenen vooruit naar beneden. In gedachten zag hij zichzelf boven op Diego Zonnesteek landden. Als het lukt, dacht Rufus opgewonden, als het kan dan raak ik hem met mijn hakken in zijn ribbenkast. Of op zijn hoofd.

Rufus suisde met een duizelingwekkende snelheid in de richting van de container. Misschien ging het wel even pijn doen, dacht hij bij zichzelf. Misschien land ik wel op iets hards. Maar het kon hem niet schelen.

FLUTCH.

Rufus zonk met zijn lichaam weg in een zachte vuilniszak. Zijn lichaam sloeg voorover van de snelheid, waardoor hij met zijn gezicht in een zak met rottende eieren en tomaten viel.

Wild stond hij op en begon met zijn armen om zich heen te maaien, in een poging om Diego Zonnesteek alvast een keertje goed te raken.

Maar zijn vuisten raakten helemaal niets.

De klep van de container ging open. Moxxo en Krudon keken opgewonden naar binnen.

Behalve Rufus was er niemand.

Met een woedende blik griste Krudon het apparaat uit de handen van Moxxo en gooide het kapot op de grond.

'Ik zei toch dat dat ding niet deugt!'

Terwijl Krudon aan een reeks dierlijke kreten begon, klom Moxxo op de rand van de container. Met zijn ogen speurde hij de binnenkant af, totdat zijn hand naar voren schoot en iets uit het vuilnis viste. Iets kleins en metaligs. Met een koord er aan.

Het was een amulet. Het wapen van Rebequin.

Met zijn nagels klikte Moxxo het amulet open en ving het zendertje op in zijn handpalm.

Hoofdstuk 58

Simons gloed

Met pijn en moeite klom Diego uit het buizenstelsel.

Het was een wonder dat Rufus hem niet had geraakt. Hij was vlak onder hem doorgegleden, terwijl Diego zich met handen en voeten tegen de bovenkant van de stikdonkere vuilniskoker had geklemd.

De truc had gewerkt. Het amulet was naar beneden gegleden. En iedereen was er achteraan gegaan.

Diego was gered. Voor nu.

Met een knal opende hij het luik en wurmde zich naar buiten. Diego wist dat hij ging vallen. Maar hij had simpelweg de kracht niet om het te voorkomen.

'Dat lijkt me niet zo'n goed idee.'

Diego herkende die stem.

Simon. Simon de verrader!

'Blijf van me af!' gilde Diego. Maar Simon luisterde niet. Hij tilde Diego uit het luik en plaatste hem veilig op de vloer.

Toen Diego zeker wist dat hij grond onder zijn voeten had, draaide hij zich om en haalde uit alle kracht uit. Zijn vuist raakte de neus van Simon. Het bloed schoot uit zijn neusgaten.

Simon deed helemaal niets terug. Hij pakte een zakdoek en begon het bloed te deppen. Diego realiseerde zich dat hij niet eens moeite had gedaan om de klap te ontwijken.

'Ik weet het. Ik heb het verdiend. Ik ben een slecht mens.'

Simon keek hem treurig aan.

'Ik werk voor Krudon Kragt Diego. En jij vraagt je waarschijnlijk af waarom.'

Diego zei niets en keek Simon woedend aan.

'Krudon is er jaren geleden achter gekomen dat ik een spion ben. Hij heeft me laten schaduwen door Moxxo. Hij vertrouwde me niet. Dat is niet zo gek, want Krudon Kragt vertrouwt niemand.'

Simon keek even angstig om zich heen voordat hij verder ging.

'Krudon heeft me gevangen genomen. Daar heeft hij de meest vreselijke dingen met me gedaan. Hoe denk je dat ik hier aankom?'

Simon trok zijn shirt uit zijn buik omhoog en toonde hem het litteken dat Diego in de Dromenbron al had gezien.

'Net toen ik dacht dat hij me dood ging maken kwam hij met een deal. Hij zou me sparen, als ik de rest van mijn leven voor hem zou werken. En als ik dat niet deed...'

Simon deed zijn ogen dicht en huiverde.

'Ik ben bang voor Krudon, Diego. Bang voor hem en die engerd van een Moxxo.'

Simon lachte droevig. Hij wist even niet waar hij moest kijken, alsof hij de moed niet had om Diego in de ogen te staren. Maar uiteindelijk deed hij het dan toch.

'Jij hebt mij gered, Diego, daar bij Ronnie's Drietand. En ik deed het niet voor jou. Ik liet je gewoon verdrinken.'

De tranen schoten in zijn ogen. Met een wanhopige blik staarde hij omhoog.

'Ik ben zo'n lafaard geweest. Maar nu niet meer. Kom.'

Simon stapte naar achteren en maakte een gebaar in de richting van de In Reb & Roer studio. Wantrouwend kwam

Diego naar voren en keek om de hoek van de pilaar.

Kala en Balthazar stonden klaar voor de deur van de studio. Balthazar had de camera op zijn schouder. Achter hen zat Lucky Linda in een stoel, vastgebonden met een stuk van Kala's touw. Ze had een prop in haar mond en keek met een woeste blik in de richting van Simon. Daarachter lag de cameraman bewusteloos en vastgebonden op de grond.

'Ga snel Diego,' zei Simon. 'Ik hou ze wel bezig. Ik zeg wel tegen Krudon dat ik jou zijn kantoor in zag gaan. Dan wordt ie helemaal gek.'

Diego staarde hem aan, op zoek naar een teken dat hem zou zeggen of Simon de waarheid sprak. Simon deed geen poging om de spiedende blik van Diego te ontwijken.

Daar kwam de gloed van Simon... zonder het zilveren randje.

Ineens wist Diego wat het randje al die tijd had betekend. Simon wilde niet dat Diego wist wat hij dacht. Simon was een meester in het verstoppen van zijn gedachten en gevoelens.

Simon de spion.

Nu was het weg. Het had plaats gemaakt voor de paarsblauwige gloed. De gloed van de waarheid.

Simon stapte naar voren om Diego te omhelzen. Maar Diego deinsde achteruit, alsof Simon een slang was die hem zou bijten.

'Ik begrijp het,' zei Simon, en begon weer te janken. 'Je hebt gelijk.'

'Ja...'

Plotseling werden ze afgeleid door een flikkerend licht. De lift kwam omhoog.

'Diego! Schiet op!' siste Kala luidkeels door de gang.

Voordat hij wegliep wierp hij nog een laatste blik op Simon.

De spion stond stil en keek hem met een tevreden glimlach aan.

Daar kwam zijn gloed weer terug. In de beelden rondom zijn lichaam zag Diego hoe Simon op de grond lag, met een bleek uitdrukkingsloos gezicht en ogen die niets meer zagen.

'Ga snel Diego! Ik leid ze af!'

HOOFDSTUK 58

In Reb & Roer

Het was één minuut voor zeven. Bijna iedereen in Rebequin had op dit moment het scherm afgestemd op *In Reb & Roer*, voor Lucky Linda en haar laatste nieuws.

Hoe was het met de overstromingen?

Was er chaos in het land?

Wat voor weer zou het vandaag worden? Moest je een trui aan of viel het wel mee?

Wat zou Lucky Linda met haar kapsel hebben gedaan?

Allemaal vragen die de Rebequiners dagelijks bezig hielden.

Niet alleen in het land keken ze naar de uitzending. Ook op de bodem van de zee kwamen de beelden luid en duidelijk door. Krudon Kragt wilde dat iedereen hoorde en zag wat hij Lucky Linda allemaal liet vertellen. Daarom had hij kosten nog moeite gespaard om de uitzendingen met een dikke videokabel naar de bodem van de zee te sturen. En dus stonden de Dunne en de rest van de medewerkers met een kop koffie in de hand naar *In Reb & Roer* te kijken.

Daar kwam de groengele klok in beeld, met de KK-wijzers.

Tien, negen, acht, zeven…

Op het scherm verrees een donker silhouet.

Nieuwsgierig bogen de meeste kijkers zich naar voren.

Was dat Lucky Linda wel?

Het licht ging aan. Het volgende moment keek het hele land

naar Diego Zonnesteek, die met een verschrikte blik en een grote Breinhelm op zijn hoofd de camera in staarde.

'Niet Diego filmen, Balthazar!' siste Kala. 'Je moet zijn gedachten filmen!'

'Oepsie-poepsie,' zei Balthazar. Van schrik liet hij de camera kantelen, zodat heel Rebequin een close-up kreeg van zijn dikke buik.

'Ben-jij-er-klaar-voor,-Diego-mijn-vriend?' vroeg Balthazar.

Diego sloot even zijn ogen, haalde diep adem en knikte.

'Uit-stekend.'

Diego richtte de Breinhelm op een wit stuk muur en zette hem aan. Balthazar begon zijn gedachten te filmen.

Heel Rebequin zat op het puntje van zijn stoel, bij de vreemdste uitzending die ze ooit in hun leven gezien hadden.

Was dit echt?

Daar kwamen de beelden. Eerst vaag, maar al snel messcherp.

Een geoefend skiër sprong van een vijf meter hoge rots. Vervolgens trok hij joelend van plezier een vers spoor door de hagelwitte diepsneeuw, voordat hij stopte en zich met een brede grijns omdraaide.

Simon.

Daarna kwam Simon weer in beeld, achter het stuur van zijn bloedrode bolide. Met zijn haar perfect in de scheiding en een grote grijns keek hij naar de bijrijder naast hem.

Vragend draaide Balthazar de camera. De tranen biggelden over Diego's wangen.

'Ik kan het niet,' stamelde Diego. 'Ik kan het niet.'

Plotseling stond Kala achter hem. Ze gaf hem een keiharde schop onder zijn kont.

‘Auw!’ riep Diego uit. ‘Waarom deed je dat nou? Ik kan het gewoon niet en-’

‘Wakker worden Diego! Er zijn duizenden Leosi in gevaar. Denk je dat er niet genoeg zijn gestorven?’

Kala’s ogen puilden uit haar kassen. Haar gezicht trilde van woede.

‘Of je nou wil of niet: je moet!’

Diego keek haar aan. Hij wist dat ze gelijk had. Hij moest.

Vanuit zijn tenen raapte hij de kracht bij elkaar om te doen wat hij moest doen. Voor een laatste keer sloot hij zijn ogen en dacht aan de droom.

De Breinhelm ging aan. Ineens zag heel Rebequin wat Diego die nacht had gezien.

Het water. De koepel op de bodem van de zee, met de letters KK.

De scheur die steeds groter werd. De trillingen. En ineens knalde de Koepel uit elkaar.

Met openstaande mond van verbazing keek de Dunne vanaf de bodem van de zee toe hoe datgene gebeurde waar hij al die tijd bang voor was geweest. Als een dolleman rende hij met al het personeel naar de duikboten en sloeg op de vlucht.

De rest van het land zag hoc dc golf hccl Kragtstad verwoestte. Daarna werd het beeld heel even zwart. Toen kwamen de drijvende lichamen in het bruingelige, groenige water. En toen de rijen mensen en de bewakers.

Uitgeput zette Diego zijn helm af en strompelde naar het raam.

Diep beneden hem kwamen duizenden mensen gillend naar buiten. Met z’n allen renden ze de stad uit.

Het was gelukt.

‘Goed,’ zei Balthazar. ‘Deel-één-van-jouw-plan-is-volbracht. Nu-ben-ik-heel-nieuwsgierig-naar-deel-twee. Wat-ik-eigenlijk-wil-zeggen-is: hoe-komen-wij-hier-weg?’

Vanuit de verte klonk een knal. Nog voordat het geluid zijn trommelvliezen had beroerd, wist Diego al wat er gebeurd was.

Simon was dood.

Hoofdstuk 60

Diego moet sterven

Krudon Kragt stormde met Rufus en Moxxo door de gang, in de richting van de studio. Krudon had een pistool in zijn hand. Moxxo droeg een jachtgeweer op zijn rug en was, evenals Rufus, gewapend met messen en werpsterren.

Achter hen op de grond lag het levenloze lichaam van Simon.

Briesend kwam Krudon aan bij de studio. De enige mensen die hij zag waren een vastgebonden Lucky Linda en een cameraman, die langzaam bijkwam.

Krudon schoot naar voren en trok de prop uit de mond van Lucky Linda.

'Ze zijn bij de trap!' gilde ze.

'Ren naar beneden!' brulde Krudon tegen Moxxo en Rufus. 'Ik pak de lift en wacht ze beneden op!'

Op de trap stonden Diego, Kala en Balthazar op het punt om naar beneden te rennen.

Plotseling minderde Diego vaart.

Het belletje. Het klingelde een vreselijke melodie. En het werd luider met iedere traptrede die ze namen.

Balthazar en Kala stopten met rennen. Vragend keken ze hem aan.

Voor het eerst zag Diego de gloed van zijn vrienden. Hij wist niet waarom hij het nooit eerder had gezien. Maar nu zag hij het.

In het beeldschone paarsblauw van de waarheid zag Diego hoe zijn vrienden levenloos in het bruingelige water ronddobberden.

Diego's hart stond stil.

Waarom zie ik dit nu?

'Kom op, Diego!' siste Kala. 'Opschieten!'

Diego wankelde. Even plaatste hij zijn voet op de trede boven hem en greep zich vast aan de leuning. Nogmaals staarde hij naar zijn vrienden, om zeker te zijn dat hij het wel goed gezien had.

Hee... de beelden waren vager nu. Andere beelden doemden op... Kala en Balthazar, zwemmend in de Vlut bij de Zure Kronkel.

Hoe kan dat? Het enige wat ik deed was een stap omhoog zetten.

Snel stapte hij nog twee treden omhoog en keek opnieuw naar de gloed van zijn vrienden.

Hun drijvende levenloze lichamen waren verdwenen. Het enige wat hij in hun gloed nog zag was een lachende Kala en Balthazar in het gras op de denkheuvel. Het water in hun haren glinsterde in de zon.

We moeten omhoog.

'Het dak op!' schreeuwde Diego. 'Nu meteen!'

Diego, Kala en Balthazar liepen het dak van de KK toren op. Het waaide flink. De toren zwiepte langzaam heen en weer.

Diego liep naar de rand. Beneden hen op de grond was een krioelende massa bezig om zich uit de voeten te maken voor de naderende ramp.

Kala tikte op zijn schouder.

'Weet je zeker dat we hier goed zijn?'

Diego wist dat het bijzonder moeilijk voor Kala was. Ze vond het al lastig om anderen te vertrouwen, laat staan een magisch veld dat ze niet kende.

Diego haalde diep adem en knikte bevestigend. 'Ik weet niet hoe ik het uit moet leggen maar-'

'Ja ja, laat maar. We zijn er nu toch dus wat maakt het nog uit.'

Kala liep naar de achterkant van de toren, wierp het touw van haar lichaam en bond het vast aan een ijzeren greep. Vervolgens gooide ze het over de rand van de toren, terwijl ze naar Diego keek.

'Mag dit dan wel van het Magische Veld?' zei ze, enigszins geïrriteerd.

Diego luisterde naar het belletje diep van binnen. Maar het bleef stil. Hij knikte instemmend naar Kala.

'Mooi zo. Daar gaan we. Klim maar achter mij aan, Balthazar.'

Balthazar verstarde. Met angstige blik keek hij naar het touw en de diepte.

'Ik-betwijfel-ten-zeerste-of-ik-dit-durf. Ik-weet-het-niet-ik-'

Ineens stapte Kala naar Balthazar, bond het touw om zijn middel vast, pakte het touw een paar meter verderop weer beet, bond dat om haar lichaam en stapte over de rand.

Balthazar keek met groeiende ongerustheid toe. 'Als-ik-val, dan-sleurt-mijn-lichaam-jouw-lichaam-mee. De-natuurwetten-zeggen-mij-dat-het-onmogelijk-is-dat-jij-mij-dan-zult-houden.'

'Precies,' zei Kala, terwijl ze over de rand verdween. 'En daarom zul je niet vallen. Daar ben je veel te aardig voor.'

'Interessante-theorie...' mompelde Balthazar. Gelaten liep hij naar de rand en begon aarzelend aan de afdaling.

‘Kom-jij-na-mij-Diego?’

Diego keek naar het touw. Het zag er sterk uit, maar hij twijfelde of het sterk genoeg was voor drie tegelijk. Bovendien moest iemand de wacht houden.

‘Ik blijf hier totdat jullie beneden zijn. Hier,’ zei Diego, en hij drukte de Breinhelm op Balthazars grote hoofd. ‘Neem jij die alvast mee. Ben je meteen een beetje veilig als je valt.’

Balthazar keek hem aan en knikte. Diego zag dat hij zijn uiterste best deed om zijn bezorgdheid te verbergen.

Zenuwachtig keek Diego toe hoe zijn vrienden de lange afdaling langs de KK toren maakten. Ze waren halverwege. Balthazar haakte zijn voet in het touw en stopte even.

Hij was moe.

‘Kom op Balthazar,’ mompelde Diego. ‘Dit is geen tijd om moe te zijn.’

Ineens begon het belletje in zijn binnenste te klingelen. Luid en afschuwelijk, alsof het einde van de wereld aan was gebroken.

Verschrikt keek Diego naar beneden.

Had hij gefaald? Had hij Balthazar en Kala de verkeerde kant op gestuurd?

Alles leek rustig daar. Balthazar was weer begonnen met afdalen. Niets aan de hand.

Plots hoorde hij iets. Een steentje dat weggeschopt werd. Verschrikt keek hij achterom. Meteen begreep hij waarom het belletje had geklingeld.

Rufus, Moxxo en Krudon stapten uit de cilindervormige lift.

‘Kijk eens aan,’ zei Krudon. ‘Onze magische vriend.’

‘Moordenaar,’ siste Diego.

Verbaasd keek Krudon om zich heen, alsof hij iemand zocht.
'O wacht... je bedoelt mij natuurlijk!'

Diego gaf geen antwoord. Krudon giechelde nog even na over zijn eigen grapje, en hernam het woord.

'Weet je, Diego Zonnesteek... ik heb veel over jou en dat Magische Veld nagedacht. Ik vind het fantastisch wat jij kan. Echt waar, complimenten! Ik doe het je niet na.'

Krudon zweeg even, terwijl hij zijn kin tussen duim en wijsvinger pakte en een nadenkende pose aannam.

'Het probleem is... jij ziet alleen maar dingen in dat Magische Veld die niet goed zijn voor mij. En als je er verder niets mee zou doen, ja dat zou tot daar aan toe zijn. Maar daar blijft het dus niet bij.'

Krudon richtte zijn blik tot Diego.

'Jouw acties brengen mij schade toe. En ook al zou ik graag alles willen weten over dat Magische Veld, het is te riskant om jou te laten leven. Dus... jij moet sterven. Rufus?'

Rufus trok een groot jagersmes uit zijn schede en schoot grommend naar voren. Diego keek heen en weer tussen het touw waar zijn vrienden aan bungelden en het enorme lichaam van Rufus.

'En snij meteen even dat touw door, Rufus.'

Hoofdstuk 61

Reddeloos verloren

Rufus draaide soepel als een kat om hem heen. Diego zag meteen dat Rufus getraind had. En niet zo'n beetje ook. Zijn gespannen spieren knalden door zijn kleding.

Achter Rufus stonden Moxxo en Krudon. Krudon had het pistool in zijn hand, terwijl hij grijnzend naar het schouwspel voor hem keek.

Nog nooit had Diego zich zo reddeloos verloren gevoeld.

Toch was het niet alleen angst die hij voelde. Diego was razend. Zijn hart kookte over van de haat voor Krudon Kragt, die als een soort god over leven en dood dacht te bepalen. Als een gifslang staarde hij naar de eigenaar van KK Industries.

Als ik de kans krijg maak ik je dood.

Maar Diego wist dat het zeer onwaarschijnlijk was dat hij die kans ooit nog zou krijgen.

Wanhopig wierp Diego een blik over de rand.

Ze waren minder ver dan hij dacht. En Balthazar was weer aan het uitrusten.

'Opschieten!' brulde Diego, zo hard als hij kon. 'Opschieten!'

Toen hij zijn blik weer terug wendde, was het al te laat. Met de kracht van een os dook Rufus op hem af. Diego schoot opzij, maar de schouder van Rufus ramde zijn ribbenkast en perste de lucht uit zijn longen.

Wanhopig piepend voor zuurstof probeerde Diego weg te komen.

Maar Rufus rook bloed. Zo snel als hij kon kwam hij achter hem aan en slingerde zijn vuist in Diego's gezicht.

Diego voelde een felle steek in zijn neus. Het bloed schoot naar buiten. Hij zag helemaal niets meer.

Hoofdstuk 62

De held komt naar buiten

Diego wist zeker dat hij dood zou gaan. En met zijn dood zouden Kala en Balthazar ook sterven. Het enige wat hem nu nog kon helpen was een wonder... of het Magische Veld.

Ineens dacht hij aan de woorden van Zwam.

Het Magische Veld geeft je altijd een kans... zolang je je niet laat leiden door woede of angst.

Diego voelde een warme gloed opborrelen.

Het Magische Veld geeft je altijd een kans.

Rufus was klaar om het karwei af te maken. Hij nam zijn mes stevig in de hand, schoot naar voren en stak het lemmet in de richting van Diego's hart.

Rufus verwachtte dat Diego misschien nog een laatste keer weg zou duiken. Of in elkaar zou krimpen. Of misschien zou smeken om genade.

Maar dat gebeurde niet.

Diego klemde zijn hand om de pols waarmee Rufus het mes vast hield, draaide zijn lichaam in dezelfde beweging rond en liet de agressie van Rufus het werk doen.

Totaal verbaasd schoot Rufus verder door en knalde op de grond. Versuft kwam hij overeind.

Wat er daarna gebeurde wist Diego niet. Het enige wat hij

wist was dat hij stopte met nadenken. Zijn lichaam bewoog zich vanzelf, zonder dat iemand orders leek te geven. Diego dook en kwam omhoog, stapte weg en stapte in, greep armen en benen, blokkeerde slagen en maakte worpen waarmee hij Rufus keer op keer op de grond liet vallen. Hij zag nog altijd niets. Het enige wat hij hoorde was een joelende Krudon en Rufus, die steeds minder hard gromde en steeds harder begon te hijgen.

Beetje bij beetje kwam zijn zicht terug. Door een waas van bloed en tranen keek hij om zich heen.

Het touw. Het touw was nog heel.

Plotseling bewoog het in de wind. Diego wist wat het betekende: het was licht, er hing niets meer aan.

Kala en Balthazar waren veilig beneden aangekomen.

Diego richtte zich weer tot Rufus, klaar voor de volgende aanval.

Maar Rufus kwam niet meer. Hijgend, met de handen op zijn knieën, stond hij uit te puffen. De woede in zijn ogen was even verdwenen. Het had plaats gemaakt voor iets anders. Iets dat Diego totaal verraste.

Respect.

'Goed. Dan doe ik het zelf wel,' zei Krudon, en hij richtte zijn pistool op Diego.

Diego staarde Krudon Kragt in de ogen en wachtte af wat er ging gebeuren.

Daar kwam Krudons gloed. Inktzwart. Met beelden, zo akelig dat Diego het bijna niet geloofde.

Jobriv in puin. De minister-president smekend op zijn knieën. Uitgehongerde mensen met kettingen om hun enkels, aan het werk op de velden. Bewakers die hen toeschreeuwden. Stormen, tornado's. Overal vies, bruingelig water en de groengelige damp die daar overheen hing. Drijvende lichamen.

En toen zag hij in Krudons gloed een kind. Een klein kind op een kerkhof. Het lag tussen grafstenen in een bed dat daar zomaar stond. Zonder deken, opgerold als een baby. Het was helemaal alleen. En het huilde.

Wie is dat kind?

Ineens voelde Diego een trilling. En meteen verdween de gloed van Krudon.

Daar kwam een tweede trilling. En toen eentje zo erg, dat hij bijna omviel.

Diego hoefde niet te kijken om te weten wat het was.

Achter Krudon, ver in de zee, kwam een muur van water omhoog zetten. Met een angstaanjagende vaart kwam het op hen afgedenderd.

Krudon en Moxxo draaiden zich om. Krudons mond viel open. Voor een moment vergat hij alles en iedereen om zich heen… inclusief Diego Zonnesteek.

Diego keek om zich heen.

Dit is mijn kans.

Zijn blik viel op het wapperende touw.

Nee, naar beneden klimmen duurde te lang. Krudon Kragt zou het met veel plezier doorsnijden.

De lift?

Onmogelijk. Hij was gesloten. Bovendien stonden Moxxo en Krudon in de weg.

Ineens viel zijn oog op iets wat er al die tijd was geweest, maar waar hij nooit aan had gedacht.

De Terrafosfontein. Zijn krachtige dikke stralen kwamen zo hoog, dat ze boven de rand van de KK toren uitkwamen.

Diego rende naar voren, langs een verbaasde Krudon en Moxxo, en sprong over de rand.

Hoofdstuk 63

De terugkeer van de adelaar

Diego zag er uit alsof hij een bommetje maakte. Met zijn scheenbenen landde hij op de dikke straal. Hij moest alle mogelijke moeite doen om zijn balans te houden. De Terrafos spetterde ondertussen in zijn gezicht en maakte zijn kleding door en door nat. Maar het werkte.

Diego zakte naar beneden op de kracht van de Terrafosfontein.

Het ging hard, de landing zou niet al te aangenaam zijn. Maar dat kan me niet schelen, dacht Diego.

Ik leef.

Boven op het dak keek Krudon heen en weer tussen de naderende golf en de naar beneden zakkende Diego Zonnesteek.

'Meester. We moeten naar de helikopter. Nu.'

Moxxo stond naast hem. Hij sprak nog altijd rustig. Maar de toonhoogte van zijn stem verraadde een groeiende paniek. Achter hem stond Rufus met angstige ogen naar het naderende onheil te kijken, klaar om naar de helikopter te rennen zodra Krudon het toeliet.

'Geef me jouw geweer,' zei Krudon.

'Dat is te gevaarlijk meester. De Terrafos zal in brand

vliegen en voor een ontploffing zorgen. Het kan de helikopter beschadigen.'

'Geef me je geweer, Moxxo!' brulde Krudon. 'Nu!'

Moxxo deed wat hem werd gevraagd. Krudon nam het jachtgeweer in zijn handen, legde aan en richtte zijn vizier op een steeds verder dalende Diego Zonnesteek.

Ineens schoot er iets in zijn beeld voorbij.

Krudon trok zijn oog weg van de lens en keek geïrriteerd op. Een adelaar draaide cirkeltjes boven het hoofd van Diego. Net zo snel als hij was gekomen, verdween hij weer.

Knarsetandend legde Krudon voor de tweede keer aan en mikte op het lichaam van Diego. De kogels van Moxxo's geweer waren zo verwoestend dat het eigenlijk niet uitmaakte waar je iemand raakte, zolang het maar ergens in de buurt van het hart, de longen of de maag was. En bovendien vliegt hij toch in brand, wist Krudon. Diego zou het onmogelijk overleven.

De golf had nu bijna de kust bereikt. Nog even en de hele stad zou overspoeld worden. Maar voor Krudon telde alleen Diego Zonnesteek, en dat hij hem ging vermoorden.

Met dodelijke rust staarde Krudon door de lens en kromde zijn wijsvinger om de trekker.

'Kaaek! Kaaek kaaek! Kaek kek kaek!'

De adelaar viel als een komeet uit de lucht en landde met zijn klauwen op de rug van Krudon. Het schot miste Diego en de Terrafosfontein op een haar na. Krudon slaakte een kreet, van pijn en van frustratie.

In de verte vloog de adelaar weg. En beneden op de grond was Diego geland.

De klauwen van de adelaar waren door de stof van zijn kleding heengedrongen en hadden een paar diepe snijwonden in Krudons rug gemaakt. Maar hij leek het niet te voelen.

Met tranen van machteloosheid staarde Krudon naar de wegrennende Diego Zonnesteek.

‘Hij zal het sowieso niet redden, meester,’ zei Moxxo. ‘Het water zal hem te grazen nemen. We kunnen beter zo snel mogelijk wegvlieg-’

’Eerst moet hij dood!’ brulde Krudon. ‘Hoor je me? Volg hem!’

‘Ja, meester.’

Hoofdstuk 64

De golf

Diego rende voor zijn leven.

Iedereen was verdwenen - behalve hijzelf.

Zijn kleren plakten aan zijn lijf. De meug drupte via zijn haren en wenkbrauwen naar beneden en raakte zijn lippen. Diego spuugde 't zo hard als hij kon uit terwijl hij doorging.

De grond denderde op en neer. Diego verloor zijn evenwicht. Zo snel als hij kon krabbelde hij op.

Niet achterom kijken.

Maar hij deed het toch. De golf had met een klap het land geraakt. Een muur van water, vermengd met halve huizen, auto's en allerlei gebroken stukken rotzooi kwam op hem af.

Stiekem had Diego gehoopt dat zijn zwemkunsten hem zouden kunnen redden. Maar zelfs de meest getrainde zwemmer zou kansloos verloren zijn.

Wat nu?

Het lawaai van het naderende water zwol aan. De grond begon nog meer te trillen.

Diego stond moederziel alleen op het midden van de enorme weg.

'... Diego... Diego...'

Flauwtjes, vanuit de verte, hoorde hij zijn naam roepen. Diego keek opzij. Verderop in de rivier de Vlut dreven Zwam, Amita, Kala, Balthazar en Beest in een grote rubberen boot.

Diego begon te rennen, zo hard als hij nog nooit had gerend. Zijn spieren leken te scheuren.

Het water van de golf kwam in razende vaart dichterbij. Veel sneller dan Diego voor mogelijk had gehouden.

'Rennen Diego! Rennen!' riep Kala.

Diego keek nog een laatste maal achter zich. Voorin de golf dreef een autobus. Hij ging een paar keer over de kop. Toen werd hij als een speelbal om zijn as rondgedraaid.

Diego schrok zich dood van de kracht van het water.

Ik ga dit niet redden. Niemand kan mij redden. Zelfs Zwam niet.

Hoog boven de golf bewoog iets. Het was als een meteoriet die vanuit het midden van de zon aan kwam schieten. Het ging snel, sneller dan de golf. En het kwam recht op hem af.

Diego wist wat het was. En ineens wist hij wat hij moest doen.

Diego stopte met rennen, boog voorover en kromde zijn rug een beetje.

Voor een laatste keer wierp hij een blik op het razende water. Toen sloot hij zijn ogen.

Hoofdstuk 65

Zwart

De adelaar schoot omlaag, voor de golf uit, kromde zijn klauwen om de uitstekende rug van Diego en rukte hem mee de lucht in. Heftig wiekend, met alle kracht die hij in zijn machtige lichaam had, vloog hij vooruit in de richting van de Zuurberg.

Diego kon het bijna niet geloven. Met de grootst mogelijke moeite draaide hij zijn hoofd en keek naar de starende, bijna boosaardige blik van de adelaar.

'Wie ben jij?' riep Diego. 'Wie ben jij?'

Maar de adelaar besteedde geen aandacht aan de jongen in zijn klauwen.

Diego liet zijn hoofd weer zakken. Hij staarde naar beneden, naar de ravage die voor zijn ogen werd aangebracht. De Centrale van KK Industries bezweek onder de druk van het water. De mammoettanken gevuld met Terrafos scheurden open alsof het melkpakken waren. Het groengelige spul spoot er uit en vermengde zich met het bruine water.

Schuin onder hem was de boot. Zwam en Kala probeerden met hun peddels in de juiste richting te sturen. Zonder al te veel resultaat, zag Diego. Maar de boot bleef in ieder geval drijven.

In de verte zag het zwart van de mensen. Iedereen probeerde de Zuurberg te beklimmen of een plekje in de kabelbaan te bemachtigen. Diego hoorde de kreten van paniek. Gelukkig zijn jullie niet dood, bedacht Diego zich. De ramp uit zijn droom was afgewend. En hij leefde nog.

Plotseling gleed er een schaduw over zijn gezicht. Boven het kolkende geluid van het water klonken de rotoren van een helikopter.

Diego keek op.

Krudon Kragt legde zijn geweer aan, mikte, en schoot.

Een scheut van bloed golfde over Diego's wang heen. Maar het was niet zijn eigen bloed.

'Kaaek! Kaaek kaaek! Kaek kek kaek!'

Langzaam maar zeker verloren de vleugels van de adelaar hun kracht. De grip van zijn klauwen verslapte. Het bloed gutste uit zijn lichaam.

De adelaar liet los. Diego viel vanuit de hoogte omlaag in het water. Zijn arm klapte dubbel. Toen werd het zwart voor zijn ogen.

Hoofdstuk 66

Fiets

Met een verband om zijn hoofd en zijn arm in een mitella tuurde Diego door de regen voor zich uit. Hij had de hele tijd hoofdpijn. Volgens Amita zou dat nog wel een paar dagen duren.

Het was Zwam en Kala gelukt om al peddelend in de buurt van Diego te komen. Met z'n allen hadden ze hem aan boord getrokken. Zwam had hem vervolgens eigenhandig naar de Zure Kronkel gedragen.

De adelaar was in het water gevallen en was niet meer boven gekomen.

De Leosi hadden dankzij hun kennis van water en boten vele inwoners van Kragtstad weten te redden. De Leosi-jongen die Kala en Balthazar met zijn vrienden uit de handen van Rufus gered had, had met één vlot zelfs meer dan honderd mensen in veiligheid gebracht. Hij had de eerste dag nog steeds zijn naam niet durven zeggen, maar na lang zeuren van Kala gaf hij op de tweede dag toe dat hij Keshen heette. Amita had Keshen en al zijn vrienden van de vuilnisbelt voorlopig in huis genomen. En nu zaten ze samen met Kala in de dampende Dromenbron Leosische liedjes te zingen. Ze waren een van de weinigen die nog vrolijk konden doen.

Diego vond het prettig om naar ze te kijken en luisteren. De afleiding was welkom. Want Diego deed alles om maar niet te voelen wat hij allemaal voelde.

Op de Zuurberg was het nog nooit zo druk geweest. Overal stonden, zaten en lagen mensen.

De bewoners van Nooitgeweest gaven iedere deken en tent weg die ze konden missen. Alle huizen waren overvol met de slachtoffers van de ramp. Olle Moker, Slager Bengelbeen en de rest van de winkeliers hadden de handen ineen geslagen en voorzagen de vluchtelingen uit Kragtstad van eten en drinken.

Zwam trok zich vooral terug in het Reuzenwoud. Diego wist dat hij de drukte vreselijk vond. In de nacht, als niemand zijn behaarde lichaam of grote neus en lippen kon zien, kwam de bomenman voedsel uit het woud brengen.

Het gerucht ging dat Krudon Kragt zich met zijn Reparateurs in onherbergzaam gebied had teruggetrokken en nu bezig was om te hergroeperen. Volgens Amita was dat ook de reden dat de hulp uit Jobriv nog niet was aangekomen. 'Ze zijn gewoon bang dat Krudon Kragt alles voor zichzelf onderschept,' zei ze. 'Reken niet op hulp.'

De eerste dag na de ramp was er genoeg eten en te drinken. Bovendien was het nog lekker weer. Duizenden mensen hadden hun dekens op het gras uitgespreid en aten vers brood met gemberkaas en worst van slagerij Bengelbeen. De hele Zuurberg zag er uit als één groot picknickfeest.

De tweede dag was al een stuk minder leuk. In de nacht was het ijskoud. Omdat de Centrale was uitgevallen moest iedereen zijn reservevoorraadjes hout of kolen aanspreken.

Nu, op de derde dag, werd het pijnlijk. Niemand had nog verwarming. Bijna alles was op. Bovendien was het weer begonnen met regenen.

Koken was alleen mogelijk op een provisorisch kampvuurtje. Maar het meeste hout op de Zuurberg was simpelweg te nat.

Door het uitvallen van de diepvries begon het vlees van slagerij Bengelbeen te rotten. Olle Moker kon geen broden meer bakken omdat hij zijn ovens niet aan kon zetten. Zelfs drinkwater was een probleem. Het water uit de rivier de Vlut was door de overstromingen vermengd geraakt met zand en klei, en moest van tevoren gekookt worden. Daar was energie voor nodig - die er niet was.

Vissen in de zee was uitgesloten. Het water was te vervuild door de meug.

Morgen zou de eerste honger toeslaan, wist Diego. Eerst zouden de zwakkeren getroffen worden. En daarna... Diego wilde er niet aan denken.

Sommigen waren al ziek geworden. Was het niet vanwege het gebrek aan warmte, water en voedsel, dan was het wel vanwege de vliegen en de muggen. Overal waren ze, meegekomen met het vieze, stinkende water, zoemend en stekend, op zoek naar vuilnis of menselijk bloed.

Het water in Kragtstad was inmiddels grotendeels weggezakt of teruggevloeid in de zee. Maar Diego wist dat het maanden zou duren voordat de ravage was opgeruimd.

Terugkeren naar Kragtstad was voorlopig onmogelijk.

Alleen op de Zure Kronkel deed alles 't zoals het moest. Art de 48e draaide overuren met behulp van de energie van de Energyvans en de Salvadus. Aan de lopende band maakte hij eten, drinken, kleding en dekens. Alle planten van de Jungle werden kaalgeplukt om de vele hongerige magen te kunnen voeden.

's Avonds was het overvol op de Zure Kronkel. Honderden mensen zaten verspreid rondom de bomen in het licht van de vuurvliegjes, te genieten van de warmte. Soms speelden ze onder leiding van Balthazar *Ik denk ik denk wat jij niet weet* met de Breinhelm. Maar de meesten durfden hun treurige gedachten niet aan anderen te laten zien.

Diego wilde nooit meespelen. Hij verlangde naar rust. Zowel om hem heen als van binnen. Maar het was haast onmogelijk om die te vinden.

Van ’s ochtends vroeg tot ’s avonds laat hoorde hij zingende Leosi, klagende ouders en krijsende, hongerige kinderen.

In zijn hoofd en in zijn hart was het een complete chaos. Het verraad van Simon deed nog altijd pijn. Het was als een splinter in zijn hart die veranderd was in een kloppende, smerige wond. En als Diego niet verdrietig was vanwege het verraad, dan was het wel vanwege zijn dood.

Tegelijkertijd was hij triest vanwege de adelaar. Wie ben jij, vroeg Diego zich af. Of beter gezegd: wie was jij. En hoe komt het dat jij je leven hebt gegeven voor mij.

Een ding wist Diego zeker. Alles wat die adelaar had gedaan, was bedoeld om hem te redden. Op de Klif, toen hij bijna dood neerviel. In het reuzenwoud had hij hem willen behoeden voor de naderende sneeuwstorm. En op het dak van de KK toren, toen hij hem op het dak van de lift had geduwd, dat was misschien wel de enige manier geweest om Moxxo te ontvluchten. En in het Schimmenbos had hij hem willen waarschuwen voor de vallende rotsblokken – en misschien zelfs voor Simon.

En tot slot de redding in Kragtstad waarbij hij zelf was doodgegaan.

Alsof dat nog niet erg genoeg was, droomde hij ook nog eens iedere nacht van zijn vader. Hij zag het allemaal weer voor zich, hoe Zeb hem bij de Slingerboom het water in lanceerde, hoe ze samen de lekkere broodjes van Olle Moker aten en hoe ze uren door de lucht vlogen. Meer dan ooit wilde Diego zich tegen hem aandrukken in een veilige, mooie wereld waar niet zoiets bestond als een Magisch Veld of een Krudon Kragt. Iedere ochtend was hij boos dat hij wakker werd.

Als mensen hem zagen, bedankten ze Diego voor zijn heldendaad. Tegelijkertijd bleven ze een beetje uit de buurt. Diego wist wel waarom. Er werd heel wat afgeroddeld over *het kind dat alles hoort en voelt en ziet*. De meesten waren bang dat hij hun gedachten en gevoelens ook kon zien.

Het irriteerde Diego. Maar omdat ze hem niet stoorden kreeg hij tenminste nog een beetje rust. Bovendien had hij sinds de ramp bij niemand meer een gloed gezien. Misschien is het wel verdwenen, hoopte Diego. Misschien heeft die klap op mijn hoofd me genezen.

Maar diep vanbinnen wist hij wel beter.

Door de regen keek hij nogmaals naar de zingende Leosi. Achter hen, vanuit de werkplaats, kwam Balthazar omhoog sjokken. De afgelopen dagen had hij heel veel tijd doorgebracht in de Werkplaats. Somber liep hij verder langs de Dromenbron en ging naast Diego zitten.

‘En?’ zei Diego, alhoewel hij het antwoord al wist.

Balthazar schudde zijn hoofd. Amita had hem gevraagd om door te gaan met het onderzoek van de Kleine Vieze Helmutjes. Ze was ervan overtuigd dat als ze de code van hun taal kon kraken, als ze echt zouden kunnen communiceren met Kleine Vieze Helmut, dat ze dan vast en zeker meer Salvadus konden maken. Of meer stroom konden leveren.

Diego geloofde er niet echt in. En Balthazar ook niet echt meer, zag hij aan zijn gezicht.

Uit zijn zak haalde hij een vel papier. Zuchtend vouwde hij

het open. Boven aan het vel stond: CODE KLEINE VIEZE HELMUT. Op het vel stonden stippen en streepjes. Boven de stippen stond steeds 'woord' geschreven. Boven de streepjes stond overal 'stilte'.

De stipjes waren allemaal hetzelfde. Maar de streepjes veranderden steeds van lengte.

'Ik-zal-je-zeggen-wat-ik-weet. Één: ze-praten-met-elkaar. Twee: ze-lijken-steeds-dezelfde-woorden-te-zeggen: Pwuep-pep. Pwuep-pep. De-hele-tijd-hetzelfde. Drie: het-enige-wat-steeds-verschilt, is-de-lengte-van-de-stilte-tussen-de-woorden. Vier: in-de-stiltes-lijken-ze-veel-meer-te-doen-dan-wanneer-ze-praten.'

Even dacht Diego aan de gloed. Als hij hem bij mensen zag, dan was het als ze stil stonden en niets zeiden. En met die gloed zeiden ze vaak meer dan dat ze ooit met woorden zouden kunnen. Da's ook toevallig, peinsde Diego.

O nee toch...

Het belletje in zijn binnenste begon een klein beetje te klingelen.

Met een vermoeide blik begroef Diego zijn gezicht in zijn handen. Klingelende belletjes was wel het laatste waar hij zin in had.

Om hen heen zoemde iets. Een mug landde in Balthazars nek. Balthazar sloeg hem dood en veegde hem van zijn huid. Voorzichtig legde hij het dode insect in het midden van zijn palm en keek er naar.

'Wist-jij-dat-insecten-vol-zitten-met-voedingsstoffen-die-voor een mens bijzonder waardevol zijn?'

Diego schudde zijn hoofd.

'Ik-denk-dat-het-de-hoogste-tijd-is-dat-ik-de-proef-op-de-som-neem. En-deze-keer-niet-bij-wijze-van-spreken.'

Diego keek met afgrijzen toe hoe Balthazar het insect in zijn mond nam en geconcentreerd begon te kauwen.

Ineens gebeurde er iets op de Zure Kronkel. Vanaf de rivier klonk geroezemoes. Beneden, aan de voet van de denkheuvel, stonden allemaal Leosi-kinderen in een kring. Ze staarden naar iets terwijl ze kreten vol ongeloof slaakten.

Nieuwsgierig kwamen Balthazar en Diego dichterbij.

In het midden van de cirkel stond een glinsterende fiets. Het complete frame was bedekt met zonnecellen. Vanuit de bagagedrager van de fiets stak een paal omhoog, waaraan een zeil was bevestigd.

Voorop de fiets zat een totaal uitgeputte Jozias. Achter de fiets, op een karretje, lag een lijkbleke Hakim. Hij was buiten bewustzijn. Langs zijn been was een spalk bevestigd.

Met een schreeuw rende Diego naar Hakim.

‘Hij overleeft het wel,’ zei Jozias. ‘Maar hij heeft snel hulp nodig. Roep Amita.’

Hoofdstuk 67

Spreken in stilte

Even later zaten ze met Jozias rondom de grote tafel van 't Nest. Hakim sliep. Amita had zijn gebroken been verzorgd en hem behandeld. Het zou een paar weken duren zei Amita, maar dan was hij weer de oude. Ze had Jozias proberen te overtuigen om goed te eten en naar bed te gaan. Maar de winduitvinder wilde zoveel mogelijk eten sparen voor de zwakkeren. 'Ik overleef het wel,' zei hij steeds. 'Ik ben een taaie.' En dat was waar, wist Diego inmiddels.

Hakim en Jozias waren vanuit een helikopter onder vuur genomen waardoor ze gecrasht waren in de Vlut. Hakim had in de val zijn been gebroken. Daarna waren ze achtervolgd door mannen met geweren. Ze hadden zich nog weken schuil moeten houden in de bossen. Toen de kust veilig leek had Jozias met behulp van de brokstukken de fiets en het karretje in elkaar gezet, en vervolgens met Hakim achter hem aan een reis van honderden kilometers gemaakt.

'En de film?' vroeg Amita.

'Gestolen. Iemand heeft hem uit het toestel van Hakim verwijderd.'

Amita vertelde over de gebeurtenissen op de Zure Kronkel en in Kragtstad. Hier en daar werd ze aangevuld door Kala en Balthazar. Diego hield vooral zijn mond.

‘Dus Simon heeft ons allemaal verraden,’ zei Jozias. ‘Ik ben niet verbaasd.’

Diego schoot naar het puntje van zijn stoel en keek naar Jozias.

‘Ik wist via mijn bronnen dat Krudon Kragt op de bodem van de zee naar Terrafos aan het boren was,’ vervolgde Jozias. ‘Maar ik wist het niet via Simon. Dat vond ik gek, want Simon was onze spion bij KK Industries. Toen ik dat tegen hem zei, beloofde Simon me dat hij het onmiddellijk uit zou zoeken. Maar hij wilde ons gewoon erin luizen.’

Jozias nam even een slurpende slok van zijn thee.

‘Ik heb Simon nooit vertrouwd. Nooit gemogen ook. Sorry Diego.’

Jozias keek hem onbewogen aan. Diego wist precies wat Jozias bedoelde. Dat Diego nooit mocht vergeten dat Simon vreselijke dingen had gedaan. Dat Simon van plan was geweest om Amita te laten sterven. Dat hij de route van Hakim en Jozias had verraden aan Krudon, en dat ze daardoor bijna waren omgekomen. En dat Simon vooral aardig tegen Diego had gedaan omdat hij alles van hem en het Magische Veld wilde weten.

Met tegenzin gaf hij Jozias een begrijpend knikje terug.

’Goed,’ zei Jozias. ‘En nu. We zitten met duizenden mensen op een berg, zonder eten en drinken en vooral zonder energie. Hoe gaan we dit oplossen?’

Amita haalde vermoeid haar schouders op. De rimpels in haar voorhoofd werden met de dag dieper. Ze was afgevallen, merkte Diego op. Amita at nauwelijks. Ze probeerde zoveel mogelijk voedsel aan de vluchtelingen geven.

Zwijgend rolden ze met z’n allen in Cruiser weer naar beneden. Iedereen keek somber voor zich uit. Toen ze op de grond aankwamen en Cruiser uitgerateld was, viel het ineens stil. Diego keek om zich heen. Honderden hongerige ogen keken verwachtingsvol naar het gezelschap dat uit de huistaxi stapte. En ze keken vooral naar Diego.

O nee...

Daar kwam hun gloed. Het schoot omhoog uit de mensenmenigte en bleef hangen in de lucht, als een wolk.

Diego wilde het niet zien. Maar het was te mooi om weg te kijken. In een paarsblauwe gloed zag Diego lachende ouders en kinderen aan tafels met dampende schalen, in verwarmde huizen onder een stralende sterrenhemel.

Wat zeggen mensen toch veel zonder iets te zeggen, zuchtte Diego in stilte.

Ineens klingelde het belletje.

Diego had nog steeds geen zin in belletjes. Maar hij was te moe om zich te verzetten. Bovendien was het een aangenaam belletje. Een heerlijke warme klank verspreidde zich vanuit zijn binnenste naar zijn hart en zijn hoofd, en vertaalde zich in gedachten.

Een van die gedachten was het vel papier van Balthazar. De code van de Kleine Vieze Helmutjes. Diego zag het papier glashelder voor zich.

Puntjes voor de woorden. Steeds dezelfde woorden. *Pwuep pep. Pwuep pep.*

Streepjes voor de stiltes.

In gedachten zag hij ineens een paarsblauwe gloed van de streepjes komen.

Met een schok ging Diego rechtop zitten.

De lengte van de stiltes. Steeds anders.

'Kleine Vieze Helmut... hij spreekt niet met geluiden,' zei Diego koortsachtig. 'Hij spreekt in stiltes.'

Met grote ogen staarde Balthazar hem aan.
'Dat-is-het! Diego-mijn-vriend-jij-bent-briljant!'

Hoofdstuk 68

Honderd dagen later

Diego werd wakker in zijn eigen bed. Met een grote grijns op zijn gezicht stond hij op en schoof de gordijnen open.

Het was eindelijk weer eens heerlijk weer. En weekend.

Perfect.

Diego deed zijn raam open en keek omlaag naar de vallei. De smog was verdwenen. En Kragtstad leefde weer. Van de ravage van de ramp was niets meer te zien.

Het was zo snel gegaan allemaal. Diego kon het nog altijd niet geloven.

'Moguh, Diego! Lekker geslapen?'

Het was Keshen. De Leosi zat bij de buurman op het dak. Geconcentreerd draaide hij nog een paar laatste schroeven aan van een grote, fonkelnieuwe Energyvan. Toen hij klaar was liet hij de wieken even ronddraaien. Met een tevreden glimlach pakte hij zijn gereedschapskist weer in.

Diego knikte bevestigend. 'Ga je zo ook naar de Zure Kronkel?'

Keshen schudde zijn hoofd. 'Ik moet nog wat Energyvans plaatsen. En daarna nog een paar Energievliegers. O ja, en ook nog een Salvadusmaatje. Drukke tijden, mijn vriend! Maar alles beter dan leven op de vuilnisbelt.'

Keshen grijnsde. Als een aapje klom hij van het dak af, op weg naar de volgende klant.

Salvadusmaatje. Het woord was bedacht door Kala. Het was niet veel meer dan een bak waar je al je vuilnis in deed. In de bak zat een legioen aan Kleine Vieze Helmutjes, die het vuilnis omzette in Salvadus. Aan de andere kant van de bak zat een slang, waarmee je de Salvadus in de tank van je auto, of van je tractor of je motor kon doen. Als Diego er eentje zag dacht hij steeds weer aan de droom die hij had gehad. En nu was het geen droom meer.

Diego deed zijn kleren aan en ging naar beneden voor een ontbijt met zijn moeder. Toen hij de deur open deed stapte hij bijna op Mappy, die als een enorm schilderij op de vloer was uitgespreid. Vanuit de Mappy was een virtueel huis verrezen. In het midden van het huis stond Anna Zonnesteek.

'Waar zal ik die vuurvliegjeswand nou plaatsen, lieverd?' zei ze, terwijl ze rondkeek. 'En hoe verwerk ik die Energyvans daar nou in? Waar laat ik de kabel van de Energievlieger nou het grasdak in gaan? En hoe verwerk ik die warmwaterbuisjes nou op een elegante manier in het ontwerp?' Ze schudde haar hoofd. 'Ik weet niet hoe ik dit af krijg voor vijf uur vandaag. En ik heb nog zes andere klanten wachten! Ze willen allemaal hetzelfde... eigen energie! Ik weet het ik weet 't, ik mag niet klagen. Beter zes klanten dan helemaal geen klant, wat jij?'

Ze drukte een kus op zijn voorhoofd en ging verder met haar werk. Diego nam een bordje havermoutpap met bosbessen en keek toe hoe zijn moeder met vaardige hand een Energyvan in het dak van het virtuele huis plopte.

Sinds de ramp wilden alle mensen hetzelfde: eigen energie. Niemand wilde ooit nog afhankelijk zijn van zoiets als Terrafos. Iedereen wilde het zelf doen. Het was een ware rage.

Vroeger was dit nooit mogelijk geweest, wist Diego. Totdat ze de code van Kleine Vieze Helmut hadden gekraakt.

Sindsdien was er veel veranderd. Zo veel, dat het Diego zo af en toe nog duizelde.

Balthazar was die nacht meteen met Jozias en Amita aan de slag gegaan. Binnen een dag hadden ze alle lengtes van de stiltes opgemeten. Binnen een week wisten ze wat de lengte van iedere stilte betekende. Binnen twee weken konden ze met de Kleine Vieze Helmutjes praten. Het was allemaal heel simpel, ze konden niet veel zeggen, maar het was voldoende. Ze kwamen erachter dat Kleine Vieze Helmut een voorkeur had voor hard plastic, dat hij het water graag precies op drie graden had en dat hij vooral razendsnel door het water wenste te roetsjen. Logisch, dacht Diego achteraf. Ik zou ook gek worden van al dat langzame gedrentel.

Binnen een maand was het al gelukt om tien keer meer Salvadus te maken dan daarvoor. Inmiddels werd er dankzij alle nieuwe Salvadusmaatjes een stortvloed aan Salvadus geproduceerd.

Toen er weer energie was, moest er alleen nog voedsel komen. Balthazar had de mensen ervan overtuigd dat hij de lekkerste dingen kon maken van insecten. Aangezien iedereen honger had, niemand iets beters kon verzinnen en het op de Zuurberg bovendien wemelde van de muggen, vliegen en spinnen, waren ze hiermee aan de gang gegaan.

Balthazar had gelijk gekregen. Al vrij snel smulde iedereen van Muggenburgers, Vliegworstjes en Spinfrietjes. Van vroeg tot laat liet hij Art bakken en braden om alle hongerige magen maar te voeden.

Toen er eenmaal energie en voedsel was, kon de wederopbouw beginnen. Hakim was inmiddels ook weer volledig op de been, en zette al zijn krachten in om te helpen.

Het eerste wat Amita met Hakim en Jozias had gebouwd

was een gigantische versie van Art de 48e. Hij was zo enorm dat hij zelfs niet in de Zure Kronkel paste maar alleen buiten kon staan. Diego noemde hem Art de Grote. Amita gebruikte hem vooral om alle rotzooi en puinhopen van de ramp om te zetten in nieuwe huizen voor Kragtstad. Met behulp van de ontwerpen van Anna Zonnesteek maakte Art de Grote muren en daken, die daarna in Kragtstad samen werden gevoegd tot een huis.

Door het succes met Kleine Vieze Helmut was Hakim op het idee gekomen dat ze misschien ook wel met andere bacteriën konden praten. In de Dromenbron had hij een bacterie gevonden die als geen ander zonlicht om kon zetten in energie. Hakim noemde hem altijd bij zijn wetenschappelijke naam, Vibrius Fluorenscius. Maar als je hem onder een microscoop bestudeerde dan zag je dat hij glansde als een diamant. Dus noemden Diego, Balthazar en Kala hem Dokter Bling-Bling.

Na het ontbijt ging Diego op weg naar de Zure Kronkel. Rustig drentelde hij over het plein. Het was markt vandaag. Iedereen groette hem hartelijk bij het voorbij lopen, en Diego groette iedereen vriendelijk terug.

Het verwoeste standbeeld van Willibrord was inmiddels vervangen. De burgemeester had gevraagd of ze een standbeeld van hem mochten maken, maar Diego had gezegd dat hij liever iemand anders op het plein wilde vereeuwigen. En dus stond er nu een beeld van Kleine Vieze Helmut.

Het standbeeld leek meer op een soort paal, want aan Kleine Vieze Helmut viel weinig meer te zien dan dat hij kaal, bleek en zo glad als een biljartbal was.

Ontspannen wandelde Diego over de Vieze Brug omhoog de berg op. Hij voelde zich zo lekker dat zijn mondhoeken spontaan omhoog begonnen te krullen. Het is lang geleden dat ik me zo voelde, dacht Diego.

Het Magische Veld had zich sinds de ramp in Kragtstad opvallend rustig gehouden. Diego zag of hoorde bijna nooit wat. Hier en daar ving hij nog wel eens een vluchtige gloed op en soms hoorde hij iets ruizen in de wind, maar dat was het wel. Kennelijk spreekt het Magische Veld alleen wanneer het echt nodig is, overpeinsde Diego. En anders weet ik het ook niet.

Een man kwam in zijn richting de berg afgesjokt. Het was Runne Schaepsack. Onrustig loerde de geitenherder om zich heen naar alles behalve Diego.

Waarom mijd jij mij toch zo, dacht Diego ineens. Waarom durf jij mij niet recht in de ogen te kijken. Wat is dat toch met jou.

Toen Runne op het punt stond om hem te passeren, stopte Diego.

'Goedemorgen, Runne!' zei hij expres heel luid, terwijl hij hem onderzoekend aankeek.

Runne schrok. Even keek hij Diego angstig in de ogen. Het leek net alsof hij wat wilde gaan zeggen. Toen liep hij snel verder.

Vreemd, dacht Diego. Rare man.

Op de Zure Kronkel werd hij begroet door een enthousiaste Beest. De hond had al vijf keer zijn gezicht op en neer gelikt voordat Diego hem eindelijk tot rust kon manen.

Het was nog vroeg op de Zure Kronkel. Maar het gonsde al van de bedrijvigheid. Leosi-kinderen waren Art de Grote aan het vullen met alle brokstukken en vuilnis die ze nog konden vinden. Aan de andere kant kwamen aan de lopende band glazen wanden met vuurvliegjes en grasdaken met grote ronde Energyvans naar buiten. Andere Leosi-kinderen verplaatsten de kant en klare stukken naar de rivier de Vlut, waar ze op vlotten naar Kragtstad werden verplaatst.

Balthazar stond bij het scherm van de art-cyclingmachine om te controleren of Art wel de juiste dingen maakte. Hij zwaaide even naar Diego, terwijl hij tegelijkertijd een mok Picao achterover kiepte.

Iets verderop zat Kala op een Energievlieger. Ze was geconcentreerd een enorme doodskop aan het schilderen. Diego keek even naar haar, terwijl ze haar gitzwarte haren achter haar oor veegde.

De vliegers van Kala waren zeer gewild. Veel mensen geloofden dat haar tekeningen de duivel buiten de deur hield. En als ze iets vrolijks wilden hebben, dan was Kala nooit te beroerd om hartjes en bloemetjes te schilderen. Maar het was niet haar passie.

Kala was rustiger tegenwoordig, en niet meer zo vaak boos. En toch, zo wist Diego, en toch moest je voorzichtig zijn met Kala. Ze had een licht ontvlambaar hart. En ergens in dat hart zat een bijzonder brandbaar plekje dat Krudon Kragt heette. Diego wist dat Kala, als ze de kans zou krijgen, Krudon Kragt in een oogwenk zou vermoorden.

Naast de werkplaats van Amita stonden nu twee andere koepels. De ene was de nieuwe werkplaats van Hakim, waar hij alle geheimen van Dr. Bling-Bling probeerde te doorgronden.

Met behulp van Jozias, Amita en Balthazar had Hakim van Dr. Bling-Bling een verf weten te maken die meer energie opleverde dan zijn zonnepanelen. Sindsdien had Hakim dag en nacht doorgewerkt om zo veel mogelijk van het spul te kunnen maken.

Vanuit de koepel ernaast schoot een dikke stroomkabel

honderden meters de lucht in. Aan het einde hing de grootste energievlieger van allemaal. Kala had er een enorme J op geschilderd.

Ook Jozias had niet stil gezeten. De winduitvinder was een bacterie op het spoor gekomen die superlichte en ijzersterke zijde kon maken. Jozias noemde hem Spinner. Inmiddels maakte Art de Grote aan de lopende band superlichte Energievliegers en Energyvans met de zijde van Spinner en de verf van Dokter Bling-Bling.

Jozias zat voor zijn nieuwe werkplaats een kopje koffie te drinken. Met een wat nors gezicht zwaaide hij naar Diego. Maar Diego liet zich niet meer misleiden door zijn rare nukken. Jozias was een goede man. Vrolijk liep hij naar hem toe en drukte hem de hand.

‘Kom’ zei Jozias. ‘Ik heb iets voor je.’

Jozias floot een deuntje. De deur van zijn werkplaats gleed open. Gek, dacht Diego. Zijn ingang was heel anders dan die van Amita. Als je bij haar werkplaats naar binnen wilde moest je eerst door één deur, en die bracht je in een klein gangetje met nog een deur. Daar moest je dan weer wachten tot de eerste deur was gesloten, dan moest je weer je deuntje fluiten en dan pas ging de tweede deur open. Volgens Amita de beste beveiliging tegen inbrekers.

Bij Jozias was er geen tweede deur. Je stond na de eerste deur meteen binnen.

‘Waarom heb jij niet zo’n klein gangetje?’ vroeg Diego. ‘Is dit wel veilig?’

Jozias werd rood. Verlegen krabde hij zich achter zijn oor.

‘I-ik k-kan niet tegen k-kleine ruimtes’ stotterde hij. ‘D-dan raak ik i-in p-paniek.’

Diego keek hem verbluft aan. Eindelijk begreep hij waarom

Jozias niet als vrijwilliger in dat kanon was gegaan. Hij zou in paniek raken in de buizen boven de werkkamer van Krudon. Het laatste puzzelstukje was eindelijk op z'n plek gevallen.

Jozias draaide zich om en liep naar zijn werktafel.

'Cadeautje.'

Op zijn werktafel lag iets groots, bedekt onder een deken. Nieuwsgierig trok Diego de deken weg.

Het was de Vlantel. De laatste keer dat hij hem had gezien lag hij nog in tweeën gebroken in de werkplaats van Amita. Diego dacht terug aan zijn laatste vlucht, bijna een jaar geleden. Hoe hij door Krudon Kragt, Bunkert Rotteveel en Moxxo tot het uiterste was gedreven. En hoe hij, ondanks alle gaten in zijn vleugels, toch goed terecht was gekomen. Diego kon zich niet meer herinneren hoe hij ooit geland was. Maar hij had een sterk vermoeden dat de adelaar hem geholpen had.

'Met behulp van Spinner heb ik hem extra sterk en extra licht kunnen maken,' zei Jozias, terwijl Diego ongelovig naar het pak en de stoere enkelmotortjes keek. 'Je kunt nu harder en hoger.'

Diego wist niet wat hij moest zeggen. Met een dankbare blik deed hij het pak aan, startte en steeg op.

De Vlantel hield zich uitstekend. Hij was minder zwaar, maar voelde sterker aan.

Diego klom alsmaar verder de lucht in, verder dan hij ooit gedaan had. Toen draaide hij even een rondje om zijn as, dook als een pijl naar beneden, scheerde over het water van de Vlut en schoot rakelings onder de Vieze Brug door.

Verderop bleef hij even hangen boven de watervallen van Ronnie's Drietand. Dat ik ooit zo diep ben gevallen, dacht Diego met een rilling.

Diego duwde zijn borst naar voren, strekte zijn benen en klapte een keer met zijn vleugels. Meteen steeg hij een paar meter op.

In de verte lag Kragtstad.

Sinds de ramp was hij er niet meer geweest. Kom, dacht hij, laat ik weer eens een kijkje nemen.

Diego duwde zijn kin tegen zijn borst en schoot naar voren, over het Schimmenbos, richting de stad.

Toen hij over de eerste huizen vloog, werd hij enthousiast begroet door allerlei bewoners. Overal werd gebouwd. Iedereen die een hand vrij had was bezig om de bouwpakketten van Art de Grote in elkaar te zetten. Vele daken waren inmiddels gevuld met de ronddraaiende glinsterende wieken van de Energyvans. Hier en daar stond een geit op een grasdak ontspannen te grazen.

Diego vloog behendig tussen de kabels van alle Energievliegers door. Ondertussen snoof hij de lucht op. Het was fris, proefde hij. Een mix van de zilte zee en het land - en nog een piepklein toefje Terrafos.

Even werd zijn blik naar de KK-toren getrokken. Hij stond er nog, roerloos in de zon, glinsterend als altijd. Niemand durfde hem te slopen.

Krudon Kragt had zich sinds de ramp niet meer laten zien. Niemand wist wat er was gebeurd en waar hij zat, met al zijn miljarden Reffies en zijn mannen. Alsof hij van de aardbodem was verdwenen. Maar hij leeft nog, wist Diego diep van binnen. En wie weet komt hij terug. Maar niet nu.

De regering in Jobriv had luid en duidelijk laten weten dat Krudon Kragt, als hij gevonden werd, meteen de gevangenis in zou gaan.

Diego twijfelde of het ooit echt zou gebeuren.

In de rest van het land redde men zich voornamelijk met houtkachels en restjes meug. Het was ongelooflijk hoeveel men uit voorzorg van dat spul had opgespaard.

De interesse voor de uitvindingen op de Zuurberg was enorm. Van heinde en ver kwamen ze op bezoek bij de Zure Kronkel, om de geheimen van Kleine Vieze Helmut en de andere bacteriën met eigen ogen te aanschouwen.

Maar Amita, Jozias en Hakim waren voorzichtig. Ze wilden niet dat hun kennis in verkeerde handen zou vallen... bijvoorbeeld de handen van Krudon Kragt. En dus weigerden ze iedereen de toegang tot hun werkplaats. Maar ze waren nooit te beroerd om gratis Salvadus, Energyvans en Energievliegers weg te geven.

Op zijn dooie akkertje begon Diego aan de terugvlucht. Hij maakte even wat pirouettes en pakte nog een looping mee voordat hij naar de Zure Kronkel vloog.

Het dak boven 't Nest was open. Met z'n allen zaten ze aan de lunch: Hakim, Jozias, Amita, Balthazar, Kala, Keshen en nog wat Leosi en zelfs Zwam.

Diego wist dat hij van Amita met de Vlantel niet in de Zure Kronkel mocht vliegen. En al helemaal niet door het dak naar binnen mocht komen. Maar Diego was zo blij die ochtend, dat hij niets anders wilde dan doen wat lekker voelde.

'Verrassing!' riep hij uitbundig uit, terwijl hij door het dak naar beneden zakte.

Niemand lachte. En het kwam niet omdat Amita boos was vanwege zijn onbezonnen actie.

Er was iets anders.

'Runne wacht beneden op jou, Diego,' zei ze ernstig. 'Hij heeft nieuws over je vader.'

Diego's hart bonkte in zijn keel.

‘Je mag niet binnen vliegen met de Vlantel, Diego. Dus je moet even wachten totdat wij klaar zijn en dan gaan we met z’n allen met Cruiser en- Diego! Diego!’

Diego had zich al laten vallen over de rand. Vlak boven de grond strekte hij zijn vleugels uit en landde met een bonk op de vloer.

Runne stond bij de glaswand. Met een zenuwachtige blik keek hij Diego in de ogen.

Hoofdstuk 69

Het verhaal van Runne

Samen met Runne zat Diego in de boomhut op de Denkheuvel. Het was nog vroeg op de dag, maar Runne stonk al naar wijn.

'Mooi uitzicht hier, hè?' zei Runne, nog zenuwachtiger dan een paar momenten geleden. 'Echt g-genieten.'

Onhandig trok hij zijn heupfles van zijn riem en nam gulzig een paar grote slokken. De wijn stroomde over zijn kin, maar Runne dronk gewoon door.

'Dus...' zei Diego.

Runne keek hem even met zijn bloeddoorlopen ogen aan en haalde met een gierend geluid zijn neus op.

'Dus inderdaad... Diego, wat ik je ga vertellen had ik je al heel lang geleden moeten vertellen.'

Diego knikte.

'Goed. Daar gaat ie. Je vader is niet verdwenen maar omgekomen. Ik kan het weten. Ik heb het zelf gezien.'

Runne begon met horten en stoten te vertellen. Hoe hij op die mooie dag met zijn geiten naar de andere kant van de berg ging en hoe hij Zeb daar vond op de grond, zwaar gewond, zijn parachute aan flarden gescheurd.

'Ik weet niet wat er is gebeurd en waarom hij is gevallen. Maar hij lag daar. En in de verte zag ik een helikopter wegvliegen.'

Met moeite had Zeb nog een paar woorden uit kunnen brengen voordat hij stierf. '"Zeg tegen Diego... het spijt me." Dat waren zijn laatste woorden,' zei Runne. 'Toen was ie dood. Ik weet het zeker. Ik heb zelfs nog zijn oogleden dicht gedaan.'

Runne stopte met praten en keek hem voorzichtig peilend aan.

Diego kon niks uitbrengen. Alle blijdschap van die ochtend was als sneeuw voor de zon verdwenen.

Runne slikte even voordat hij verder ging. 'Nou ik ging dus terug om een brancard te halen waarmee ik je vader kon vervoeren. Maar toen ik terugkwam-'

Runne greep met trillende hand naar zijn fles en nam nog een flinke slok.

'I-ik kon hem nergens vinden. Nergens. Geen spoor. Alsof hij van de aardbodem verdwenen was.'

'Vreemd,' zei Diego.

'Ja heel vreemd' herhaalde Runne opgelucht, blij dat Diego eindelijk wat gezegd had.

Runne haalde diep adem, keek wat onwennig om zich heen en nam nog maar een slok.

'Ik was bang dat iedereen zou zeggen dat ik gek was. Dat ik het niet goed had gezien. Dat ik weer dronken was en zo. En dus heb ik niets gezegd.'

Diego knikte.

Runne bleef nog een tijdje zitten. Toen gaf hij Diego een bemoedigend klopje op zijn schouder en liet hem alleen.

Hoofdstuk 70

Bommetje

De rest van de middag en de avond bleef Diego in zijn eentje in de boomhut zitten.

Dus toch... zijn vader was die dag dus toch omgekomen.

Diego realiseerde zich dat hij al die tijd stiekem gehoopt had dat zijn vader op een mooie dag terug zou keren. Dat hij met een grote grijns in de Slingerboom zou zitten. Dat alles weer zou worden zoals het ooit was. Dat Diego zich weer veilig zou voelen in een veilige wereld.

Maar dat ging dus niet gebeuren, wist Diego. Nooit meer.

Even dacht hij aan het verhaal van Runne, over het verdwenen lichaam van Zeb.

Diego wist niet wat hij daarvan moest denken. Misschien loog Runne wel. Misschien was hij helemaal niet terug gegaan om zijn lichaam op te halen. Misschien was Runne wel te dronken geweest.

En toch had Diego niet het idee dat Runne het allemaal had verzonnen.

Onder aan de boom klonk een zacht gepiep. Het was Beest. Hij schraapte met zijn poot over de stam van de boom en kwispelde met zijn staart.

Diego keek naar de sterren en de maan. Misschien was het wel tijd om naar beneden te komen, dacht hij bij zichzelf.

Lusteloos wierp hij de touwladder uit en daalde af naar

beneden. Diego drentelde naar de enorme hond toe en krabde hem onder zijn kin. Beest kreunde even, terwijl hij zijn achterlijf heen en weer waggelde.

'Welterusten Beest. Ga maar lekker slapen. Dat ga ik ook doen. Als het lukt.'

Beest kreunde nog een keer en ging aan de oever zitten. Diego wierp nog een laatste blik naar die rare grote zwarte hond met zijn kleine oortjes en zijn bloeddoorlopen ogen. Ik vraag me af wie jouw vader is, dacht Diego. Maar misschien is die ook wel dood. Net als die van mij.

Dat was raar. Het was net alsof er een gloed om Beest heen hing.

De hond bromde even. En weg was de gloed.

Ik zal me wel vergist hebben.

Moedeloos liep hij weg van de denkheuvel. Hij had nauwelijks de energie om de volgende stap te zetten. Ik zou wel willen huilen, bedacht hij zich. Maar Diego kon de tranen niet vinden.

'*Diego...*'

Met een schok rechtte Diego zijn rug.

Die stem.

Dat kon niet waar zijn. Onmogelijk.

Aarzelend liep Diego verder.

'*Diego...*'

Opgewonden, en tegelijkertijd doodsbang om teleurgesteld te worden, draaide Diego zich om.

Rondom Beest hing een prachtige, grote, paarsblauwige gloed. En in die gloed hing de adelaar. Beetje bij beetje vervaagde de vogel... en veranderde in zijn vader. Met een vrolijke grijns keek Zeb Zonnesteek naar zijn zoon.

'Jij was de adelaar...' stamelde Diego. 'Hoe kan dat?'

'Ik weet het niet Diego... ik verliet mijn lichaam en werd de adelaar... Net als in mijn droom...'

Met een schokje dacht Diego terug aan de brief die zijn moeder hem geschreven had. Over hoe hij op zijn vader leek, en of hij ook zo vaak hetzelfde droomde.

Zeb de adelaar.

Wel honderd keer had zijn vader gedroomd dat hij een adelaar was. Hoe vaak had hij er aan 't ontbijt niet over verteld?

'Diego... ik hou van je... En ik zal er altijd voor je zijn...'

'Maar- waar ben je dan?'

'Hier... in het Magische Veld! Altijd!'

Diego voelde dat zijn wangen nat werden.

'Echt? Beloofd?'

Zeb gaf hem een dikke knipoog. *'Voor altijd en eeuwig... Maar beloof me* één ding...'

'Alles.'

'Volg je hart en wees een held... Afgesproken?'

Diego knikte.

'Goed zo...'

De gloed bewoog zich naar Diego toe en wentelde zich om zijn lichaam. Diego deed zijn ogen dicht en voelde hoe hij voor een laatste keer omhelst werd door zijn vader. Een grote glimlach trok over zijn gezicht.

'Tot ziens, jongen... Tot ziens in het Magische Veld...'

De gloed trok zich langzaam terug, totdat het verdween in het lichaam van Beest.

Diego huilde. Maar voor het eerst in lange tijd waren het tranen van geluk.

'Diego-mijn-vriend. Kom-jij-ons-gezelschap-houden?'

Door zijn tranen keek Diego achterom. Balthazar zat in de dampende Dromenbron, samen met Kala.

‘We konden niet slapen,’ riep Kala. ‘En jij ook niet, volgens mij. Kom je?’

Met grote glinsterende ogen keek hij naar zijn vrienden. Diego rende door het gras naar de Dromenbron, sprong vlak voor de rand de lucht in en maakte het beste bommetje van zijn leven.

Breinhelm, Energyvan, Kleine vieze Helmut – een overzicht

Art de 48e – De opvolger van Art de 47e. Art (van Art-cycling) kan van alle rotzooi in de wereld nog wel iets moois maken. Het werkt heel simpel: je gooit gewoon wat dingen in de machine, en Art gaat voor je kijken wat hij daar allemaal van kan maken. Art de 48e is stiller dan nummer 47. Bovendien is hij doorzichtig. Voortreffelijke kok.

Avomaatjes – Smaken naar tomaat en avocado. Van buiten zien ze er uit als avocado's. Van binnen zijn ze een beetje roodachtig. Groot voordeel: Avomaatjes hebben geen grote dikke pit.

Breinhelm – versimpelde versie van C.R. Brain (zie hieronder). Door de lens voor op de helm worden je gedachten geprojecteerd, zoals bij een film. De Breinhelm is alleen niet zo krachtig als C.R. Brain. Bovendien kun je alleen je eigen gedachten zien.

Cruiser – De huistaxi van de Zure kronkel. Het is een grote wagon die over een rails langs alle boomhutten van de Zure Kronkel loopt. Hij eindigt bij 't Nest.

C.R. Brain – Apparaat waarmee je je eigen gedachten kunt zien. Het is een klein kastje met een grote lens. Via zuignapjes die je aanbrengt op je lichaam stuur je signalen naar C.R. Brain, die hij vervolgens weer omzet in beelden op de grote wand van de Zure Kronkel. Kan tegelijkertijd de gedachten van wel tien personen in beeld brengen. Als er een gedachte is waar iedereen aan denkt, dan brengt hij die als één groot beeld naar voren.

Energyvans – grote ventilatoren in een rond raam. Energyvans kunnen drie dingen: 1. De zonnecellen op de wieken zetten het zonlicht om in energie. 2. Als de wind de wieken rond doet draaien, zetten de wieken de wind om in energie. 3. Als het binnen erg warm is gaat het raam open en blazen de Energyvans frisse lucht naar binnen.

Gwort – een nieuwe mix van gember en wortel. Amita is er van overtuigd dat dit de gezondste groente kan worden die er is. Niet Diego's favoriet.

Grote Witte Niets – De grote ijsmassa van Rebequin, die langzaam maar zeker aan het smelten is. De rivier de Vlut voert haar water vanaf de Zuurberg tot aan het Grote Witte Niets.

Jobriv – De hoofdstad van Rebequin, ver verwijderd van De Zuurberg. In Jobriv zit de regering.

Kleine Vieze Helmut – Een heel bijzondere bacterie. Als hij groeit, deelt hij zichzelf in tweeën. Tijdens dat delen maakt hij druppeltjes. Amita heeft ontdekt dat die druppeltjes niets anders zijn dan brandschone meug. Je kunt het zo in de tank van je auto doen en wegrijden, zonder dat je de lucht vervuilt. Amita noemt die druppeltjes Salvadus.
Als je de Kleine Vieze Helmutjes door een microscoop bekijkt, zie je dat ze wit, kaal en glad zijn. Bovendien zijn ze een beetje vies - het is en blijft een bacterie. Hij lijkt een beetje op Helmut, de vroegere oom van Amita: kaal, lijkbleek en bovendien een enorme viespeuk.

Kokuifjes – Kleine vruchten met een donkere, makkelijk afpelbare schil. Ze smaken naar druiven en kokosnoten. Van binnen is hij wit. In de mond voelt hij een beetje crunchy aan, zoals Cruesli. Groeien in trosjes.

Mappel – Heeft de zoete smaak van een Mango en de frisse zure smaak van een appel. De Mappel is hard en heeft een dunne, eetbare schil.

Mappy de 16e en de 17e – De nieuwe computers van Amita. Je kunt er een propje van maken en hem weggooien, of afwassen met water en zeepsop. Hij kan overal tegen. Geschikt voor het weergeven van hologrammen.

Magische Veld – Dit is het veld dat je niet kunt zien, maar waar alle gedachten, gevoelens, dromen en angsten van alle mensen, dieren, bomen en planten zijn opgeslagen. Diego is het kind dat alles hoort en voelt en ziet, daarom heeft hij altijd contact met het Magische Veld – of hij nu wil of niet.
Het Magische Veld werkt op mysterieuze wijze. Soms stuurt het heftige signalen. Soms is het wekenlang muisstil. Soms is het kristalhelder. Soms is het vaag en onduidelijk, als een puzzel die opgelost moet worden.

Mister Fennek de IIIe – De microfoon die geluid aantrekt, als een magneet. Hij is vernoemd naar de Fennek Vos. De Fennek Vos kan een mens op één kilometer afstand horen ademen. Dankzij Mister Fennek kunnen ze horen wat Kleine Vieze Helmut allemaal zegt.

Picao – Mix van cacaobonen en zoete rode peper. Zeer geschikt voor overheerlijke pittige chocoladedrank.

Puursuur – Dit is het drankje waar Amita, Jozias, Hakim en Zwam een slokje van nemen voordat ze aan een Duik beginnen. Door dit drankje kunnen ze beter contact maken met Het Magische Veld. Kinderen hebben daar geen Puursuur voor nodig.

Rebequin – Het land waar Diego woont.

Salvadus – de schone brandstof die Kleine Vieze Helmut maakt uit afval. Geeft veel energie en is niet schadelijk voor de natuur en de mens.

Slurfy – De schoonmaakrobot. Slurfy lijkt op een miereneter, met zijn lange dikke slurf waarmee hij alles opzuigt. De rotzooi blijft achter in zijn buik, alle dingen die geen rotzooi zijn perst hij aan de achterkant weer opgeruimd en netjes naar buiten. Als je naar rotzooi wijst en je zegt 'rotzooi', dan gaat Slurfy ernaartoe en ruimt het op. Kan in de war raken.

Supergum – Materiaal dat zichzelf op kan blazen tot iedere denkbare vorm. Duur spul, moeilijk om te maken.

Terrafos – Het groengelige, slijmerige spul dat KK Industries uit de grond haalt en omzet in energie. Heel Rebequin is afhankelijk van Terrafos. Het maakt mensen ziek en is slecht voor het land. Het zorgt er voor dat het steeds warmer wordt, waardoor Het Grote Witte Niets aan het smelten is, en dat het weer steeds gekker wordt. Als het droog is dan is het meteen kurkdroog, als het regent dan regent het keihard, soms wel met druppels zo groot als je vuist, en als stormt dan stormt het heftiger dan ooit.
Op de Zuurberg noemen ze Terrafos 'meug', wat rotzooi betekent.

Vlantel – Dit is het overall pak waarmee je kunt vliegen. Rondom de enkels zitten motortjes die draaien op Salvadus. De Vlantel bestuur je met de vleugels. Nadat Diego bijna neer was geschoten door Krudon, Moxxo en Bunkert Rotteveel, heeft de Vlantel veel schade opgelopen.

Vleesgevende plant – Langs de stam groeien malse, paarsachtige kolfjes die precies zo smaken als vlees.